存在者 金子兜太

黒田杏子編著

藤原書店

存在者とともに——編者はしがきにかえて

九月二十三日生まれの金子兜太さんは、現在九十七歳。

三年前、九十五歳を前に『語る　兜太』をまとめさせて頂きました。兜太さんの人生、俳人としての軌跡はここで語り尽くされたと考えておりました。

ところが、昨二〇一六年の一月、兜太さんは「朝日賞」を受賞。それまで、敬愛する小林一茶にならって「荒凡夫」として生きることを広言してこられた兜太さん。授賞式では「存在者として生きる」ことを宣言されました。

その受賞スピーチに感動された藤原書店の藤原良雄社長と私は、即刻『存在者　金子兜太』なる一冊をまとめることで意見が一致。ただちに企画打合せ開始。

存在者金子兜太さんを、日本中、いや世界各地の方々にもさらに深く知っていただきたく、今回は、貴重な旧制高校時代の俳句活動や、戦後早い時期からの創作活動の記録なども収めております。

さらに、このたびは、第一句集『少年』所収、一般にはあまり知られていないトラック島でのポエティカルな作品一句も、伊東乾さんの作曲によるCDでお聴き頂けることになりました。

私たちの国民文芸俳句は、いまや地球上の人々にひろく愛される世界最短の文芸形式となっております。

「ともかくあんたにすべてを任せる」とおっしゃって下さった大先達の兜太さん。終生平和でおだやかな人間らしい暮らしを希いつづけてこられた長寿者兜太さんのおおらかな生き方に学んで、私たちも落ち着いた、心ゆたかな人生を送りたいと思います。

最後に、この本のためにお力をお寄せ下さいましたすべての方々に感謝を捧げつつ、こころよりお礼申し上げます。

二〇一七年二月

黒田杏子

存在者　金子兜太

目次

第4章　兜太を知る

第6章　存在者の日常

題字＝金子兜太
装丁＝作間順子

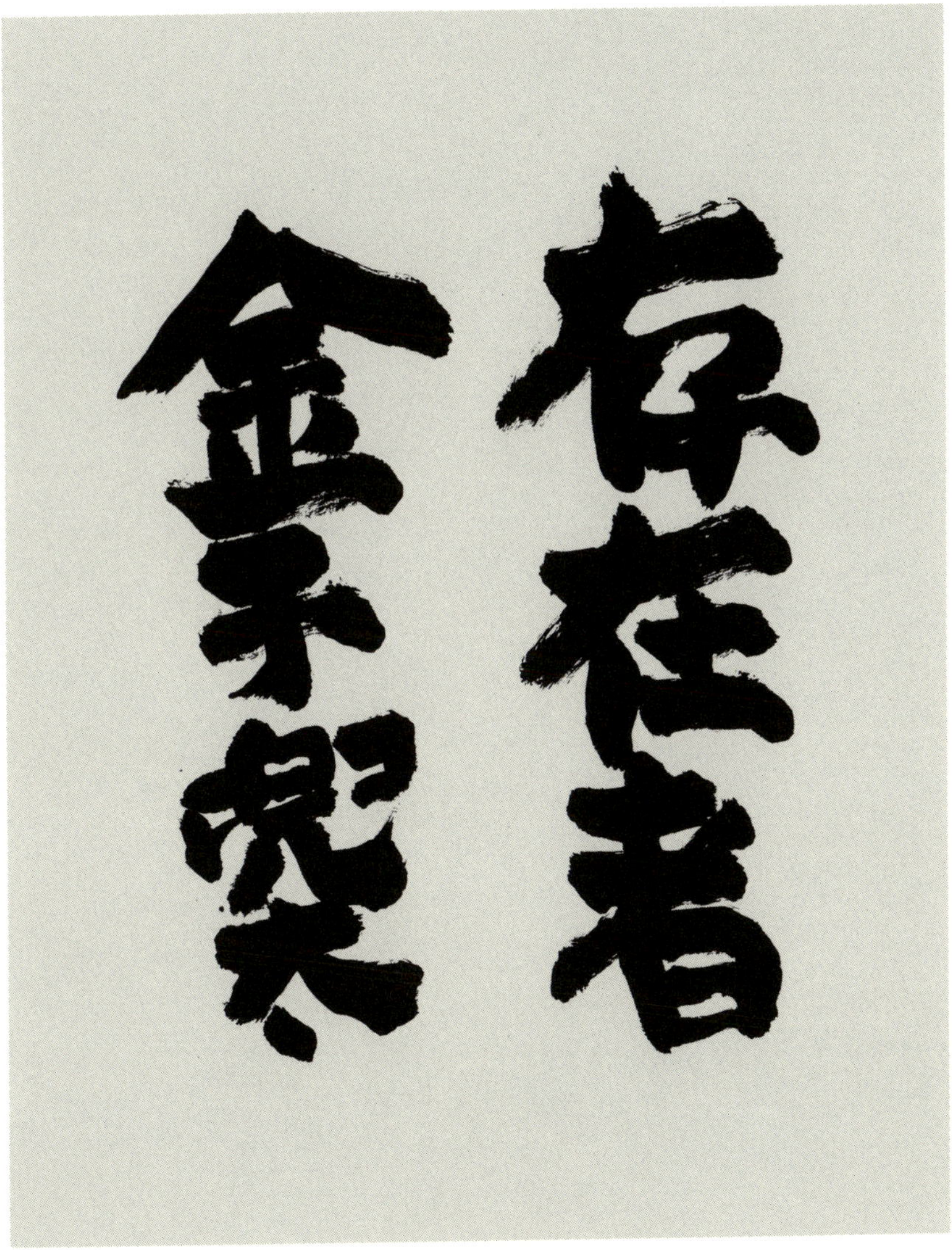
存在者
金子兜太

第1章　存在者の俳句作品

この章には、金子兜太さんの近作を中心に、その俳句作品を収録しています。

「ふるさと秩父」「年明ける」「被曝福島」「東国抄」は、それぞれ『俳句』『俳句四季』『福島民報』『海程』に、二〇一七年一月に掲載された、ほぼ最近作といってもよいものです。

最後の「日常」は、藤原書店の学芸総合誌・季刊『環』誌に二〇一〇年四月、四一号から二〇一五年五月、六一号まで、一号につき二句ずつ掲載されたものをここにまとめました。

（黒田杏子）

ふるさと秩父

われは秩父の皆野に育ち猪《しし》が好き

熊谷に猪《しし》の生《なま》肉《にく》食べに来よ

紅《こう》葉《よう》と花梨黄果と雪のもの

雪や降る花梨黄果を目がけて降る

父の医療で得し花梨の木花梨の実

春の土竜の産土いたわりて亡妻《つま》よ
ふるさと秩父母とおおかみの声の夜と

物騒だ、と庭に出て、落着かない冬空を眺めて、妙に地球全体の動向に胸騒ぎしていることが多くなった。米大統領選に共和党から個性の不安定な人物が出てきたせいがあり、国内政治も憲法を妙にいじりたがる政治家が殖えていること。安定した平和が欲しい。

(『俳句』二〇一七年一月)

年明ける

年迎う被曝汚染の止るなく

困民史につづく被曝史年明ける

産土の落葉ここだくお正月

雑煮頬ばる母よ六人を産みて

眼を閉じても水光《みでり》の冬の家郷かな

山の友冬眠もなくひた老いぬ

猪走り鹿走り人ら押し黙る

人の暮しに星屑散らす枯野かな

枯原の土手確とあり被曝せり

茫々と雪の吾妻《あづま》山よ離村つづく

（『俳句四季』二〇一七年一月）

被曝福島

魂《たま》のごと死のごと福島紅葉《もみじ》して

被曝福島また津波あり蒼《あお》ざめて

福島や被曝の野面海の怒り

林檎食べる女子学生よ被曝あるな

苛《いじ》めあるとか被曝福島の子らよ生きよ

（『福島民報』二〇一七年一月一日）

東国抄

妻逝きて十一年経て柚子や花梨や
青に徹して亡妻の冬空ありき
山国の開業医の父とんど焚く
麺棒抱《かか》えて嫁ぎし母の長寿かな
曾遊の地福島被曝海鳴りに

（『海程』二〇一七年一月）

日常

戦さあるなと逃げ水を追い野を辿る

失業し春の鴉《からす》の森にいる

うつ伏せのわれに海光花は葉に

地を叩くよう鴉鳴く夏だ

裸身の妻の局部まで画き戦死せり
無言館泥濘にジャングルに死せり
戦さあるなと九十一歳ごまめ噛む
朝日のなかで生牡蠣食べて野に暮らす

紅梅に白雪霏霏と野の始まり

鳥帰る猫の子歩く子馬跳ねる

津波のあとに老女生きてあり死なぬ

燕や蟬やいのちあるものの相和して

「相馬恋しや」入道雲に被曝の翳《かげ》

一室に徹底の人寝《ね》待《ま》ち月

列島沈みしか背ぐくまる影富士

一老を生かさんと釣瓶落しに医師たち

今も余震の原曝の国夏がらす

被曝福島米一粒林檎一顆を労わり

森林汚染ひろがる夏潮のみちのく

糞尿の傍《かたわ》らを過ぎ蛇行けり

朝光《ちょうこう》の山百合生きるとは死なぬこと

咲きてあり原曝の地の野萱草《のかんぞう》

夢寐《むび》襲う曾遊《そうゆう》福島の被曝

野に住みて白狼《はくろう》伝説と眠る

寒紅梅につづく満作気息かな

人という生きもの駅伝の白息

被曝の人や牛や夏野をただ歩く

熊谷の暑さ極わまり美しき

目高の鉢抱えし男亜熱帯

暑し鴉よ被爆フクシマの山野

重厚な雪の吾妻《あづま》山よ人さすらう

漂鳥の人々米熟れ柿実るに

干柿に頭ぶつけてわれは生く

雪積めど放射能あり流離かな

津波跡鋭《と》き山峡の僧侶かな

あおだもの白《しろ》花《はな》秩父困民党

原爆忌被曝福島よ生きよ
サーフィンの若者徴兵を知らぬ
沖縄を見殺しにするな春怒濤
相思樹空に地にしみてひめゆりの声は

（『環』二〇一〇年四月―二〇一五年五月）

第2章

存在者として生きる

この章の大部分を占めるのは、「存在者として生きる　平和の俳句」——「みなづき賞」ライブトークです（「件」二五号、二〇一五年六月）。

「みなづき賞」は、同人誌「件」の創刊を記念し、二〇〇四年に設けられた賞です。創設にあたり、以下のように宣言をしています。

みなづき賞宣言

同人誌「件」の創刊を記念して俳句の賞を設けることにした。今日いろいろと賞が乱立し、賞の権威が低下しているという嘆きも聞えるが、わたしたちはそもそも賞に権威が必要とは考えていない。ある作品が優れたものであることを、その作者に伝えることができればそれでいい。だから未熟なくせに賞を出すことが不遜であるとも思わない。自分を感動させてくれた人にご褒美をあげたいというのは、むしろ子供のように無垢な気持である。六月に賞を出すので、名前は「みなづき賞」に決った。対象は、前年度に出版された俳句に関する書物を基準とする。句集だけでなく評論でもエッセイでも研究書でもアンソロジーでも、作品のかたちは問わない。受賞作はわたしたち同人全員の合議によって決める。もちろん選考の過程で意見の違いは出るだろうが、最終的には同人のだれもが自信をもって推薦できるものを選ぶつもりだ。

選者は、榎本好宏、櫂未知子、黒田杏子、高野ムツオ、西村和子、仁平勝、橋本榮治、星野高士、細谷喨々、山下知津子、横澤放川の十一名で、いわゆる超結社・超協会のメンバー。贈賞は一人が五万円ずつを拠出。毎年選考を行なっております。

今回受賞の金子兜太・いとうせいこう選「平和の俳句」(東京新聞掲載)は、読者とともに、俳句という文芸作品によって、皆で「平和」を考え守ってゆこうという志と実践とを讃え、贈賞となりました。

さらに、この章には、「死者とともに走る」(『機』誌、藤原書店、二〇〇六年十月)、「戦争体験語り続ける」(同二〇一五年八月)、「人間って善いもんだ」(『読売新聞』二〇一六年十一月六日)といった、南方の激戦地トラック島での壮絶な体験を語り尽くした金子さんへのロングインタビューを収録したほか、金子さんの幻の第一句集『少年』の一句を作曲された伊東乾さんに書き下ろし原稿をご寄稿いただくことができました。

(黒田杏子)

存在者として生きる　平和の俳句

――第十二回「みなづき賞」受賞記念ライブトーク――

〈鼎談〉金子兜太
いとうせいこう
加古陽治（司会）

「みなづき賞」は俳句の世界からのバックアップ

加古陽治　それでは三人でしばらくの間、お話をいたします。まず、受賞の感想を金子さんといとうさんにお伺いしたいのですが、いかがでしょうか。

金子兜太　受賞感想ですか。これは私から申し上げたほうがいいと思うんですが、東京新聞社会部長の瀬口晴義さん。瀬口さんが、いとうせいこうさんと私の対談を、こういうご時世を顧みて企画されました。昨年（二〇一四年）八月十五日の東京新聞・中日新聞・北陸中日新聞の朝刊紙面でしたね。そこでせいこうさんが、東京新聞あたりが音頭を取って「平和の俳句」というのを募集したら、自分と金子とで選ができると、そういうことをちょっと対談の間に話されたんです。すぐに東京新聞が二人のその話を受け入れてくれて、文化部長の加古さんと瀬口さん、お二人でこういうかたちに持って来てくださった。そういう経緯でございます。
だから、私もせいこうさんもある意味では受け身でやっているわけです。二人ともこの仕事については東京新聞の丁稚でございますので、丁稚としての覚悟でやっている、クビにならないようにやっていることは間違いございません。そんな状態なので、あと、別に私から言うことはないなあ。

加古　それで、このような形で受賞をしたわけです。それについてはどうでしょうか。

金子　私という大したこともない男が、平和のために、ほんの片腕ほどの力をお貸しできる機会を与えてもらったことは大変にうれしい話です。名誉に思っております。だから、これは頑張ろうと。今、九十五歳ですからね。多分、私はあと五年ほどは楽に……いや、百歳まではこの世に居ると思いますが、東京新聞が「やめた」なんて言わないように私を使ってもらえば、それが私のせめてものささやかな老後の仕事だと思っています。ともかく頑張るつもりでございます。

加古　ありがとうございます。では、いとうさん、どうぞ。

いとうせいこう　もともとは、さいたま市の公民館が〈梅雨空に「九条守れ」の女性デモ〉の一句を月報へ掲載拒否したことに関して兜太さんは猛烈な危険を嗅ぎ取った。だから、対談の話をお受けになったと思うのですが。文化的な仕事をしている者たちがその掲載拒否に対して何か言って終わるというのでは、まあ、普通だなあと。その時、兜太さんと恐らく同じ考えだったと思います、「何かしなきゃいけない」と。言ってみたら、「じゃあ、増やしちゃえ」ということなんです。そんなに抑えつけるんだったら、抗議をするばかりでなく、そういう句を増やしてしまおう。逆手をとるという、胸のすくようなやり方があると思いましたが、それについて僕なんかは俳句の素人でして、ある意味、軽々しく言っていたわけで。

兜太さんとは伊藤園の選句では昔からずーっと一緒にやっていたんです。僕らでの俳句の本も一冊あるのですが。俳句の世界の重鎮を巻き込んでしまうことに対し、自分として「申し訳ない」という気持が非常にありました。というのは、一つ間違えば俳句が到達した、ある種の文学的な力というものを損なう可能性もある。これはやらざるを得ないだろうと考えたことに兜太さんが乗ってくれたことにも身のすくむような思いがしました。でも、それを東京新聞が一面でやってくれると言ったときは飛び上がるような気持でした。しかし、僕は俳句の世界が分からないですから、この企画自体が孤軍奮闘なんじゃないかとか、これでいいのだろうかという気持はずっとあったのです。

なので、今回、みなづき賞を戴けるということはとても心強いです。俳句の世界からバックアップがあったということは、これが一つの文芸の力であるということを強く言うことができるという意味で、素人としても、これはもう本当に助かった。自分ではどこにいるかが分からずに毎日やっているわけですから、そういう意味ですごく感激しています、感謝しています。ありがとうございます。(拍手)

俳句が持っている力

加古　「国民による軽やかな平和運動」ということをせいこうさんはおっしゃっていますが、どうでしょう、やってみて。

いとう　そうですね。「軽やか」じゃなくてもいいんですけれど。ただ、「軽やか」と言っておいた方が通りがいいかなと思って言ったので、重々しくても全くかまわないと本音では思っています（笑）。

俳句という形式がある意味、ポータブルなものというんですか、東京新聞の一面を開いて読んだらもう覚えて、そのまま会社に行って口ずさむことが出来て、他人にも伝えられて、その人の中でもまたポータブルになって、という意味ではとても軽やかな詩形だと思うのです。僕は散文の人間ですけれども、散文の人間として俳句というものが持っている力の可能性はこういうところにもあるということを込めて「軽やかな」と言った。しかも、国民運動というのはムッとした顔で坐っているだけじゃなくて、歩いていて、人に会ったときに「ちょっとまずいよね」と言ったり。

この間、東京新聞の六月二十六日掲載の選者対談の時、兜太さんと一緒にわいわい言わせていただいたのですが、こういうので座ができて、「平和の俳句」というタイトルでいろいろなところで詠むということ自体も平和運動なわけで、僕は吟行があってもいいと思っているんです。「平和の俳句」の吟行がそこらじゅうで起こるといい。そして、それは国会前でやればいい。国会前でどんどん一句詠んじゃう。井原西鶴が一晩で何千句も詠んだように、それを十人の人間がやり、二十人の人間がやり、三十人の人間がやる。それがツイッターに乗ってどんどんどん、一人一句ですからとても軽やかに伝わっていく。で、すごいなあと思う句にみんなうわーっと来る。そういうことが出来るということが「国民の声を届ける」ということとも僕は思うんです。俳句がそういうことに向いているということは、素人ながら、ちょっと面白い現象かと。

加古　そうですね。句はツイッターでツイートされて広まったりとか、そういうことってありますね。

いとう　あります。ぼくも忘れてて、他人から回って来て、いい句だなあと思ったら、あ、俺が採った句じゃないかって（笑）。そういうことが起きている。つまり、匿名性も含んで、江戸時代の落首のようにも働くと思いますし、ひょっとしたらどこかの壁に書いてあることだってあるかもしれない。僕はすすめませんけど（笑）。誰かのポスターの上に書いてあるかもしれない。そういうことが日本で昔からあった地下《じげ》の者たち、民衆の声の上げ方の一つであるということにもつながるとすれば、文芸上の広がりってすごいなあと。僕ら、散文の人間としてちょっと悔しいというか、書いても書いても散文ではそんなにたくさんは届かない。こんな切れ味では届かないということに対する敬意があります。

有季でもいい、無季でもいい

加古　広がりということを考えると、今回、季語があってもいい、無季でもいいということにしましたね。それによってかなりハードルが下がった。初めて俳句を作りましたという人が多いのも、そういうことが出来ているからだと思うのです。無季をいいと言うあたり、金子さんのご意見がそうだったわけですが、どういうことで？

金子　私はもともと季語というものにこだわってない人間でございますから、今のご質問はやや愚問ということになるわけですけれども（会場は爆笑）。実はこういうふうに私は思っているんです。日本語の五七五の最短定型詩、これは大変な形式だと。この前、ファン・ロンパイ前EU議長が来日されまして、外務省でパーティがあったので行ってみたのです。あの方に日本とヨーロッパの間のメッセンジャーボーイ、と言うと失礼だからメッセンジャージェントルマンとでも言いましょうか、そういう仕事をやっていただくように外務大臣からご依頼を申し上げて、立派な紙を渡しておきました。それで、ご自分のハイクを披露して、自分の気持を述べておられました。

今、ヨーロッパの、特に政治家たちがハイクという最短詩に非常に注目しております。付け加えれば、二〇一一年のノーベル賞を受けたスウェーデンのトーマス・トランストロンメルという方はハイクに堪能な方です。彼は自分の詩集の中に百近いハイクを入れております。

アメリカでは今、申すまでもなく、イマジストを中心にハイクがブームになってきております。欧米のハイクの形式、これはゲイリー・スナイダーという人に言わせると非日本語圏ハイクというんですね。日本語圏の俳句ではないけれど、俳句をモデルにして創り出された最短詩形、そういう言い方で三行の短い詩を英語で書いておりますね。そういうわけでありまして、俳句はたいへんな影響力を持っております。

そういうことを受けて、われわれは五七調最短定型詩を非常に大事にして、日本の誇るべき文化遺産として守って行かなきゃならんのじゃないか、と思っています。そう思っている私から言わせますと、五七五が作り出す美しい言葉は詩語でありまして、これを季語だけに限定して言うことはおかしい。俳句の言葉はすべて詩の言葉でありまして、その詩の言葉の中に季語もあれば無季の言葉もある。それを私は事語《じご》、事柄の季語と呼んでおります。この、世界に誇る五七五の最短定型詩が創り出す詩の言葉を大事にしていく。そのためには季語が入ってるかどうかとか、そんなこだわりは一切やめて、美しい言葉が日本語の詩を生み出すということに自信を持って作り続ければいい。

今、せいこうさんが言っているような平和をテーマに、といっても固いかたちではなくて、日常の中で俳句を作ることで平和というものを常に噛み締め、味わっていく。淡々と平和をテーマにして俳句を作っていく中で生み出されてくる言葉は、季語とか何語とかにこだわらず、詩語として、非常に広い言葉の範囲をとって大事にしていく。これが私の望みでございます。

恐らく、俳句は私の目の黒いうちに世界遺産になると思っております（笑）。これははったりでも何でもなく、現実に私はそういう機運がいま高まっていると思っています。そういうことをちょっとつけ加えさせてもらいましょう。

「わび、さび、平和」

加古　「平和の俳句」をやっていく中で、「平和」という言葉が一つの詩語として認められるようになる。季語も事語も関係なく、詩語の一つとして「平和」が定着する。それは俳句にとって一つの黎明であるということですね。

いとう　兜太さんは今日はあまりしゃべらないと言ってますので、僕が代わりにちょっとだけ言いますが、恐らくそういうことと思います。勝手に素人が広げてしまえば、「わび」とか「しおり」とか「ほそみ」とか、いろいろな感覚の中に、ひょっとしたら「平和」というものが挙がって来るということだってありうるわけですね。「安寧」という気持をどのように詩的な感覚としてわれわれは受け取るかという意味で言うと、「わび、さび、平和」というものがあっても全くいいと、そのくらいの気持で恐らく兜太さんはとっておられると思うのです。

それは他の俳句賞のときもそうで、僕は、兜太さんが採るものの過激さというか、当たり前じゃなさに目から鱗が落ちる体験をしょっちゅうしています。自分が若造なのに出来のいいのを採ってしまうと、「バカか」というような目で見られたり（笑）。そして、兜太さんはすごい句を採っている。その句を舌頭で転がしてみると、ああ、なるほど。全くわからなかった句にものすごいポエジーがあったということに気づかせてくれるわけです。

今回の「平和の俳句」を選句するにあたっても、僕は柔軟にやっているつもりなんですけど、兜太さんが採るものが、まあ、自由奔放というか、これはさすがに理論武装は出来ないだろうと思う分野にまでも広げて、プラカードに書いてあるような言葉を平気で採る。そして、兜太さんは「こっちのほうが生々しい。だから、この句を採る」と言うんです。句と認めるんだから、ある尊敬があるわけです。「この句を採る」と言ったとき、その言葉自体が猛然と光ってくる。あとから理論が出て来るというか。そういう意味で、僕自身はとても素晴らしい体験をさせていただいてますし、投句から余り時間差がなく東京新聞に一句一句載っていくということで、読んでいる方にもそれが伝わっていると感じることがよくあります。

世界の「平和の俳句」を

いとう　もう一つ、思いついたので付け加えますが、今、兜太さんが言われたように、「非日本語圏にもハイクというものが広がっている」んだとすると、東京新聞で今日まで一八〇句くらいの「平和の俳句」を採っていますし、今年中に三六五句ですが、それを英語にしてもらったらいいんじゃないですか。

下に英語がついていると、日本語を知らない人が読んでも、「あ、ピースという詩の世界がある」と分かる、日本人が何を今求めているのか分かる。アンケートをとったら六割か七割が、戦争をするべきでない、戦争をするような法案を通すべきでないと言っているのですから、その気持を日本人同士で共有するだけでなく、ルーマニアの言葉でもいいです、タイの言葉でもいいです、そういうかたちで世界に呼びかけてみたら面白いんじゃないか。世界の「平和の俳句」。

金子　ま、英語だな、英訳の提唱は私も申し上げたいと思っていたので、大賛成なんです。失礼ながらお名前を挙げさせてもらいますが、芳賀徹先生に全ての句の翻訳の監修をしていただきたい。先生はご自分でも美しい訳をされるフランス文学者ですが、毎日新聞社の「毎日俳句大賞」の外国語の俳句については一貫して選をしておられます。その選には定評があります。突然でまことに失礼ですけれど、せいこうさんがいいことを言ったと思って眼の前を見たら芳賀先生がいらっしゃったので、皆さんの前でその英訳の監修者としてご推薦申し上げまして、絶対逃げられないようにする。（笑、拍手）

加古　「平和の俳句」のこれまでの投稿者は三万三千くらいです。投稿者は多い月で六千近く、少ない月で三千ちょっとくらいあります。その中には外国からの方もいらっしゃるんです。「平和の俳句」は日本語でということですけれども。この間もアメリカ人のアビゲール・フリードマンさんという方の句を特集ページで紹介しました。入選句だと韓国の方の句があります。けっこう広がっていて、投稿は十か国くらいからありますか。これを外国語でやればますます広がっていくわけですから、おもしろいかもしれませんね。

金子　うんうん、そりゃいいわ。進めましょう。

東京新聞の機敏さ

いとう　英訳は一面の下あたり、勝手に割り付けてますけれど（笑）、横書きの字ですから、ここにあれば、英語の勉強にもなるんじゃないですか。学校教育にもいい。

金子　ええ。なります。

いとう　そのくらい、広がりがある企画だと思うし、そういうふうに潮流が来ている。みんな分かってくださいよ、僕たちはこう考えているんですよということを一目で。これがまた短い詩のすばらしさなんです。論文を読まなくても、パッと見たら、あ、日本人はこういうことを考えているんだということが分かる。これ、重要な、われわれの一つの武器というか、筆の力があるんじゃないでしょうか。

金子　うんうん、そうですね。いい提案だなあ。

加古　そうですね。スッとメッセージが入ってきますものね。

いとう　そうだと思います。で、こう訳すのかということも面白いと思うし、戦争観って違うもんだということにもなるかもしれないし。

金子　大賛成です、私はね。

いとう　すぐ始めたほうがいいですね。何しろ、去年のあの対談（前掲）から「平和の俳句」だって、すぐ始めてくれたんですよね。

金子　ええ。半月で出来たんじゃないかな。

加古　半月ってことはないでしょう（笑）。

いとう　でも、機敏ではありました。それを東京新聞は褒められていると思いますよ、今回ので。

金子　そうでなくても欧米圏でのハイクの人気は今、すごいということですから。しかも、偉い政治家までもが関心を持って作っているわけですからね。前述のパーティのときも、仲介の仕事を外務大臣からお願いした方、かつてベルギーの首相をした方、あの方が作ったハイクを口にしておられまして、私は残念ながら分からんから、日本語訳でそこで受け取ったのですけれど、そのハイクがうまいんですよ。軽井沢で作った俳句で、軽井沢の緑の色彩の盛り上がりを三行の短い詩に収めているんです。これがなかなかのものです。あの人自身が優秀な人なんでしょうな、首相までするような人だから。とにかく、そういう機運が湧いてますからね。俳句をどんどんどんどん外国語に訳すことは大事だと思います。少なくともフランス語と英語でやったらいいですね。

いとう　じゃ、ドイツ語も入れましょう（笑）。

金子　第一次大戦後、フランスから日本にお医者さんが来てまして、その方が自国に持ち帰って、日本に俳句という素晴らしいものがあるということを紹介しているんです。紹介した時の句を一つだけ、覚えてます。〈露の世は露の世ながらさりながら〉、長女が死んだときの一茶の句です。この句にお医者さんは深く感心して、帰国してもフランスでその俳句を広く伝えているわけです。

その影響を受けてだいぶいろいろな人が俳句を作っていて、記録によるとリルケまで俳句を作っているというんですなあ。ウソかホントか分かりませんが。

いとう　芳賀さんが「本当だ」と言ってますよ（笑）。

金子　ええ、ええ。だから今、せいこうさんの言う考えには私も大賛成なんでね。即刻、実行したらいい（笑）。

いとう　お願いします。ボランティアでいろいろな人がやってくれると僕は思う。学生さんでもいいですしね。

金子　ええ。ただ、監修だけは大御所にね。

いとう　監修は芳賀さんにしていただかないと。そうしたら、海外から、われわれに向けてのメッセージが三行詩で届くかもしれませんね。それも一面に載せていくこと、平気ですごいメッセージが載っているというのはいいことじゃないですか。つまり、初めて書いたという人、そういう役職の人、世界の人から俳人まで区別なくここには載っていく。なぜなら、生々しい、平和を祈念する気持があるから、安寧を求める気持があるから、それをこのような詩にしたということ。これはすごい場所、すごい窓だと思うんです。新聞の一面に載っている、この窓からいろいろな人たちの暮らしとか気持が見えて、それが共通の思いに貫かれてメッセージになっているということは素晴らしい。

これ、雑誌では出来ないんです。表紙にいきなり俳句が載っているのは、俳句雑誌の表紙だったって変でしょう。新聞といういろいろな記事が雑多に編集されるメディアだから出来る。テレビでもいきなりその一句から始まったら重々しくなっちゃうじゃないですか。でも、新聞はどこから開いて読んでもいいメディアなので、これが意外に向いていた。東京新聞を一生懸命、口説いているわけですけど（笑）。

加古　「面」をわれわれは体に譬えているんです。左側の一番上を「肩」と言います。「平和の俳句」は、この「肩」に毎日載っているんですね。読者の方も毎日、まず最初にそこを見るというような方が多くて、そういうお便りもけっこう戴いています。だから、今、毎日「平和の俳句」を連載していることはすごく意義があると思うんです。それを英語とかフランス語というと、なかなかハードルは高いと思うんですが。

いとう　まあね。でも、考えていただければ。オッと言うと思いますよ、みんな。

加古　ええ、そうですね。

いとう　書く側も出す側も「世界へのメッセージだったんだ」と。書いて、選ばれたら、世界の人にそのまま伝わると思うじゃないですか。そのことってすごく大きいことだし、書く人間にとっても今まで戦争のことを言わなかった人が……「これがあるから初めて一句だけ作った」という、百歳のおばあちゃんの葉書とか見たら、たまらない気持になるわけですよ。この十七文字に人生がかかっているわけですから、それを私はアメリカの大統領にだって言えるんだと。原理的には言えるわけじゃないですか、英語だから。そういう気持で書いていただくということはとても大事なことじゃないかと。

まあ、最悪、ネットでもいいですけれど。ここにあることがね。

憲法九条を詠む

金子　うん、大事だ。要するに憲法九条というものを日本人はこういうふうに咀嚼しているんだということが分かりますからね。これは大きいですよ。「憲法九条、大事なもんだ」と言ってるだけじゃダメなんで、体から体へ伝えるという気持が大事だと思いますね。また、今、まさにそういう時代になってるんじゃないですか、地球全体が。カラ元気で怒鳴ったりして、ちょこちょこちょこちょこ訪問しては小銭を撒いて歩くような、そんな政治はもう流行《はや》らない時代に来てるんじゃないですか。私はそう思ってます。だから、せいこうさんの話には大賛成なんですよ。

加古　「国民による軽やかな平和運動」が「世界市民による軽やかな平和運動」に変わってくる。

いとう　ま、そうですね。アーティクルナイン（憲法九条）というものがいかなるものであるかということへの哲学的な問いかけ、そして同時に詩的な問いかけであることがここでは重要です。言ってみたら、カントの永遠平和がこの九条に、ヨーロッパ的理性の究極がここにあると言う人たちも大勢いるし、僕もそう考えますが、それを詩として表すということはあまりなかったんじゃないか。九条に関して詩が生まれるというか、法に関して詩が生まれるとは一体、どういうことであるか。これは文学の問題としても、とても大きい問題だと思うんです。

金子　うんうん、そうだね。

いとう　それはやはり、内部だけで考えているとなかなか見えてこない問題で、一回、英語に直してみた途端に、「なんだ、それは。君たちは国の憲法というものを詩にするのか。しかもそれが短詩なのか。ポータブルな詩なのか」と。僕は今こそ、全く詩的でないごまかしの言葉が飛び交っているこの日本の中枢にむしろこういうものをきちんと言葉としてつきつける必要があると思う。そのいい機会だと思うということです。それは一寸考えてもらうとして、これをずっと攻めているのと申し訳ないですから、違う話をどうぞ（笑）。

二人のコンビネーションのよさ

加古　われわれは月に一回、選考会をしているんですけど、お二人はいつも、すごくコンビネーションがいいですよね。評を書いていただくのですが、共選といって二人が選んでいる句の場合は、お二人がそれぞれ評を書くわけです。これがダブッてしまって書き直していただくということはほとんどないですね。今まで二回か三回くらいしかなくて、必ず違うんです。そのあたりは、どうしてそんなうまくいっているんですか。

いとう　どうなんですか。

金子　いやあ、これはねえ、二人とも割合、感性豊かな動物で、その感性のありたけをこの仕事に尽くしているということです。これはいい仕事だと思っているから、自分の感性のありたけで批評、つまり選評を書いている。それによって両者の違いが明確に、しかもブリリアントに出ているのじゃないでしょうか。

いとう　それと、やっぱり、こう来るんじゃないかなとか思うのは楽しい時間なんですよね。短い評ですからササッと書くんですが。兜太さんはこの角度から書いてくるんじゃないかなあ、じゃ、僕はこっちから書いたらどうかなあと掘ってみているというか。それはわれわれ選者の楽しい労働の一つだと思いますね。

僕は自分でも朝刊をそこから見ますけど、その時、兜太さんが何を書いているか、見るのがとても楽しみというか。あ、やっぱりこういう角度で来たんだなあと、野球の球種を見ているみたいな感じですね。あのとき、いいって言っていたのはこういうことだったのか。なんで僕は分からなかったんだろうって。

なので、あそこは選も読ませないと口惜しいというか。何しろわれわれは丁稚ですからね（笑）。そういうことですよね。丁稚心がそうさせている。

金子　そうだねえ。全くなあ。

加古　それにしては注文が多いですね（笑）。

いとう　そうですねえ。昼飯は何がいいとか、このお菓子はうまくないとか、言ってる（笑）。さっき、国会前に吟行に行けばいいという話をしましたが、それがたとえば十万人だったらどうなるんだろうと思いますよね。デモだったら止められるけれど、「吟行しているんだ」と言ったらどうでしょうか。ペンと句帳を持ってうろうろしている（笑）。思わず何か言っちゃったという、そういうのを出せばいいじゃないですか、吟行で。そういうことだってあるんじゃないかなあ。

加古　じゃ、一回やりますか。

いとう　しましょうよ、「平和の吟行」。

加古　お二人のコンビネーションと言えば、選んでいる句で、共選が月に十ちょっとくらいありますね。その他にそれぞれの選が、残りのものがあるわけですが、その辺のバランスが非常にいいなと思って。たとえば「忌野忌《いまわのいみ》」が入った句があって、ああいうのはせいこうさんしか選ばないですよね。「レノン忌」なんかもそうですね。

いとう　いや、レノン忌は二人で採りました。

加古　あ、そうでしたね。だから、そういうところでうまく棲み分けができているという感じがするんですけど、無意識のうちにそうなっているんですか。

金子　うん、無意識のうちでですけれどね。私はせいこう君の鑑賞文を読んで、いつも勉強になってるんです。この人の文章はどんな短いものでも非常にニュアンスが深いですね。文章のニュアンスと言えるものがまともに語れる人って少ないんですけれど、この人の鑑賞文にはニュアンスがあります。だから、「なんだ、こんな単純なことを言って」と思うんだけれど、その言い方に惹き付けられる。そういうところがあります。今、この方は小説も書いているけれど、小説も次第に大変なものになってきて、この前は芥川賞候補になってましたけど。多分、芥川賞にも行くんじゃないか。ま、野暮な賞はどうでもいい。東京新聞の、あの鑑賞文を読んでみてください。この人の文章と私の文章を比べてもらえば分かるけど、私は割合にぶっきらぼうなんです。私はポイントを突くようにしてるんだけれど、この人はえらいニュアンスが豊かです。だから、何を言ってるんだかよく分からないところがある。

いとう　ハハハハ、ダメじゃないですか。

金子　何言ってるんだか分からないというところに味がある。これは不思議な文章家です。だから、文章の勉強という点でも、この人の評はとくに女性方には参考になるんじゃないかな。ま、これはご参考までに。

いとう　ありがとうございます（笑）。

体験をつなぐ言葉を模索中

加古　金子さんは俳句の専門家で、せいこうさんは俳句の選者もやられるけれど、専門ではない。

そのあたりがうまく嚙み合っているような感じですか。

いとう　はい。それと僕が戦争体験がないということです。これは重要なことだと思います。体験がない人間の評と戦争体験がある人の評があの中に一緒になって短く載っていることはなかなか重要なことなのであって、一つの句を二人が選んでいるということはつなげるということです。その体験はつなげる、つなぎうるという意味が実はあの中に入っていて、それは無意識に伝わっていると思うんです。

もう一つ、そのことで思うのは、兜太さんが「これは今まで戦争に関して俳句を書いたことのない者の句だ」とか、「これはちょっとウソがある」とか、それを喝破していくわけ。でも、僕は分からない。戦争体験がないから。そういうことに関してはやっぱり兜太さんの厳しい目を潜り抜けたものしか残りません。戦争体験に関しては、ある人の句は兜太さんの目を潜ってます。しかし、そうでない、たとえば高校生の句とか、小学生の句とかは、もちろん兜太さんも一緒にお採りになりますが、体験がないけれどそれをどう言ったらいいだろうというところが一番の「平和の俳句」の、我々がいつも話している問題です。体験をつなぐ言葉をなかなか生み出せてこなかった。それは散文でもなかなか出来てこなかった。小説でもそれはなかなかなかった。大岡昇平など文学の、そういうレベルではいくつかはあるけれど、なかなかこれが難しい。

「平和の俳句」の中で経験のある者から経験のない者へ体験というか、あるメッセージをつなぎたい、それを言葉でやりたいということを今、模索中です。完全にこれでつながった、これが「平和の俳句」の代表句だとみんなを起こして回りたいようなものを、僕らは今、ずっと求めて、こうしてたくさんの句を採っているわけです。

加古　そうですね。短歌で言うと『サラダ記念日』の歌みたいな、ああいう感じでみんなが口ずさんで人口に膾炙するということになると、「軽やかな平和の句」が完結するという感じがしますね。

「これが平和だ」という感覚を書く

加古　戦争体験がない人が大部分になってきている中で、体験のない者が平和、戦争について詠む、これはどうやったらいいんでしょうか。

いとう　どうやったらいいんでしょうね。

金子　私はいつも、戦争体験について俳句を詠む必要があまりないんじゃないか、戦争体験を詠み込むという必要がないんじゃないか、それより、日常の中で感じている、「これが平和だ」という、そういうものを書いた方がいいと、そう思ってるんですよ。

ところが、「平和の俳句」が始まったばかりのころ、今は少なくなりましたが、大体、八十代から九十代くらいの方が盛んに句を書いてくる時期がありましたね。そういう方はみんな、戦争、戦後を体験しているわけだ。そういう人の書いたものを見ていて、こんなことばかり書いているような平和な俳句じゃダメだなと私は思いましたね。実際に、日常に感じている、「これが平和だ」ということの感覚を書いてもらいたい。そういう体験を書いてもらいたい。そう思うんです。そうなれば小学生だって書けるわけだ。最近はぼつぼつと小学生の句なんかも出てきてますけれどね。ただ、こんなことを書いたけど、これは新聞に利用されているんだというようなことで、二人ほど掲載を辞退した人がいましたね。

加古　辞退者が出たことがありましたね。

金子　そういうものを中傷する大人の悪い知恵がありますから、十分警戒しながらだけれど、とにかくどんどんどんどん、日常の今の体験をそのまま書くということが大事じゃないか。そのためにも言葉なんかにこだわらない。この五七五という詩形の生み出す言葉の美しさってものを身をもって体験してればいいんだよ。日本語の中ではいちばん美しい言葉ですよ、俳句が作っている言葉は。俵万智がいくら短歌を作ったってダメなんだ。俳句にはかなわない（笑）。

いとう　兜太さんとは今、一か月に一度ずつ、お会いして、選句しているわけですが、そのとき、ちょこちょことこういう話をするわけです。金子兜太という人が最初にこの企画を引き受けたとき、どういうビジョンでやっていたのか、ようやく僕にもわかった。半年かかったですね。僕はむしろ、そういう経験を伝えなきゃいけないいんじゃないかと思って採っていましたけど。今後も、それは事実としてここに載せるべき体験だと思うものはもちろん載せますけれど、兜太さんが求めているものは「今」というもの、つまり、「今」というものを書けば、今の安寧というものに敏感であれば……。さっき言った、「さび、しおり、ほそみ」とか言っている日本の感覚の中に平和というものが入るということが、どうも今はまだ……。

だから、これは実は俳句革命なんですよ。意外にというか、俳句革命が実は起きていて、それを全く僕は気づかないで、兜太さんを政治的なことに引っ張り込んで申し訳ないとか思いながらやっていたけれど。俳句のことをやるなら、これは俳人がやるべきというふうに金子兜太という人が思っているということが分かってきたというか。そのことにびっくりしますね、やっぱり。

僕は近眼だから、一生懸命遠くを見て、企画を立てているつもりだけれど、それはまだまだ狭い狭い、小さい小さいという感じ。ただ、兜太さんとやっていることは面白い。昔から兜太さんのことを自分のおじさんだと思っているところがあります。僕も両親が長野県なので、山国系の辛辣な物言いとか、汚い言葉とか、好きなんですね。それでわりかしうまくやれている部分があるんじゃないかって。

金子　いやあ、こっちも大好きだ（笑）。だから、変なことを言うようですが、芭蕉の〈古池や蛙飛こむ水のおと〉なんて、まさに「平和の俳句」じゃないですか。そういうことで受け取ってもらっていきたいと思ってるんですよ、私は。

いとう　なるほど。

金子　どんどん作ってくれ。しかし、〈わが妻の池に飛び込む水の音〉、これはあまり平和じゃない。

いとう　しょうがないですねえ（笑）。

平和を詠むのにふさわしい時代

加古　ある意味、平和を詠むのに今という時代はふさわしいかもしれないですね。つまり、平和が疑いのないものである時代はあまり平和の句って詠めない気がするんです。

いとう　そこが忸怩たるところで、若い子が「徴兵って何なんだ」ということに関して句を書いて来ると、ビビッドになるんですよ、その句がパッと生きて来る。だけど、そんな世の中だから句が生きて来るということでは本当は駄目なのであって、そこはものすごく裏腹なものを抱えていると思いますね。それは文学がもともと抱えている問題と思います。貧しさの中でのほうがよりすごいものが出て来たりというのがどうしてもあるんですよね。だから、僕はそこも見ながら、物を選んでいるつもりです。

その危険から離れて一番重要なことは、これが「平和の俳句」って書いてあるということだと思うんです。つまり、兜太さんが言われたように、〈古池や蛙飛びこむ水のおと〉をそのまま読んだときと、「平和の俳句」と横に書いてあって読むときと、全然受け取り方が違うじゃないですか。そうすると、今のほっこりした気持を書くだけでそれでいいんだということは、「平和の俳句」ということがなければ出てこなかったものの見方ですね。

金子　そうそう。

いとう　だから、「何を甘っちょろいことを若い者はぼんやり言っているんだ」で終わらない。これがものすごく大事なんだ、何よりもかけがえがなかったんだとか、かけがえがないことが常に続いている、このぼんやり感がいいんだとか。戦争になったらこんなことはありませんよと。〈戦争はすべての季語を破壊する〉という素晴らしい俳句が「平和の俳句」にありました。僕もそれは毎日感じますね。ああ、梅雨がそろそろ終わるなとか言ってる場合じゃないんだ、そんなこと言ってられないじゃないかと思っちゃう。その季節を感じる心を殺されていると思ったとき、もうすでに戦争が始まっていると僕は思うんです。ドンパチやることが戦争なのではなくて、夜郎自大なやつらが出て来て、小役人が大威張りして、読んできた小説やルポルタージュのとおりのことが起こる。もうすでにそれが戦争なのであって、だとすればそれに対置する、平和で品のいい、あるいは品が悪くても行儀のよい、そのような日本語がより多く生まれるということに、二十年後、三十年後の人たちが、「あの時、あれがあった」と言ってくれるんじゃないか。そういう思いでやってますね。

加古　昨年の終戦記念日のお二人の対談の時も、「下からの抑圧」ということをおっしゃってましたね。時代がそういう雰囲気になると自分たちでそういう社会を作ってしまうと。

いとう　自由がいやになっちゃうんですね。自由を放っぽり出しちゃう。自由じゃないほうについているほうが偉いと思ってしまう。どんどんどんどんそういう人たちが出て来る。匿名でそういう人たちがやり始める。というか、戦後史ならびに哲学的には分かっていたけれど、兜太さんが「これは十五年戦争が始まるときと雰囲気が全く一緒だ」とおっしゃった。その時、感覚的にはハッとしましたね。兜太さんが「体から体へ」とおっしゃったのはよくわかることで、その時、僕も初めて、「あ、これがあれか！」と。しかし、「これがあれか、では済ませないぞ、今回は」と、そういう思いがありますね。

新興俳句が弾圧されたとき

加古　金子さんは新興俳句が弾圧された当時の空気をまさにご存じですね。

金子　ええ。私が十九歳の時に国家総動員法が施行されました（一九三八年）。その年から翌年ごろにかけて、俳句弾圧事件という、知ってる方は知ってる事件があった。今日もここに京大出の秀才、大串章さんという人が来てますけれど、「京大俳句」の平畑静塔氏あたりが軸になって、治安維持法で検挙されました。最初の第一次検挙は京大俳句中心、その翌年（一九四一年）、東京に移りまして、私が属していた俳句雑誌の「土上」の主宰、嶋田青峰先生とお弟子さんが二人ほど検挙されました。世に言う俳句事件というのが国家総動員法を機に約二年間に亘ってあった。そして戦争が起こっているわけです。日米が戦いを始めた。そういう非常に際どいところで俳句が非常に神経質に扱われたということ。あらためて、これは皆様方、ぜひ承知しておいていただきたいです。特に俳句って、そういう妙な力があるんです。季語のないものを俳句だなんて言っている新興俳句というものはけしからんということですからね。こんなものは俳句じゃないから、作っている野郎は捕まえちまえばいい、みんな牢屋に放り込んじまえということなんです。それくらい、時代を敏感に反映するものが俳句というもののなかにはあるわけです。

その時代を青年時代に体験しているものですから、どうも私は今の状態を見て、国家総動員法のあの時期と似たものを何となくそわそわそわそわ感じてますねえ。私なんか当時、あまり意識の高いほうじゃなかったから、ああ、京大俳句の平畑静塔さんがやられたとか、それくらいの伝わり方でね。最後に西東三鬼が捕まったという話も聞いた。ところが、西東三鬼は翌日釈放された。どうも親戚に検事がいたらしいという揣摩憶測《しまおくそく》もまことしやかに流れた。そんなことも身に沁みておりまして、ちょうど際どい時期、戦争直前に俳句が弾圧されているこの事実は、今でも私の身に沁みてるんですよ。

時間が長くなりますが、早稲田大学かどこかの講師をされておりました嶋田青峰先生も検挙された。先生が獄中で血を吐きまして、もうお年でしたから帰宅を許された。そこで私は先輩に連れられて先生のお宅に行って、お話を承ったのです。青峰先生はお年を召してましたが、海苔の丸い缶を自分の前に置いて、ふたをポコッポコッと上げたり下げたりさせながら、静かにお話になったのを今でも覚えています。「なんで自分が警察に捕まるのか分からん」ということを盛んに言っているんです。だから、「土上」という雑誌に非常に尖鋭な、ウルトラリアリズムとでも言ったほうがいいような、そういう人が二人ほどお弟子さんの中に居るんじゃないですかと、われわれは知ったかぶりで言ったのですが、「だれでしょうかねえ」くらいの調子なんです。そんなことで非常にのんびりした、しかし、悲しげなおやじだなあと思って別れたんです。

その先生が獄へ入れられて、血を吐いて、とうとう死んじゃった（一九四四年）。だから、先生が俳句事件で死んでしまったということは、青年の私にとっては気持のなかで非常に……。私は戦争に行ったのが二十五歳ですが、そういう体験を思い出しました。

今度の特別秘密保護法とか、九条に集団的自衛権を認めるとか認めないとか、そういう御託を並べているのを聞いていると、ちょうどあの時期を思い出すんですよ。私が十九歳から二十一歳くらいまでの、あの俳句事件を、そしてあの時期を思い出す。果たせるかな、すぐ米国と戦うことになるわけです。あれを今でも思い出しますね。

だから、私の場合は普通の和やかな気持ではなくて、非常に切実な、体験的なものの考え方を、この問題になりますと、しますね。体験的にものを考えてみる、それだけ根深いと思っております。だから、いま私は「平和の俳句」には全面的に協力したい。そう思っているわけなんです。余談に近い話ですけれども余談とは思いませんが、こんなことを体験している男が皆さんの前で今、べらべらべらべら何か喋っていると、そう思っていただければそれで結構でございます。

加古　金子さんは無季でもいいと言われる、その背景にはやはり新興俳句の事件もあるんですか。

金子　ええ。それもあります。ありますが、自分がムキになってるからじゃない（笑）。新興俳句運動というのは無季を認めようとしたのですが、無季だとか有季だとかと、そういう詩の言葉の種類を区別する時期は過ぎたというのが今の私の思いです。もう「詩の言葉」として括っちゃえばいいんです。季節の言葉もあれば、社会の言葉もある、恋愛の言葉もある、そういう言葉が全部、俳句が創り出した「詩の言葉」としてあるんだと、そういうふうに現在、私は思ってます。

五七調最短定型というこの形式は実にそういう点は根深いですよ。この音数律の美しさ。さっき申し上げたゲイリー・スナイダーさんが「日本語には音数律という素晴らしいリズムがある。われわれにはない。われわれはしようがないからストレス、強弱で音の強さ、弱さを出しているが、これは音数律にはかなわん」とおっしゃってましたね。間違いなくそう言ってました。そういう事実一つにも、異国の心ある連中は日本語のこの美しさがわかっている。日本の美しいリズムから出て来る詩を愛する、言葉を愛するということですね。

だから季語だ、蜂の頭だ、何だとガリガリガリ、虚子が言ったからといって馬鹿の一つ覚えでそれについて言って回る必要はない。新興俳句運動をやってる連中はそれに気づいてた、頭の進んだ人たちなんですよ。だけどやられちゃった。そういうことなので、そんなことにこだわらない、ここにいらっしゃる方たちだって、俳句の生み出す詩語というのが包括的であって、季語だの無季語だの、そんなことを区別するバカはいないというふうに思っておられるはずです。私はさっきから皆さまのお顔を見てるんですけど、ここにおられる方たちはそういうバカはいないと思う。そういう思いで、ただ今、私はしゃべっております。（拍手）

俳句という形は平和にも戦争にも使われる

加古 自己の問題と他者の問題というか、新興俳句の弾圧も実は俳句の世界の中で起きたことでもあるわけです。主導したのは小野蕪子でしたか。

金子 ま、そう言われてますね。

加古 だから、俳句という形が平和にも使われるし、そうじゃないことにも使われてしまう。そういう危うさみたいなものがあるわけじゃないですか。そこらあたりはどうですか。たとえば、今だって自民党の文化芸術懇話会に呼ばれている人は作家なわけですね。そういうことが起きるということです。

金子 俳句の世界ですと、虚子が「有季定型」ということを大正の初めに言い出しましたね。「必ず季語がなければならない」というふうに言った。そして、昭和三年の自選句集を出した時、「花鳥諷詠」という言葉を使っているわけです。「俳句というのは季語があって」、彼は自然と言わず季節と言っていますが、「季節を歌うものである」と決めちゃってるんですね。それをバカの一つ覚えに、みんなそのまま飲み込んじゃって、「俳句には季語がなければならない、季語がなければならない」、そういうふうに思い込んじゃってるんです。

小野蕪子さんという方は新興俳句の主導者だということで伝わっていまして、あの方は

NHKの偉い人だったそうですが、彼は「季語なんかなくてもいいんだなんていう不埒なやつがいるから、括ってくれ」ということで、括ってもらったという話ですね。そういう不埒なことが行われるわけですよ。

いとう　一方で戦争のスローガンにも文学が使われるというか。そもそも解釈とか言っている時点で文学なんですよ。今、政権のやっていることは悪しき文学。言葉の精度がすごく欠けていて、イメージだけで論理が進んでいる。それでいいんだろうか。そして、平和の法案であると言っていること自体が悪しき文学なので、そういうとき、僕は散文家ですけれど、文学者は「文学」を批判するべきだと言った人がいて、これ、正しいと思うんです。その文学がどういうふうに甘っちょろいものであるかは文学者が一番よく分かるというか、そこにその言葉は使わないだろうということを言っていく。もう一つの批判の仕方は、これが練られた言葉である、よい言葉であると提示することだと思うのです。僕は「平和の俳句」は、そっちのクリエイティブなやり方でも批判し、選の中ではポエティカルなことも言い、そういうことを両方やっているという思いでいます。

だから、当然、「平和の俳句」に対して「戦争の俳句」というものも出て来るでしょう。言ってみたら、それには敏感であることが出来る。なぜならば私たちはよい「平和の俳句」を知っているからだ、ということになりますね。よい句を知っているから悪い句が分かるということがある。そのために今、まず三六五句を選ぶということをやっていると僕は思っています。

最初に兜太さんは「百年は生きる」って言ってましたが、いろいろな人が「平和の俳句」を選ぶ、この年はこの人が選ぶ、別な年はこの人が選ぶということが本当はあっていいと思っていて、その人たちによってまた違う幅の「平和の俳句」が生み出されることもあるだろうとも思っています。

自由に平和を考える

加古 今、これからにつながるような話が出てきましたが、金子さん、どうですか、「平和の俳句」のこれからはどんなふうに思われますか。

金子 ええ。「平和の俳句」はこれからですね（笑）。

加古 今、折り返し点で、これから？

金子 ええ。いろいろ先入観なんかで「平和の俳句」というのを意味づけちゃっている傾向がありますね。こういうものでなければならないと思ってしまう傾向がある。特に日本人はそういうことが体質に合っているんじゃないかな。何かというと、虚子みたいに「俳句は有季定型だ」とか「季語がなければならない」というふうに決めちゃって触れ込む。それを金科玉条にして俳句を作る人が昔から多いし、今でも多いんじゃないかなあ。そういう人は、今のように、九条はこういうふうにも理解できるんだと言われればそうだと思い込んでしまうんじゃないんですか。自分の頭でしっかりものを考える人がまだまだ少ないな。私は外国の人とあまり接してないから分かりませんが、芳賀さんのフランス体験などのお話を聴けば、きっとそういうこともよく分かってくるんでしょうが。先入観とか決めたことがあるとものが考えやすいから、どうしてもそうなりますね。

「季語がなければならない」と決めてもらうと、「ありがたい、ありがたい」と言って、家のお風呂に三度くらい入って、踊りでも踊りたくなる気持になるんじゃないですか。この五七五という詩形が生み出す詩の言葉であれば何でもいいと言うけれど、そりゃあ面倒臭いからちょっとやめておこうと、そういう人が多いんじゃないでしょうか。クリエイティブになるというか、創造するという考え方が日本人の場合は少ないんじゃないかと思う。その点、欧米人はどうなのか、芳賀先生に伺いたいと思っておりますけれど。

どうも日本人はクリエイティブじゃないですね、私はそう思ってますよ。人がいいんですかね、ちょっと見どころがある人が言ったことをそのまま信用するという、そういうことなんです。だから、いい奥さんと一緒になるとすぐ奥さんに従っちゃう（笑）、そういう傾向があるんじゃないかなあ。さっきせいこうさんが言ったようなかたちで企画が進んでくれば、皆さんにも自由ということが分かって来るんじゃないですかね。自由に平和を考える、そういう俳句が出来て来るんじゃないか。それなんですね、私が期待するのは。

加古　そうですね。俳句を狭く捉える考え方からすると、載っている句自体がちょっと俳句とは言えないんじゃないかみたいなものまで含まれているわけです。でも、逆に言うと、俳句ってこんなにも自由なんだということが掲載されている句を通じて多くの人に分かるという、そういうこともあるんじゃないでしょうか。

いとう　そうですね。今、兜太さんがおっしゃったことはほとんど「後半の選考を、お前、ちゃんとやれよ」と言われたと同じような気持ですね。こういうのが「平和の俳句」としていいと決めつけないように気を付けているのですが、どうしても、選ぶ側としてはついつい陥ってしまいやすいところなので、一層自由に、一層新鮮なものを、そして、「これ、下手なんじゃないかな」と思うものもすぐに捨てない。何かあると思ったものはなるべく取っておいて吟味する。詩語としての平和の句というものを作る、言ってみたら一年で作るというのはある意味で促成栽培、しかし、ある程度のことはやっておきたいという思いもあり、これから楽しみですし、東京新聞としても、さっきの英語のこともそうだけれど、外国の人、けっこうな人たちにも作ってもらうということも含めて考えていただきたい。

今、紙面では面白いことをいっぱいやっています。この間も、半年くらいの掲載の中から、この人はこれを選ぶ、この人はこれを選ぶと、いろいろな方々が選んでいる企画も大変面白かったので、そういうスピンオフを含めて全体が「平和の俳句」と思っています。ぜひ皆さんにも協力していただいて、新しいというか、普遍的な文字の運動、音の運動というか、金子さんに言わせればつまり、社会をも詠み込める俳句を広げたい。

プロレタリア文学の時はどうしても上に社会があって、文学が下に来ちゃった。僕はプロレタリア文学はそれなりの役割を果したと言いたいところなんですが、でも、そうなってしまった。この「平和の俳句」に関しては、社会も自然も何もかもを俳句が詠める、そういうことを示すことが「平和」なんだということでしょう。けっこう、これはすごい概念と思うので、大切に扱いながら、なるべく大きい輪っかで振り回しておきたいという感じがあります。頑張ります。（拍手）

自由な気持ちで採りたい

金子　ちょっと加えさせてもらいます。いとうせいこうという人は音感の鋭い人です。音楽知識も詳しいし、ついこの間も、ある雑誌でお坊さんとこの方が対談しているものを拝読しました。そして、驚きました。この人の音楽知識、それから音感の深さ、これは大したもんです。

お坊さんの方もお経を通じて音感に対し深いものを持っている。だから、どういうお経が信者に対してどういう影響を持つかということをいろいろ語ってますね。それを彼がそのまま受けて、ちゃんと語り返しているという、とてもいい対談でしたけれど、一貫してふたりで大人の話をしているんです。しかも、一方はお坊さんですよ。一方はこういう人ですな。

いとう　こういう人って……（笑）。

金子　私は驚きました。そこで、彼が言っている、「今の、ナウなものを想像して作っていけ」という話は非常に大事なことです。あまりいろいろなものにこだわるな、自由にやっていけ。同時に、この人の才能が言わせている言葉です。だから、これは間違いない。俳句は最短定型詩で、音数律なので、これ自体が音楽なのです。それにしちゃ、この人の俳句はあまり上手じゃないが（笑）。音数律をもっとよく紹介してもらいたいと思っている。その代わり、ラップラップなんて。

いとう　いえ、ラップです（笑）。

金子　ラップがすごいです。一遍、お聴きになってみたらいい。ある集会で、最後の締めくくりにこの人がラップラップラップラップやったら、会場の女性たちが陶然として聴いていたという話を聞いてますから、一遍、お聴きになってください。とにかくこの人が選んだ俳句の音数律で示されている音感、これを皆さん、学んでほしいです。これは精神的なもので、私などとても及びません。私の場合はあくまでも七五調の民謡しか分からない。だから、私に音感を語る資格はないんですが、この人はその点、私の代弁者と言ってもいいくらい、ともかく音楽については何でも知ってます。

あのお坊さんも大阪の方で、偉い人ですな。

いとう　釋徹宗さんですね。

金子　お経の音数律なのかな。

いとう　音波的に見てます。声明《しょうみょう》ですね。

金子　うん、声明。受け答えで、これはこういう効果があると言っている。すごいですよ。

いとう　くすぐったくなりますね（笑）。今のお話を聞いて、あ、そうか、「平和の俳句」って、つまり自由の俳句なんだということが分かりました。

金子　うん、そういうこと。そうなんだよ。

いとう　平和って何かというと、自由でいられるということなのであって、これはもう、まさにヨーロッパなんかにきちんと打ち出すべきもの。われわれが持っているもの、「平和の俳句」とはそういうものなのじゃないか。そういうことが分かったので、その自由の俳句であるべく、きちんと僕も自由な気持で採りたいと思います。

加古　まだ半年残ってますからね。

いとう　まだまだやれる。

加古　まだまだ。少なくとも年末までは東京新聞の一面に載っておりますので、取ってない方はぜひ東京新聞を取ってください。

いとう　アレッ、そうだよ（笑）。

加古　では、どうもありがとうございました。（拍手）

（『件』二六号　「東京新聞「平和の俳句」」「みなづき賞」受賞記事、二〇一五年十二月）

＊この贈賞式にはドナルド・キーンさんと宮坂静生現代俳句協会会長よりお祝のメッセージが寄せられ、会場には芳賀徹さん、澤地久枝さん、俳人の筑紫磐井さんと西村我尼吾さんがご出席。祝辞を述べられました。

（黒田追記）

死者とともに走る

金子兜太

私は中部太平洋上の大珊瑚環礁トラック島で、今次大戦の終末を迎えた。敗北までに、米軍機の銃爆撃による死者、本土との補給路を断たれたことによる餓死者をはじめ、赤道直下の炎暑の島で死んでいった人たちを、目前で見送ってきた。

私の脳裡には、銃爆撃でひんむかれた赤肌の島があり、生き残って帰ってきた者たちの残した小さな共同墓碑がある。

そのときの体験の一つを書いておきたい。マリアナ諸島が米軍の手中に帰したあと、武器も食料も現地で賄うことを余儀なくされたとき、手榴弾も試作された。そしてその実験を、私の所属する海軍施設部がやることになったのである。施設部は土建専門の部隊で、軍属が過半だったから、危険なことはまず軍属からということだったのだ。

海ぎわに実験をする男が立ち、横に落下傘部隊から来てもらった古参の少尉が立って、すべてを指図してくれた。そのとき甲板士官の私は直接の責任者なので、後方六、七メートルほどのところに掘られた戦車壕の上にいた。ほかの連中は壕の後ろ。

実験は即座に失敗した。手榴弾が手もとで爆発したのである。男は一瞬浮き上がり、どうと倒れた。少尉は海中に吹き飛ばされていた。私たちは一せいにとび出して、男を抱きおこしたのだが、右腕はなく、背中は運河のように抉られていて、すでに絶命していた。抉られたあとの肉の壁がまだ白かった。

とび出した連中のなかの一人が男を背負って走りだした。まわりをおおぜいが囲んで走っていた。私もそのなかにいて何か怒鳴っていたことを思い出す。みな、わっしょいわっしょいと叫んでいた。そして自《おの》ずから海軍病院に向かっていたのである。

あの叫び声が、死体の肉の臭いとともにある。とても忘れられるものではない。

（『いのちの叫び』藤原書店、二〇〇六年）

戦争体験語り続ける

金子兜太

九十五歳の自分が今できることは、戦争体験を伝えることだ。今の政府の憲法九条の扱いは、国会議員で戦争体験を持つ人が少ないことも関係あるのではないか。

昭和十六（一九四一）年、二十二歳で大学に入った年の十二月、戦争に突入した。その年と前年には新興俳人が検挙、私の師匠で『土上』主宰の新興俳人嶋田青峰も投獄され、その後死亡した。

昭和十八年八月、二十四歳で大学を繰り上げ卒業した。海軍経理学校を翌二月末に卒業、中尉になった。その間学徒動員で同輩や後輩が随分死んだ。

昭和十九年三月、二十五歳で中部太平洋上の珊瑚環礁トラック島に配属された。海軍の第一線の戦場だ。二月に二日二晩にわたるアメリカの空襲で多数の輸送船、艦艇、航空機が破壊され、死者は二七〇人以上。上陸したら黒こげの島だった。その後米軍がマリアナ諸島を占領したため島は孤立し、食糧や武器が不足する。

工作部が手製の手榴弾を作ったので、一番身分の低い工員に実験させた。手榴弾は手元で爆発し、工員は右手が吹き飛び、背中がえぐられて肉の運河ができた。即死だった。死んだ工員を仲間がみんなで担ぎ上げて、「わっしょいわっしょい」と病院へ向かって走り出した。私も一緒になって走った。その時、人間っていいものだなと思った。人間がこんな惨《むご》い死に方をする戦争は、悪だと思った。

上官の矢野兼武海軍主計中佐が内地に帰る際、私に俳句会でみんなの気持ちをなぐさめてやってくれと言った。中佐はサイパンで戦死した。陸軍少尉の西沢実と、陸軍の軍人と海軍の工員一〇人ほどで俳句会を始めた。三カ月後、分散して芋を栽培することになり、打切られた。

私は二〇〇人を率いて「秋島」に移ったが、害虫のために十分な収穫が得られず餓死者が多数出た。あらくれ者の工員たちが仏のような顔をして死ぬのが辛かった。俳句を作る気が起きず、妄想や捨てぜりふを日記に書いた。敗戦の詔勅を聞いた朝、ぽっと俳句ができた。

師匠の死、同輩や後輩の死、手榴弾実験の死、餓死。こんな惨いことが二度と行われないように、私はこの体験を語り続ける。(談)

(『機』藤原書店、二〇一五年八月)

朝日賞

「存在者」に徹する

金子兜太さん　俳人

私は「存在者」というものの魅力を俳句に持ち込み、俳句を支えてきたと自負しています。存在者とは「そのまま」で生きている人間。いわば生《なま》の人間。率直にものを言う人たち。存在者として魅力

のない者はダメだ――。これが人間観の基本です。

父は埼玉県の秩父の開業医で、俳句をやっていました。俳句会を開くと青年たちが集まってきます。ところが酒が入り、けんかが始まる。母は怒って「兜太、俳句なんかするんじゃないよ」と言う。しかし、私が触れたのは存在者たちの姿です。それを通じて「知的野生」ということを教わりました。

存在者の魅力を確認したのは戦争です。私は25歳から27歳まで南方のトラック島で海軍施設部の隊におりました。そこの工員さんたちは秩父の青年たちより、さらに存在者の塊のようでした。その愛する人たちがたくさん死んでしまった。それは痛みとなって残っています。

私自身、存在者として徹底した生き方をしたい。存在者のために生涯を捧げたいと思っています。

◇

かねこ・とうた　戦後一貫して現代俳句を牽引《けんいん》

『朝日新聞』二〇一六年一月三十日（土）　朝日賞　受賞者スピーチ

人間って善いもんだ——トラック諸島で見た修羅場

金子兜太

南方第一線

一九四四年（昭和一九年）三月、トラック諸島の夏島に着いた。夕暮れの海の至る所に傾《かし》いで沈む艦船、向かいの島には瓦礫《がれき》と化した零戦の残骸。その半月ほど前、米軍機動部隊の急襲に対し、なすすべもなく、航空機二七〇機、艦船四三隻を失っていた。

〈トラック諸島（現チューク諸島）は日本統治時代、西太平洋の要衝で、海軍基地が置かれた。一九四四年二月の米軍の空襲により基地機能が無力化した〉

私は前年秋に東大を卒業して海軍経理学校に入り、半年で修了したばかり。東大では「日本の生産力は米国の一〇分の一以下。日本は負ける」と教わった。一方、郷里の秩父（埼玉県）の大人たちには「このままでは負けちまう。俺らは食えなくなる。兜太さん、ぜひとも勝ってくれ」と頼りにされた。青年の侠気《きょうき》で激戦の南方第一線を志望、第四艦隊の土建部門・施設部に主計中尉として送り込まれた。

上官が私に告げる。「気の毒な所に来たな。間もなくサイパンがやられる。補給がなくなる。ここはもうダメだ」。上官は名の知れた詩人で明察の人だった。

三か月後に米軍がサイパンに上陸、やがて日本軍は壊滅。トラック諸島への補給が断たれる。邦人女性らは既に帰国させていた。島は殺風景になった。施設部の工員らは日本で食えずに南方にやって来た無頼な連中だ。先住民カナカ族の娘を暴行し、仕返しに蕃刀《ばんとう》で斬殺される事件が続いた。男色が一気に広がり、若い男を取り合う殺傷沙汰が相次いだ。気に食わない上司を殺し、自害する工員も出た。

私は詩心のある西沢実陸軍少尉と陸海軍合同の句会を主宰した。「皆を句会で慰めてくれ」と上官に言われていたからだ。

船頭小唄

武器弾薬の補給も途絶え、工作部が手榴弾《しゅりゅうだん》を試作した。「金子士官、実験する工員を出せ」と命じられた。「兵隊がやるでしょう」と返すと、「兵隊にはやらせない」。軍属の工員は兵隊以下の扱いだった。

私は無頼な工員が引き受けることはあるまいと思いつつ、六〇人ほど集めて募ってみると、意外なことに全員が手を挙げた。自己顕示欲だろうか。体格の良い工員を選び、指導を陸軍落下傘部隊の少尉に頼んだ。

実験は海辺。私は塹壕《ざんごう》の縁に座り、約一〇人の工員が塹壕から顔を出す。実験役が起爆のために手榴弾を鉄塊に当てた瞬間、爆発。体が宙に浮き、落ちた。右腕が吹っ飛び、背中の肉は運河のようにえぐれた。

駆け寄る。すると、大きな工員が背中に担ぎ上げて駆け出した。工員の一団が「わっしょい、わっしょい」と伴走し、私も走る。二キロ離れた病院に運んだが、既に死んでいた。「あんたがいて、なんでこんなもの担いで来るんだ」と軍医に叱られた。

私の意識は違った。普段は身勝手な連中が仲間を救おうと本能で行動した。人間の芯は善、人間って善いもんだ。その人間をいたずらに殺す戦争は悪だ。

指導した少尉は手榴弾の破片が心臓に達し死んだ。謝罪のために落下傘部隊に行くと、隊長が「己《おれ》は河原の枯れ芒《すすき》」と歌いながら現れた。船頭小唄だ。

隊長が言う。「スマトラ島の空挺《くうてい》作戦は俺たちの部隊が最初に降下した。死を覚悟して降下の時、この歌を歌った。戦場で人が死ぬのは当たり前だ。悲しい顔するな」。「流行歌と共に人が死ぬ。そんな状況は善くないのではありませんか」と私。「インテリの寝言だ」と隊長。

確かに、死を覚悟した軍人は男らしく、華がある。だが、死んでもどうでもいいという状況に人間を追い込むことは罪悪だ。手榴弾事件を機に私は戦争を憎むようになった。

餓死者

食糧がいよいよ欠乏してくる。自給自足を目指し、日本軍はあちこちの島に分散して開墾する。私は工員約二〇〇人と秋島で密林を切り開き、サツマイモ栽培に励む。だが、夜盗虫に食われ、失敗してしまう。

芋がゆは半量にする。皆、空腹だ。私は崖の洞窟でコウモリの巣を見つけた。首を絞めると目玉が飛び出て死ぬ。焼いて食うとうまい。工員らと共に約四〇匹ずつ三回捕り、食い尽くした。

餓死者が出る。捨てたフグを食べて死ぬ。海水で煮た青草を大量に食べて死ぬ。トカゲを食べて死ぬ。四五年六月までに五〇人は死んだ。

秋島の先の楓島から特攻機を飛ばす計画が持ち上がる。工員五〇〇人を小舟に分乗させて運び、基地整備を始めた。だが、翌日から米軍のじゅうたん爆撃に見舞われる。夜間、ダッダッダと轟音《ごうおん》が響き、次々に火柱が立つ。美しい。そして恐ろしい。工員を多く失い、整備は断念した。日本軍の情報は米軍に筒抜けだった。

私の小舟めがけて米戦闘機が急降下してきたこともある。脇の工員に「動くな」と命じたが、動いて、機銃掃射の犠牲に。動くと目標になってしまう。

私たちは日々、生死の境にいた。いつ死んでも不思議でない。修羅場だ。

魚 雷 の 丸 胴 蜥蜴《とかげ》 這《は》 い 廻《まわ》 り て 去 り ぬ

特攻機に積む魚雷がヤシ林に隠してある。魚雷の上をトカゲが走った。そこに死の縁の不気味さを見た。その時の一句だ。

私は毎晩、部屋の壁を見つめ、その日のことを振り返って、気を静める。ある晩、壁面は夜の暗がりよりも暗くなり、光の点が動き出した。四五年二月頃だ。光の点は毎晩現れ、すっと動く。私の心は安らいだ。故郷の椋《むく》神社の祭神、猿田彦の魂に違いない。私は無神論者だが、すがるべき何かを求めていた。光明が見える限り、生きるかもしれないと思った。

敗戦は八月一五日に伝達された。日記を焼いた。戦争に抵抗せず、なまくらに生きてきた。出直しだと思った。善良な人間どもを常に生死の境に置く、戦争に反対する決意でもあった。

私は一年三か月の捕虜生活の後、四六年一一月、最後の引き揚げ船に乗った。

水脈《みお》の果て炎天の墓碑を置きて去る

（談）

文・鶴原徹也（読売新聞編集委員）

（『読売新聞』二〇一六年一一月六日）

声の存在者"Der" Existenz
金子兜太を作曲する――『少年1』(2016 / 17)

伊東 乾

初対面の筈なのに、遠くから私の姿を認められた兜太さんは杖を持つ手を高く上げ、満面の笑みでゆっくり坂を上がって来られた。私にもまた何故かしら高校で数級上の先輩と久しぶりに会う懐かしさがあった。東京は本郷二〇一六年八月九日、まだつい先日の事である。

金子さんは大学で私の父の五学年上に当たられる。兜太さんが繰り上げ卒業された翌年、父・伊東正男は旧制府立高等学校から東京帝国大学経済学部に入学したが、半年後の秋には学徒出陣、満州関東軍に二等卒として配属された。所詮は無理な戦争だった。必然の敗戦の後は、捕虜としてシベリアの収容所に抑留、強制労働に従事するうち結核罹患、国際赤十字の視察で収容に堪えずと判断され、昭和二十二年の初夏、病院船で復員したが、無理な復学が祟り、脊髄カリエスで十年ほど寝たきりの生活を送った。ストレプトマイシンがなかったなら、私はいま・ここに存在しない。

ラーゲリから運で生還した父、大牟田空襲で焼夷弾に直撃され全身四度、炭化火傷から二年の寝たきり生活を経て娑婆に戻ってきた母・恵美子。両者が四十で結婚して生まれた私の音楽に、戦争は生涯離れない骨がらみの主題である。

と同時に、戦争の悲惨をあらわに歌うテキストに、音楽の食指は動かない。戦場に咲く一輪の花、強制収容所に芽吹く小さな緑に、顕著な楽想の分泌を覚える。

犬は海を　少年はマンゴーの森を見る

一九四四年、未だ戦闘中のトラック島。毎日の朝な夕な、六歳位だろうか、半裸のカナカ族の少年が首輪もつけない焦げ茶の仔犬と浜辺に駆けてくる。その永遠の刹那を二十五歳の金子中尉は固定した。句が目に飛び込んできた瞬間、強く打たれ、刹那に作曲は始まった。

一面のマリンブルー、まさに楽園の珊瑚の島と、抜けるような青い空。ゆっくり近づいてくるグラマン、おもむろに投下される爆弾。おもちゃのように飛び散った金子中尉の下僚、軍属工員たちの首、手、足さらには男根までが「ポーンと飛んでいった」……兜太さんに伺う不可能の楽園での現実は、あらゆる机上の想像を超えた。

高濱虚子の次男、池内友次郎から俳句と一つ事として音楽を学んだ松村禎三は、中学三年の私が師事したとき五十歳を過ぎてきた。彼は自分が学んだのとまったく同じ言葉で少年の私に作曲を教えた。また、結核に倒れたハイティーンの松村がピアノや譜面に向かえず、病棟で句作を通じて「作家たること」「生きてある事」をかろうじて確かめていった自身の少年時代についても、後には赤裸々に話してくれた。慰安婦までが引き上げてしまい、完全に置き去りにされた戦局末期のミクロネシア・トラック島。兜太さんの飢餓と、松村たちが横臥した戦後、清瀬村の結核療養所での笑うことなき日々。この、死と同衾する二つの日常が重なって、私は記憶の古層……旧き褥　la couche……に、ある官能を覚えた。

＊

二〇一六年八月九日、七十一回目の長崎原爆忌に、東京大学安田講堂で「不戦の歳時記」と名づけた催しを準備した。まずアニメーション映画「火垂るの墓」を全編上映、次いで監督された高畑勲さんにお話を伺った。さらに黒田杏子、一ノ瀬正樹、そして東京新聞「平和の俳句」の選を終えた金子兜太の三氏が加わってパネルトークとなり、最後に「少年」の文字が陽に躍る兜太俳句三句をテクストに作曲した、ソプラノと室内楽のための音楽を初演した。

その第一句「犬は海を……」から作り直したのが今回のライヴエレクトロニクスである。

聴き手は冒頭、聞き慣れない「電子音」の如き響きを耳にする。どうか、その耳を澄ませて頂きたい、これらはすべて、金子兜太氏ご自身の声から紡ぎ出された「音の生糸」なのである。正確には二〇一七年一月十九日、熊谷・上之の熊猫荘で録音した九十七歳の俳人の声を正弦波の「繊維」にほぐし（シニュソイダル分解）さらに少しずつ間引いて得た響き、つまり「存在者」……ここで私は敢えて冠詞の誤りを犯そう。男性名詞として記す“Der”Existenz金子兜太……元来の女性名詞である、裸の実存die Existenzではなく……あのときサイパンの南東一〇〇〇キロに浮かぶ珊瑚礁で、自らも一個の「生（なま）の人間」とならざる得なかった青年将校の、ぎりぎりの名をもつExistenz唯一の存在の証である「声」を、秩父の「繭玉」の如く扱って、内耳・蝸牛神経の繊維が聴取可能な最小単位、ニューラルな声の「絹糸」へとぴりぴりと引き裂き、分けていったものだけで構成される。必然性のない音は一つも響かない。

かつてナチス・ドイツは映像と音響を駆使するメディア情宣で世界を席捲した。戦後、その陰画というべきホロコーストなどの事実が明るみに出ると、欧州では芸術表現の倫理が徹底して問い直されざる得ない状況となった。私はライフワークとしてヴァーグナー楽劇の演奏に取り組むが、同じ響きが伴奏して、少年を死に強いた時期があった。どれだけの「ユーゲント」と称揚された少年たちが、あるいは幾人のユダヤの子供、どれほどの心身を病んだ人、幾たりの歳老いて疲れ、倒れた人々が、楽劇の響きと共に戦地・死地に送られ、絶滅収容所のオーヴンへと運ばれていったことか。誰も数え尽くすことはできない。

戦後の音楽は倫理の必然において前衛たらざるを得なかった。例えばスティーヴ・ライヒはシカゴからニューヨークへ、あるいはベルリンからアウシュヴィッツへと「様々な列車たち」によって運ばれた生存者die Überlebende、証言者die Zeugenたちの声のドキュメントをライヴ

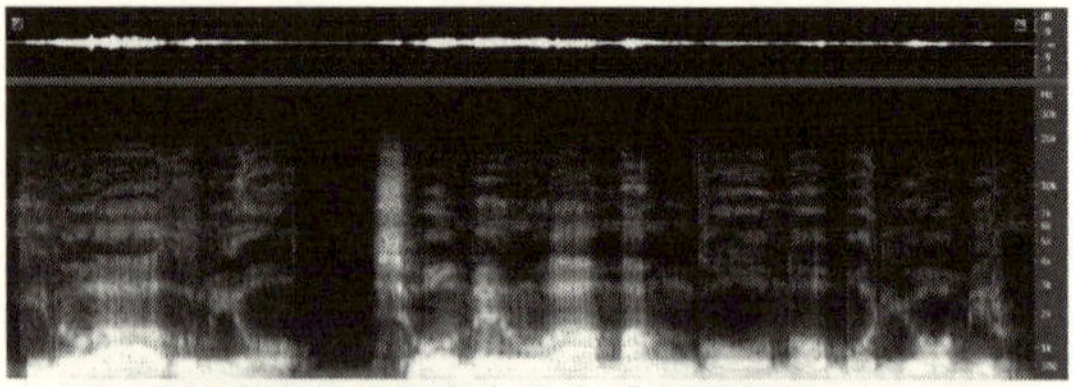

金子兜太元少尉自身の声「犬は海を……」

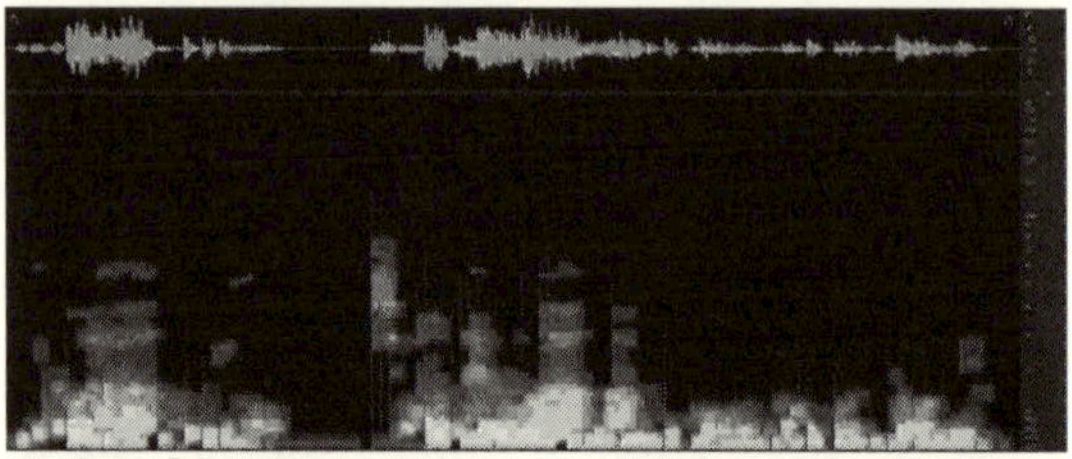

正弦波の「声の糸」に分解された金子兜太「犬は海を……」

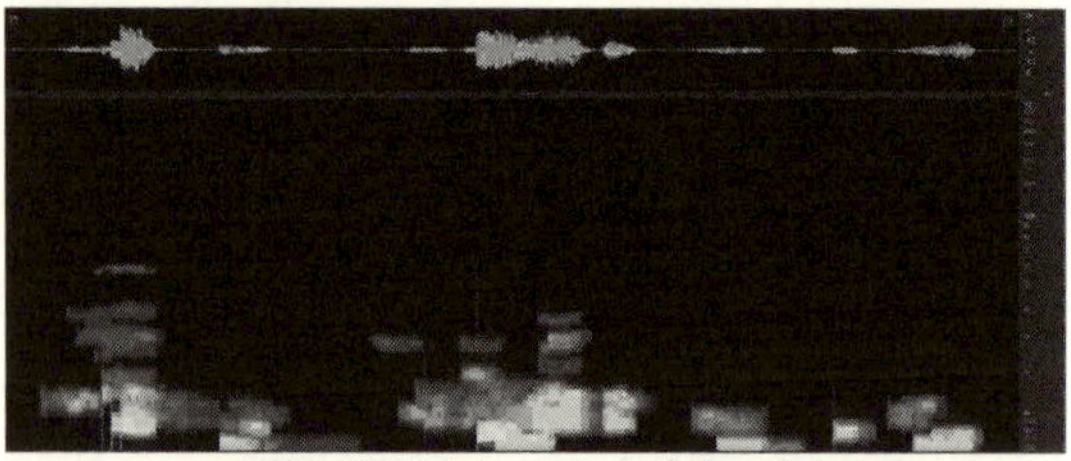

次第に間引かれてゆく「声の糸」

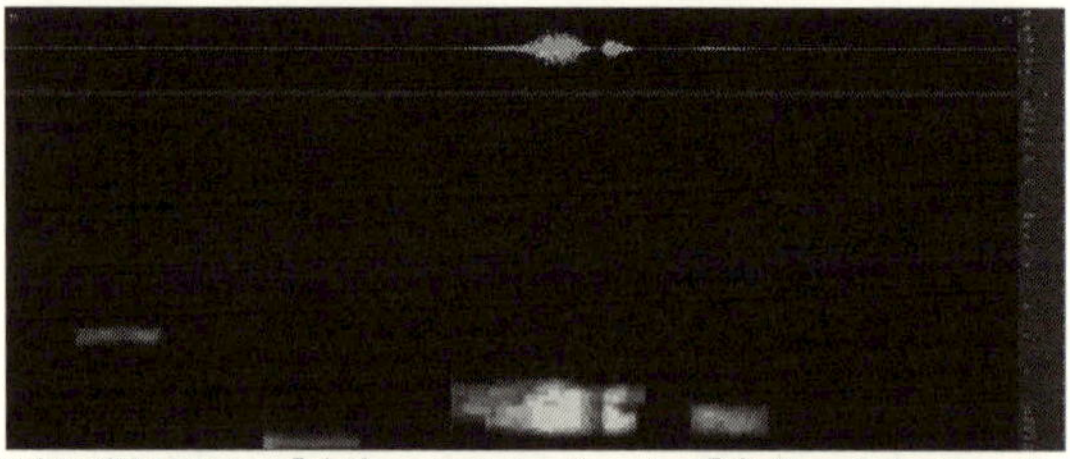

もはや意味は判らない「声色＝こわいろ」と「音色＝ねいろ」とのあわい

正弦波にほぐし尽くされた、かつての青年将校＝俳人の「声の最後の神楽笛」

エレクトロニクスの音楽作品に編む【"Different trains"(1988)】。だが冷戦末期の八〇年代に作曲されたこの仕事で、ライヒは六〇年代のアナログテープのループと本質的に変わらない切り貼りに終始する。先立ってジャン=リュック・ゴダールがソニマージュ(sonimage 音響・映像)で見せた編集の徹底には遠く及ばない。一方で大学では蓮實重彥の映画のゼミナールに出、街では武満徹の下で国際音楽誌の編集に携わっていた二〇代前半の私は、同時代先鋭たちの仕事に時差なく触れ、ライヒなどの中途半端な取り組みには歯がゆさを覚え、その先の見えない可能性を思った。

一九四〇年代末―六〇年代にかけて、多くの本質的な音楽の問題が問われた。この当時に未解決のまま残されたひとつに

「語ることと歌うことの違いは何か?」

を問うシェーンベルク/ブーレーズの「シュプレッヒゲザング問題」がある。一九九八年夏、ジョン・ケージの遺作「オーシャン」没後初演の指揮・準備で、私はマース・カニングハム舞踊団とフランスのモンペリエを訪れた。復路の途中、パリの北劇場 Théâtre des Bouffes du Nord で、ごく短時間だったが作曲家ジェラール・グリゼとこの問題を議論した。スペクトル楽派の旗手と目されたグリゼだったが、声をスペクトルとして扱う観点は彼に一切なかった。

かつて大学で物理を学んだ私には、リチャード・フィリプス・ファインマンが展開したグリーン関数の方法を簡略化して、この問題を解く見通しがついていた。内耳の蝸牛神経は音声を周波数に分解する。声のデジタルデータはアナログデータと違い、成分を周波数スペクトルに分解出来る。確かな枠組みで扱えば、かつてロラン・バルトが「声の肌理 grain de voix」と質的に表現したものを、ジル・ドゥルーズ＋フェリックス・ガタリが「純粋で分子的な多様体 une multiplicité pure et moléculaire」と夢想したような機構をもって捉え直し……ここにはサルトルが引く唯物的、分子的な無秩序 désordre moléculaire ではない、声と言葉の官能が幾重にも息づいている……「襞から襞へと pli selon pli」声の瘡蓋を引き剥がしたり、言葉を三枚に卸し意味を宙吊りにしたり、言語の関節を脱臼させたりする、より本質的な取り組みが存在するだろう。六〇年代のアナログ・ベースでは原理的に不可能、私が生まれ合わせたデジタル初期の〈いま・ここ〉にあって初めて手が届く、鳴り響く複数の声の実在 die Existenzen へのアプローチが間違いなく可能な筈だ。こうした方向性はかねて湯浅譲二さんから強く勧められていた。そこで帰国後、私は榊原健一（ＮＴＴ基礎研究所・当時）の協力を得て関連のプロセシングを実行し、最初の作品を纏めた。観世栄夫さんとご一緒した「マルセル・デュシャンとジョン・ケージによる能オペラ Quand/Temps かんたん（邯鄲）」（1998-99）である。しかし、この「かんたん」作曲の途上でグリゼは急逝してしまい、再び彼と議論する機会は永遠に失われた。また、この作品と並行して、同じシステムを使って「シュプレッツヒゲザング」など音楽の基礎的問題群を解いて学位を取り、翌九九年に東京大学に招聘されて作曲と指揮の研究室を構えた。

あれから十八年、ピエール・ブーレーズと行った「図形を用いない指揮技法」アンギュラー・ダイナミクス dynamiques angulaires のメソッド確立、あるいはカールハインツ・シュトックハウゼンと始めた、場の理論を簡素化して空間音楽を認知的に扱う手法 kognitive Raummusik の開発、さらにそれをバイロイト祝祭劇場に適用したヴァーグナー楽劇の時空間ダイナミクスの解明、その演奏技法としての整理など。凡そ音楽に携わる総ての人に役立つ基礎の仕事には一定の成果があがった。また、この間、私個人の作品や演奏の歩みは大きく遅れざるを得なかった。今回の仕事は二〇一五年、竹居秋範の協力でシニュソイダル分解のシステムをゼロから立ち上げ直すことにより、再び可能となったものである。

＊

シニュソイダルで面白い点の一つに、人が音声言語に用いる「子音」つまり k とか sh とか ch などの音素を極微の時間取り出し、残響を与えて引き伸ばすと、そこから「笛」のような音、能で用いる「小鼓」や「大鼓」にも似たアタック、神楽の「鈴」や「シンバル」あるいは「銅鑼」の如き金属音色など、世界各地の宗教、儀礼の祭具を想わせる響きが得られる事実がある。一昨年に初めて見出して以来、ずっと心惹かれている。

一句の響きには無限の色彩、無間のアタックと夢幻のしじまが息を潜める。そうした声の生糸の「縒り」を、解して響きの奥へ分け入るとき、人は音声の原痕跡と呼ぶべき瞬間の祭礼を、言葉と音のはざまに非在する虚空の伽藍を聴き始める。

プラトンの洞窟、あるいは原始教会のカタコンベ。太古の人々が残響の長い空洞で密かに漏らしたかもしれない、極微の呟き、幽かな囁き。それらが虚ろに谺して、あるいはソクラテスの耳にダイモニオンを幻聴させ、古代の神官や祭具職は神楽の鈴や笛の音、また上座部仏教のシンバル音色などを……自身はそれと知ることもなく……洗練させていったのか？　意識の下の悠久の記憶の水脈。縄文や土鈴、また土笛に心惹かれる人は多い。半歩進んで声と響きの新たな考古……子規なら文学の幾何とでも呼ぶだろうか……見えないその先を俳人たちに訊きたい。

今回の演奏ではまた、有機化学の白川英樹教授にご指導頂いて、自分でも試作している高分子フィルムのスピーカーを併用した。正確にはピエゾフィルム・スピーカーという。薄く透明なフィルムは様々な楽器の内部に自由に入り込む。そこから新たに立ち上がる音と言葉。「こわいろ」と「ねいろ」の間に、雲母の様に多層で繊細な未踏の領域が劈開し始める。

この作品で聴き手が耳にする、そうした響きはすべて「犬は海を　少年はマンゴーの森を見る」と詠む俳人ご本人の声から導いた。しかし、この句は戦後、前衛俳句を理論と実践で牽引した人によって詠まれたのではない。

はるか以前、南方の最前線で生死をさまよい、からくも生き残った青年が、奇跡の句会を珊瑚の島で開き、一個の生（なま）の人間となった瞬間。そこでかろうじて「彼」が「彼自身」であった「存在者"Der" Existenz」金子兜太中尉が詠んだのに他ならない……そのとき彼は断じてdas Mann……ハイデガーが指摘する、主体を失った道具的人間……ではなかった……。

一人の青年将校が死の島にあって、人が人たる証しを刻印した瞬間の「声」。その「存在」はあらゆる「本質」に先立って……l'existence précède l'essence　ここではサルトルの顰に倣おう……其の瞬間、其処にあった。声は一句に化石し、永遠の刹那に木霊する、時を越えた器として、句集に静かに刻印されていた。

私はこれを歌いたいと思った。これを歌い続けること、常に新たに息が吹き込まれ、歌い直される事で、声の命の永続を希った。涎のように楽想が流れ、音楽を作った。

『少年1』（2016/17）の末尾は聴き手への問いに開くこととした。余情などとは言うまい。答えのない問いに終わりがないように、この作品にも終わりはない。爆弾の直撃を受けた後、それでもまだ、じっとマンゴーの森を見つめているのは

録音風景

……“Der” Existenz……いったい誰か？　森は杜として魂の棲み処となるか？　過去、現在そして未来を永遠に彷徨するだろう、複数の少年たちの行く手を、誰も知らない。

望外の金子兜太さんとの出会いを今回のコラボレーションに発展させ、私のライフワークを一歩進めて下さった黒田杏子さんに、感謝をもってこの作品を献呈したい。

（いとうけん）

1　未少年
2　少年零
3　ピアノのためのインターリュード1
4　少年それから
5　ピアノのためのインターリュード2
6　ヴィオラのためのインターリュード
7　少年1

少年〈雫〉　トラック島　金子兜太＋伊東乾
2017 01 15

第3章　金子兜太かく語りき

この章は、私が聞き手をつとめ、昭和の俳句を牽引した十三人の方々（桂信子、鈴木六林男、草間時彦、金子兜太、成田千空、古舘曹人、津田清子、古沢太穂、沢木欣一、佐藤鬼房、中村苑子、深見けん二、三橋敏雄）へのロングインタビューをまとめた『証言・昭和の俳句』（角川学芸出版、二〇〇二年）の中から、「金子兜太さんの巻」を全文収録しています。証言者のラインナップは私の希望です。

この「証言シリーズ」、実際にはどなたの巻も、黒田との問答の形ですすめたのでしたが、編集段階で私の発言はすべて消去。話し手が終始一人で語り下ろした形にまとめています。私事ながら、この方式がとても読みやすいと、哲学者の故鶴見俊輔さんに「あなたはすばらしい編集者だ」と賞めていただいた遠い日のことが忘れられません。

この『証言・昭和の俳句』ロングインタビューでは、十三人の証言者が巻末に、その時点での自選五十句と自筆年譜を付しています。二十年近くも前の金子さんが選ばれた自選句を味わっていただきたく、そっくりそのまま収録しています。年譜も当時のものです。

もう一つ、本章では、国際的な社会学者であり歌人でもあった鶴見和子さんが二〇〇六年に他界された後の「偲ぶ会」、その後も現在に至るまで毎年七月三十一日の忌日に開かれている「山百合忌」での金子さんの献杯のごあいさつ、悼詞（いずれも『環』誌に収録、藤原書店）もごらん頂きます。ちなみに「山百合忌」には美智子皇后もたびたびご出席です。

（黒田杏子）

わが俳句人生

金子兜太
聞き手＝黒田杏子

はじめに

金子先生のお話は、その場に身を置いてじかに伺ってまことにいきいきと起伏に富み愉快。という充足感のうちに終了したが、起こされたテープの原稿に小見出し等を入れ、完全に一人語りのスタイルに構成し直したパソコンの原稿をお送りすると、かなりの時間を経て送り返されたほぼ全頁にびっしりと直しが入っていた。訂正の文字は先生の常用される太字のサインペンで、余白を目いっぱい埋め尽くす感じのダイナミックなもの。どうなるものかと、おそるおそる読み込んでゆくと、一字一句に実に細やかな神経が配られていて、証言の臨場感がぐんと高まっている。さらに人名等の固有名詞ひとつの扱いにも細心の点検が尽くされていて感激を新たにする。全頁表装したいと思う躍動感のある筆蹟で直しの入った貴重な校正原稿を拝見させていただいた。

兜太先生が母上の強い反対にもかかわらず、魅力的な友人との出会いにより俳句を作るようになられた旧制高校二年の年、昭和十三年に私は生まれている。

黒田杏子

私を俳句に誘い込んだ自由人たち

私が俳句を眺めたのは子供のころからで、父親の伊昔紅《いせきこう》がやってましたからね。親父は保守的な男でしたが不思議に子供のオレに対してこうあるべきだと言ったことはない。医者にならなくていいと言ったくらいだ。ただ、いきなりぶん殴られるということだね（笑）。それと、じいさんもそうだけれど（祖父の茅蔵《かやぞう》は『秩父音頭』の踊りをいまのかたちにした男）、うちは本業がだめで道楽が栄える家系でね。『秩父ばやし』（伊昔紅の句集名）の世界だ（笑）。

私が俳句を作るようになったのは昭和十三年（一九三八）、十九歳、旧制高校二年のときです。このとき、出沢珊太郎《でざわさんたろう》という一年先輩がおりまして、その人が俳句を作らないかと言ってくれて、最初の句会に引っ張りだしてくれた。ちょうど高校生の句会を出沢さんが自分で設営したんですな。英語の先生が二人いまして、当時は教授と言っていたけれど、その先生のお宅を月交代でお借りして、その先生もまじえて、ひとつ句会をやろうじゃないか、金子、おまえも行かんかということでした。

実は私は母親から「俳句なんか作っちゃいかん」と言われてまして、このエピソードはあっちこっちでずいぶんしゃべったり言ったりしていますが、そんなこともあって、（句会に行くのは）いやだと言ったんだ。そうしたら出沢が、「とにかく来てみて、様子を見てくれ」と言うので一緒に行った。

そして、「句を作れ」と言う。「いや、オレは見に来たので、作りに来たんじゃないんだ」と

（79 歳）

（60 歳）

言ったが、「まあ、来たんだから作れ」と言う。それじゃあと言って作ったのが〈白梅や老子無心の旅に住む〉です。水戸ですから常磐公園の白梅で、ちょうどその前に読んだ北原白秋《きたはらはくしゅう》の「老子」という詩がありまして、それの本歌取りをやったわけ。そうしたら、それが意外に評判がよかった。人間、ほめられると誰でもうれしいもので、すっかりいい気持ちになっちゃったというのがそもそもですね。

そうしているうちに、二度、私を俳句のなかに深く入らせてくれる事情があったのです。一つは、その出沢珊太郎というのが魅力的な人でした。SF作家星新一《ほししんいち》さんの義理の兄さんで、たいへんに才能があり、星新一さんより才能があると思うくらいです。行くところ可ならざるはなし。その人の魅力というのがありました。しかも自由人で、ほとんど学校にも行かないで酒を飲んでいる。バスケットボールの選手だからバスケットをやって、俳句を作って小説を書いて詩を書いて、ブラブラブラブラ。お母さんが本妻じゃない。赤坂の方ですから、東京へも帰らない。年中、水戸にいて、水戸でブラブラブラブラしていたんです。それが私から見るとたいへん魅力的な先輩だったということです。

それから、場所を貸してくれた英語の先生の二人ともが、英文学の先生でしたが、ともに飄々《ひょうひょう》としたおもしろい人で、ちょうど十五年戦争のさなかでしたけれど、戦争には全然同調する気配を示さない。自分の好きなことだけやっている。そういう先生方でした。

その三人を私はいまでも自由人と呼んでいますし、そのときもそう呼んでいましたが、その人たちに触れたということ。俳句というものはこういう自由人が好きでやっているんだから、この文芸にはどこか魅力があるに違いないと思ったことが一つ。

〈女人高邁〉のしづの女と、楸邨、草田男の魅力

いま一つは「成層圏」という雑誌があります。ずいぶん洒落《しゃれ》た名前で、北九州の博多から出ていました。竹下《たけした》しづの女《じょ》の倅《せがれ》の竹下龍骨《りゅうこつ》が編集者です。竹下しづの女さんは「ホトトギス」の同人で、旦那《だんな》さんが早く死んで、子供が五人いたのかな、それを図書館に勤めながら育てていたわけだ。そうしている間に「成層圏」発刊に踏みきる。昭和十二年（一九三七）春のことです。俳句は大正九年（一九二〇）に始めたが、中断して、昭和三年（一九二八）に再び「ホトトギス」に投句し同人になる。大正九年のとき一年目にして「ホトトギス」の巻頭になっちゃった。それが有名な〈短夜や乳ぜり泣く児を須可捨焉乎《すてつちまをか》〉の一連の句です。

虚子が投句一年目の女性を巻頭にしちゃったんですよ。しかも、虚子はたぶん作者を知らなかったんでしょう。ああいうところは虚子という人はなかなかの、いい意味でも悪い意味でも商売人だと思いますね。そしてまた、見る目があったんですね。当時は巻頭になると赤飯を炊いて喜ぶというような時期でしょう。そのときに投句一年目の女性がぽーんと巻頭になった。そういう女性です。

その倅の竹下龍骨はちょうど九州大学、当時の九州帝大の農学部だな。しづの女さんがその龍骨に、全国の高校生、大学生、主として高校生を中心とした俳句雑誌を作ったらどうかとすすめた。当時、新興俳句がずっと盛り上がってきていて、いまほどじゃないですけれど、俳句

の小さなブームの時期だったんです。それに便乗するという気持ちもあったんでしょう。龍骨にすすめて「成層圏」という、これは同人誌ですが、それを出させたわけです。

そうしているうちに、みんなの要求もあって、しづの女さんがそこの選を始めまして、学生以外でも投句する人が出てきました。

出沢さんはそういう点、はしっこい人だから、そういうものにすぐ目をつけまして、どんどん自分で参加していく。私が出沢さんに勧められて「成層圏」に参加したときは、出沢さんは「成層圏」のなかのチャンピオンの一人でした。そういう人です。すぐ目立つ人でしてね。それで私もそこに参加させてもらった。

そして、送ってきた「成層圏」を読むうちに、竹下しづの女さんの句に注目しました。それから、しづの女さんがちゃんと見ながら、この人の句を出しなさいと言って、もらってくる句があるのですが、その句の中心が中村草田男《なかむらくさたお》さんと加藤楸邨《かとうしゅうそん》さんです。いわゆる新興俳句の、当時、人生派、人間探求派と言われた、その人たちの句のなかで二人、ちゃんとしづの女さんは見ていたということです。だから私は、その「成層圏」でしづの女の句と草田男、楸邨の句を見た。

自由人によって誘い込まれて、いいなあと思っていた雰囲気のなかで、その三人の先輩の句を読んで、ああ、これなら俳句はやってもいいと思ったんです。

なぜかといったら、たとえばしづの女が当時、出した句で〈女人高邁芝青きゆゑ蟹は紅く〉があります。女性は高邁《こうまい》なものである。芝が青々としている。そこにいる蟹、これは芝が青いがゆえによけい赤い。まさに女性のような鮮明さだという。いまなら普通でしょうが、昭和前期の十五年戦争のさなかに一人の女性がそういう句を作るということは、治安維持法に引っ掛かってもおかしくないくらいなんですよ。そういう時期の句ですから、それを読んで驚いたのです。こんな句をぬけぬけと作る人がいるんだ、と。

つまり〈汗臭き鈍《のろ》の男の群に伍す〉などというのもあって、男尊女卑の時代に抵抗するだけの思想を持っている人だ。これは偉い。俳句はこういう毅然《きぜん》とした姿勢が出せるし、こういう思想も書き込めるものだ。こんな短いものだけれど、これができるということならオレは俳句を作ってもいいなと、こう思ったものでしたね、ええ。

それから草田男さんが、まだ『火の島』を出す前、第一句集『長子』のころですが、たとえば、〈蟾蜍長子家去る由もなし〉という句を発表しました。私も田舎の長男だが、親父の医者のあとを継がないで別なことをやるようになっている。どこか気持ちのなかで長子が家を捨てるということに対する慚愧《ざんき》の思いもあったのですね。

そういう思いがあったときに〈蟾蜍長子家去る由もなし〉という句を見て、家という制度のなかでつらい思いをしている長男という立場が身に沁《し》みました。広い意味で近代的な個の確立というふうなもの、家の封建性への抵抗というのかな、そういう思念が書けている。なるほど、こういうものが書けるんだなと思って感心したのを覚えています。

楸邨先生の句では、たしかまだ隠岐に行く前の句でして、ちょうど春日部《かすかべ》から東京へ出てくるころの句でしたが、〈屋上に見し朝焼のながからず〉があります。東京へたくさんの家族を抱えて出てきて、中年間近い歳で文理大の学生になって、経済的にも心情の上でもたいへんだったときです。そのときにこの句を詠んだ。深々とした孤独の思いというかなあ。こころに期するものがありながらも、どこか頼りない心情が書けているわけです。そういう心象が見えてくる。ああ、こういう心象風景も書けるんだなと思ってね。これだけ書けるんなら、こんな短いものだけれどやってみようかという気になった。それで私は俳句にのめり込むようになっていったわけです。

「土上」の嶋田青峰との最初で最後の出会い

そうしていたところ、改造社が『俳句研究』という本を昭和九年に出して、その第一回目の選者に中村草田男が据えられたわけです。私は草田男の句に注目していましたから、すぐ投句したら、偶然でしょうが私の句を特選に選んでくださった。そのときに一緒に特選をもらったのが成田千空《なりたせんくう》で、これは千空の蛇笏賞受賞の祝いにそのことを申し述べました。私と千空が特選になったんですよ。

そのときの私の句を、「成層圏」の仲間たちは大した句じゃねえなんてだいぶけなしやがったけれど、自分じゃけっこういい句だと思って出したんだ（笑）。〈百日紅下宿に慣れぬ身を横たえ〉という句です。下宿屋で一人でごろんと転がっている。友達も来ない。下宿屋にはきれいな娘さんが二人いて、どっちと結婚したらいいかなんてそんなことを考えたり（笑）、九割が女性のことを考えていた時代です。そういうなかで〈百日紅〉の句を作りました。ちょうど夏休みで、帰ったばかりでした。その句を先生が採ってくれた。うれしかったですね。それでまた自信がついた。これは草田男さんならなじめると、そんな気持ちでございましたね。それが私の俳句に入ることを決定づけてくれた事件です。

その「成層圏」の学生たちの中心が福岡高校、姫路高校、山口高校、出沢さんの影響で水戸高校もけっこういました。そんなに広い範囲じゃなかったのですが、でも、それがそのまま大学生になって、昭和十四年（一九三九）東京で「成層圏」句会という俳句会をやるようになったわけです。私も出沢さんに連れられて水戸からそれに参加したことがありました。

東京の「成層圏」句会は、出沢さんが赤坂の出だから、いろいろ粋《いき》筋の知り合いが多い。赤坂見附にあります山の茶屋でやった。当時の学生はとてもあんなところで句会なんかできるようなものじゃなかったのですが、それを出沢さんの顔で借りて、そこでやっていたのです。そこへよく行きました。

その句会の様子はまた後から話すとしまして、そのとき同時に出沢さんが私を連れて行ってくれたのが、早稲田のほうにいた嶋田青峰《しまだせいほう》さんのお宅でした。嶋田青峰さんは「土上」という雑誌を出しておられまして、そこへ私を連れていってくれたのです。

出沢さんは青峰さんと親しげに話をしているので、前からの知り合いなんですかと聞くと、「うーん。何となく、このおじさんはオレと気が合うんだ」とか言ってね。そう言われてみると嶋田青峰という方は、早稲田大学の講師をしておられたのですが、何となく田舎のおじさんという感じ、土臭い感じでした。出沢さんという人も、非常に多才な方にもかかわらず、どこか土臭い人でした。お父さんの一《はじめ》さんの関係かな。そのへんが共通していたみたいですね。

いまでも忘れられないのですが、嶋田さんの家は小さな家で、二階家でしたが、その二階に上がったら座卓がある。その前に私と出沢さんで座っていたら、青峰さんが着物を着て現れまして、話してくれたんです。当時、糊《のり》はビンだか缶だかに入っていて、金属の丸い蓋《ふた》をあけて、糊を指先ですくって貼ったものですね。昭和十三、四年ごろですから。その糊の缶が何もない座卓に置いてあるのです。

青峰さんはその糊の缶の蓋だけ持ってコツッコツッと缶に打ちつけながら話をしておられる。これを不思議に覚えていますね。ほかには何も出て来ないんだ。お茶も菓子も出てこない。ただ、コツッコツッと糊の蓋を缶に当てながら彼がぼそぼそとしゃべっていて、出沢さんがそれに応じているという風景です。そして、話し終わって帰ったということを覚えています。

私はそれをきっかけに「土上」に投句しましたら、これがまた青峰さんに優遇してもらって、だいぶいいところに出してもらうようになったのです。

ただ、それが青峰さんの見納めだったんだな、私にすると。というのは、そうしているうちに青峰さんは昭和十六年（一九四一）、例の治安維持法、俳句事件に引っ掛かって獄中の人となる。留置場の中で血を吐いて、家に戻されてきて、家で死ぬわけです。それで「土上」もだめになっちゃった。あの最後にお目にかかった青峰さんのその姿がいまでも頭に残っています。

「土上」という雑誌は戦後、大活躍した秋元不死男《あきもとふじお》さん、あの方が当時、東京三《ひがしきょうぞう》というペンネームで大いに書いていました。論作両方ですね。そのほかにも嶋田洋一《よういち》さんといって青峰さんの息子さんですが、この方も活躍してました。

私が「土上」という雑誌をサンちゃん（出沢さんのことを私はそう言ってましたが）に見せてもらったとき、まず、ああいい句だなと思ったのは、洋一さんの句で〈山脈《やまなみ》に冬くる牛の斑ら濃き〉でした。群馬県の奥のほう、軽井沢に近いところに神津牧場という牧場があって、当時、牧場は珍しかったから、いろいろな人がみんなそこへ遊びに行ったものでした。私も一度、自転車で行ったことがあります。あの神津牧場での作です。山々が見える。遠山に冬が来る。牛の斑《まだら》が鮮明になってくるのです。初冬の風景です。あれは印象的で、私などは青春の句だと思っているんだ。その句があったので、こういう清澄な作者もいるんだなあと思って感心したのを覚えています。そんなこともあったりして投句をしたわけです。

そう、そう。青峰さんの家へ行ったとき、庭に、青峰さんによく似て顎《あご》の尖《とが》ったようなカマキリみたいな顔をして、背の、当時とすれば高い、痩《や》せた青年がいたんだよ。それが洋一さんだったな。庭で水撒《みずま》きか何かやってました。洋一さんはその後、家の光協会にお勤めになって、そのときに一、二度お手紙で接したことがありますが、それだけになっております。私としちゃ、もっと接しておきたかった人だったたですね。そういう出会いがありました。

創刊間もなくの「寒雷」で楸邨の選を受ける

さて、青峰さんは亡くなってしまった。私は昭和十五年に卒業して、東京へ出てきた。一年浪人しましたから十六年に大学へ入る。ちょうど太平洋戦争の年です。それまでの一年間は叔《お》父《じ》の家にいました。その時期ですから、たしか昭和十五年だなあ、加藤楸邨さんが「寒雷」という雑誌を出すわけです。

楸邨さんはまだ文理大を卒業したころでしたね。後の東京教育大、いまの筑波大だ。もう年は三十五くらいでしょう。ちょっと見たらみっともねえような感じだったけれどね。でも、みんなからえらい信望があって、「寒雷」という雑誌を出す。それから間もなく、『寒雷』という句集も出した。いや、句集が先だったかな、自分の先生のことなのにみんな忘れちゃった。とにかく「寒雷」が出た。青峰さんは亡くなっちゃったし、「成層圏」は「成層圏」で仲間意識でやってましたから、あまり「成層圏」に属しているということに特別な気分というものはなかったのです。それよりも先生に見ていてもらいたい。まだこっちは若いし、不安だからね。それで青峰さんが亡くなった後、楸邨さんのところに投句する。だから、「寒雷」の創刊間もなくの投句だったと思います。そしてずうーっと楸邨の選句を受けておりました。

それから、東京におりましたので、ときどき遊びに行くというふうなことになりました。下代田だったかな、戦争で焼けたところですが、そこにおられた。入り口あたりに欅《けやき》の大木があったのを覚えています。

外国人が日本人の家のことをウサギ小屋と言うけれど、あれもまあウサギ小屋で、青峰さんの家もウサギ小屋で、いい俳人たちはウサギ小屋にいたんですな。しかし、入っていくと面《つら》はみんなウサギじゃなくて、変な顔をしている特異な動物の感じがしましたけれど ね（笑）。よく遊びに行きました。

投句時代で思い出しますのは、私の句はもちろん、巻頭から十位ぐらいのところには何とか入れてもらうんですが、それほど先生は優遇しないんです。いちばん優遇していたのが田川飛《たがわひ》旅子《りょし》と沢木欣一《さわききんいち》の句だ。当時、和知喜八《わちきはち》、久保田月鈴子《くぼたげつれいし》、古沢太穂《ふるさわたいほ》といった人たちもいたかな。原子公平《はらここうへい》や安東次男《あんどうつぐお》もぼつぼつ投句してましたね。牧《まき》ひでを、青池秀二《あおいけしゅうじ》や、編集もやっていた鎌倉鶴丘《かまくらかくきゅう》という、結核を患っていたから体も鶴みたいな人で、そういう人の句を優遇してましたね。特徴的だったのは、間もなく、清水清山《しみずせいざん》、本田功《ほんだこう》、秋山牧車《あきやまぼくしゃ》といった陸軍の軍人が加わってきたことですね。

女性はあまりいなかったなあ。やっぱり楸邨さんみたいな人でも男尊女卑の風があったのかな、あまり女性でいい人はいなかった。まあ、その後にぼつぼつ出てくるのが、亡くなった北海道の寺田京子《てらだきょうこ》さん、九州でいま一緒にやっている北原志満子《きたはらしまこ》さん、このお二人の句が目立ちましたね。知世子《ちよこ》（楸邨夫人）もね。

森澄雄《もりすみお》はたしかまだそのころ九州にいて、昭和十六年の「寒雷」第五号で巻頭をとったけれど、本格的には出してなかった。あれは戦後じゃないかな。陸軍で苦労して帰ってきてからだと思うんだけど。その森が目立たないんだ。あの人はいつまでたっても目立たなかった。というのは私と俳句が違うせいかなあ。いや、私も森もあまり優遇されてなかったんじゃないかなあ。そうだ、私とどっこいどっこいのがいま一人いた。牧ひでをだ。そんな感じでした。とにかく沢木欣一と田川飛旅子はえらい優遇されている、これは特徴的でしたね。

だから私は癪《しやく》にさわって癪にさわって、先生の家に行くたんびに「なんで先生はオレの句を採らねえんだ」と言ったのを覚えてます。

楸邨という人は大きなパイプに紙巻きのタバコを差して、いつも口にくわえている。なくなるとすぐつぐ。のべつ幕なしにタバコを喫っていた人です。金もねえのによくタバコが喫えるなと思って感心したものです。タバコ屋から持ってきてたんじゃないかな（笑）。もっとも、痔《じ》の関係もあって、酒を飲まなかったから、その分をタバコにまわしていたのかな。

オレが沢木の悪口を言い出すと、そんなことに全然かまわないで、「ハハハハハハハ、ありゃ大物です」なーんて言ってね。だから、もし楸邨が死んだら跡取りは沢木欣一じゃないかと思っていたね。それぐらいかわいがっていました。

田川飛旅子は大学を出て、当時、海軍技術士官でした。あの体つきでしょう。大きな体で、海軍の軍服が似合いましてね。奥さんと一緒によく楸邨のところに来てましたよ。立派なものでね。だから、楸邨先生は句がいいんじゃなくて、あの立派さに負けているんじゃねえかと、こう思ったものでしたけれどね。とにかく、二人が優遇されていた。それが非常に記憶に残っています。

大物楸邨

私はだんだん癇が高じてきまして、先生に話して、自分はどうも先生の選が納得できん、ちょっと寒雷集批判の文章を書かせてくれと言って二ページ書いたら、それを堂々と出してくれました。楸邨の選には抒情性が足りない、かさかさしてだめだとかいうような、かなりきついことを書いたのですが、あれを出してくれた。やはり楸邨というのは大物ですな。

私は俳句は実は中村草田男のほうがだんだん好きになっていたのですが、人間とするとやはり楸邨のほうが、自分が一生、ついていける人じゃないかと思うようになりました。戦争から帰ってきて、その思いが決定的になるわけです。だから、俳句は草田男さんに学んで、人間としての影響というのを楸邨さんから吸収してみたいと、もうそのころすでにそう思いました。大したやつだと思いました。とにかく、先生の選をまともに批判した文章を堂々と出してくれたんですからね。
それから、郷里の秩父のことを書いた「狸の応召」だ。いまでも覚えてますけども、田舎の家の庭石の上に鉄製の大きな狸が飾ってあったんです。それも患者の家から持ってきたものですが（笑）、それをあのころ鉄製品の回収があったから（国に）持って行かれちゃった。何か妙に寂しいんだな。とくにこっちはまだ青年だから。その寂しい気持ちを田舎の親父の生活とからめながら書いた「狸の応召」という随筆を先生に見せたら、「これはおもしろい。出しましょう」と言って、出してくれた。それから私は郷里の皆野町の俳人たちの間で評判が高くなって、金子兜太というのはいい仕事をしているといって田舎の人からほめられたりしました。そんなふうなことがあって、妙な時代でした。懐かしいですね。

そういう「寒雷」投句時代がありまして、とくに楸邨先生がそれから間もなく、後鳥羽院にひかれて隠岐においでになって百何句かを発表し、随筆もずいぶん書く。あの楸邨の隠岐行はわれわれ投句者にたいへんな影響を与えました。

当時の楸邨は自分の先生だから水原秋桜子《みずはらしゅうおうし》を非難はできなかったのでしょうけれども、「馬酔木」の作風、やや華麗な、やや甘い、それと「ホトトギス」の全体的に型にはまった雰囲気、その両方をにらんで、俳壇の「新古今的な風景」に批判的だった。後鳥羽院は隠岐においでになって、いわゆる隠岐の荒ぶる風土のなかで反「新古今」の世界を切り開いた。自分はこれを身をもって学びたいということですよ。それが私たちにとってはいいなあというわけでね。この野党精神がなければだめだと、そう思ったものです。

だから、〈隠岐やいま木の芽をかこむ怒濤かな〉は、隠岐で詠んだ句のなかでいちばん先生のお気持ちが集約された句だと思うのです。後鳥羽院の御火葬跡に立っての句です。あの句がとても好きでね。いまでも私の胸のなかにそれがずっとありまして、この句を何とか自分のものにしたいと思いまして、先生に頼んで色紙に書いてもらって、いまでも額に入れて、ときどき出しては眺めております（この句はいま隠岐神社の境内に大きな句碑となって立っている）。

弟子なんて先生から色紙を書いてもらうのはただでいいと思っていた時代ですけれど、さすがにそのときだけは、これは金を出さないといかんなと思って、若干の金を包んで持っていったのを覚えてますよ。そうしたら、先生がニヤニヤッとしたのをいまでも覚えていますね。そんなエピソードがあります。

戦前、戦中の草田男と草田男を囲む人々

かたや「成層圏」句会のほうも、私はずっと定期に出席しておりました。毎月毎月です。中心が出沢珊太郎です。出沢は浪人もせずに東大に入りまして、東京へ出まして、ずっと世話焼きをしておりました。指導の中心は中村草田男です。これは出沢といわず、「成層圏」の東京の連中の輿望《よぼう》で草田男さんを呼ぼうということで、呼んできたのです。ヨボウでヨボウなんて語呂合わせじゃないですよ（笑）。それで毎回来てました。

私が行ったときの顔触れでいまでも記憶に残ってますのは、堀徹《ほりとおる》という国文学者、この人の影響を私は非常に大きく受けております。私は「ほり・てつ」と愛称していた。三十四で夭《よう》折《せつ》しております。喉頭《こうとう》結核でした。

それから、岡田海市《おかだかいし》。この人は法科の学生で、だいぶ年上でした。朝日新聞に入って、出版局長で辞めた人です。学生時代の彼の下宿に行くと、万年床の枕元に俳句の本、それ以外に何もない。法科の学生なのに法律の本が一冊もないんだ。あるのは枕元の俳句の本だけ。そういう生活をやっていた人です。あれでよく、朝日に入ったと思うんですけどね。不思議な時期だったんだな。そして、句会に出てくると、われわれを叱りつけてね。「そんな句を作っちゃだめだ、だめだ」って、私なんか年中叱られていた。

それから、川門清明《かわとせいめい》というのがいましたね。これも戦後、草田男さんが「萬緑」を出してから、「萬緑」に属して、同人になっておりました。穏やかな方ですが、何か妙に印象に残るんです。農学部の学生でした。

そして、保坂春苺《ほさかしゅんまい》。橋本風車《はしもとふうしゃ》。吉田汀白《よしだていはく》。福田蓼汀《ふくだりょうてい》さんが先輩の貫禄で来ていました。もう学生じゃなくて、背広姿で草田男さんの横にいつもいました。客員だったんです。そういう顔触れをいまでも思い出します。それと、ちょっと名前は忘れましたが、医者で、戦後に奥さんにお目にかかったのですが、草田男さんが座ると、福田さんが片方に、その方がもう片方に座りました。草田男さんの後輩に当たりまして、草田男さんとも親しかった人です。その横に岡田海市、堀徹がいたのを覚えています。

大事な人を忘れていました。香西照雄《こうざいてるお》です。この人のコブダイ（瘤鯛）のような口もとが懐かしい。「成層圏」東京句会が出来たときの世話役はこの人でした。

まだいた。余寧金之助《よねいきんのすけ》（本名瀬田貞二《せたていじ》）です。戦後、児童文学者として顕著な仕事をした人ですが、草田男を親愛していました。どうも大事な人を忘れていけませんなあ。少しボケてきたかな。

一度来ただけで二度来なかったのが安東次男と原子公平と沢木欣一、この三人が顔を出したことがありました。しかし、句も出さないで帰っちゃったのかなあ。「成層圏」の雰囲気は連中にはちょっと合わなかったかもしれませんね。

顕著なエピソードとして覚えていますのは、右翼の学生が来まして、〈一刀を抜くや北方鷹舞へり〉の句を出したのです。ちょうどソビエトをにらんでいるわけですな。北方に鷹が舞っている。たしか何かのマークが鷹でしたね。一刀を抜いて、こいつをぶった切るぞというような激しい句を出したのです。そうしたら草田男が講評のときに、ぶるぶるぶる体を震わせて、「私はこういう句は賛成できないッ」と、言ったのを覚えてますよ。その学生が反撥《はんぱつ》する、ということもあって、たしか、それから学生は二、三回、来た。ところが草田男は来なくなっちゃった。出沢が行って説得したら、「あんな句を出すような学生が来るような句会はオレはもう行きたくない」と言ったとか。そういう点は感受性旺盛というんでしょうか。

それというのも赤坂句会の始まるもっと以前に、こんなことがあったのです。出沢に連れられて水戸から東京へ出て来て、草田男の話を聞いたことがありました。新宿の武蔵野館という映画館の前の喫茶店、ヴェルテルといったかな、この二階で、草田男を囲んで「成層圏」の連中が話を聞いたことがあったんです。そこに出沢と出席してみたら、部屋の隅のところに見慣れない背広を着た人が一人いるんですな。なんか変な雰囲気だから途中で「あの方は誰か」と聞いたら、あれは警視庁の人だと横の人からそっと教えられた。要するに特高だったんです。

そういうのがちゃんといて、草田男や楸邨というのはリベラリストとして治安維持法に引っ掛かるか引っ掛からないかの境目のところでにらまれていたんですな。当時、「ホトトギス」に批判的な人というか、要するに新興俳句や自由律俳句のなかの栗林《くりばやし》一石路《いっせきろ》とか橋本夢道《はしもとむどう》といった人たちはみんなそう見られていたんですが、草田男も、「人間探求派」とか「人生派」とか、奇妙なレッテルをつけられていたから、新興俳句寄りの、「危ない人物」と見られていたんじゃないかな。むろん「ホトトギス」に反対はしてなかったのですが。

私はそれまで水戸という田舎にいたから、南京陥落といえば褌《ふんどし》一本で町を飛び回っていたような、そんなものでして、こっちはまだ戦争というとお祭りみたいな気分でいたんだよ。内心はそんじょそこらの学生並みに反戦だったんだが、酒は毎晩飲んでいたしね。それが、東京へ来てそういう雰囲気に出会ってアッと思ったことを覚えています。そのときに初めて、ああ、ずいぶん厳しいという実感を時代に対してもったものです。

そういうこともあったから、草田男さんにしてみると、身に沁みていた。それがいまの〈一刀を抜くや北方鷹舞へり〉というやつが出てきたので苛々《いらいら》しちゃったんですね。たしか、二回目か三回目でお出でにならなくなっちゃった。

草田男さんが来られないから句会はおのずから解消というかたちになりまして、そうしているうちに出沢さんも陸軍にとられて応召してしまった。

さてそこで、もう解散ということになったのですが、そのときに出沢さんが、「金子、おまえ、あとをやってくれ」と言って行ったのです。若いし、義理堅い気持ちでいたものだから、それじゃあというので、昭和十七年（一九四二）の九月から幹事を引き受けました。そのまえに、館野喜久男《たてのきくお》がしばらくやっていたのを思い出します。付け加えていうと、雑誌「成層圏」そのものは十五号で、昭和十六年に廃刊になっています。草田男指導の句会だけが残ったのです。私は草田男居に何遍も行って草田男さんを説得したのを覚えています。一度など、来られると約束してくれたのに来なかったことがありました。「一刀」がよほどこたえたんですね。

赤坂じゃだめだから吟行会をやろうというので、石神井《しゃくじい》公園にみんなで集まろうとしたのですが、それも寸前になって来ないということになっちゃった。そのときはこっちが電話をして、「どうしてだッ！」とえらい詰問をしたことがあるのです。

これはずっと後の話になるのですが、草田男さんとの論争の後でも、草田男さんがそのときのことにこだわっていて、「金子という人は人に対して威圧的にものを言う人だ」というふうなことを言っておったと聞いております。これは「萬緑」のなかで私の評判が悪かったことの一つの理由にもなるんでしょうが、こちらは約束したのに来ないからねえ。みんな待っているんだ。それで詰問したのでしたがね。そんなエピソードがございました。

戦前はそういう雰囲気でした。

「寒雷」での交わり

「寒雷」に入ってからの沢木や原子との接触のことも言っておかないといかんですね。そっち側の接触では、さっきも言いましたように沢木を楸邨さんが非常に買っているしね。たまたま沢木と原子が同じ小石川の原町のアパートにいたんです。二人とも朝鮮半島育ちなものだから、大学に入るについてはお母さんと二人でアパートを借りていたわけです。同じアパートにいたものだから、私はよく遊びに行ったんです。

沢木というのは、いまの雰囲気とほとんど変わらない、不思議な男ですね。ヌーッとして、話がゆっくりで、妙に人気があるんですな。同じ学部の文学仲間がけっこう沢木の部屋にやってきて、沢木が真ん中にあんな調子でヌーッと座っていて、ほとんどしゃべらんですね。その周りに集まってみんながワアワアワアワアしゃべっている。そんな雰囲気がありました（笑）。

どう言ったらいいのか、大物というんでもないと思うんだけれど、そういうタイプがいますね。そいつがポンと座っているといろいろなものが収まってきて、そのくせ、その男は何も主導権をもっているわけでもないし。何もやらない。そういうタイプってあるんですね。よく言えば仏様なんです。悪く言えば阿呆《あほう》。でも、沢木はどっちでもないですからな。とにかくよくわかりませんな。そう、無用の長物という感じでしょうか。そういうものなんです。沢木、とくに若いころは不思議な男でした。

私はそういう関係で、沢木としゃべるよりも原子としゃべるようになった。原子は能弁でして、いろいろな話をしてくれまして、教養も豊かでね。スタンダールがかれの卒論です。仏文ですから。スタンダールについての知識は彼からの受け売りです。

原子は姉さんが二人いたんだが、お母さんも含めてみんな品のいい美女だ。原子も立派な顔です。仲間がみんなで秩父に遊びに来たとき、うちのおふくろは変ンなものがぞろぞろ来ると思っていたらしいんだが、原子が来たときは「兜太、ああいう品のいい人がお前の友達にいたんかい。あの人は立派な顔をしている」と言ったのを覚えています。美男子ですよ、あれは。

戦争で小石川原町は全部焼けまして、その焼け跡に私が戦地から復員して行ってみたら、そのアパートだけ不思議に残ってました。便所の水が詰まっちゃっているので、大便をするとバケツに水を入れてもっていっちゃあ、それで流していたのをいまでも覚えている。不思議にあいう変なところを覚えているものですね（笑）。ほかのことはあまり覚えてないんです。

そして、そこに泊めてもらったりした。秩父の田舎から米をもっていったら、原子のお母さんに叱られてね。「こんな悪い米をもってきて何だッ。うちはもっといい米を食べている」って（笑）。

そんなときに原子公平が〈戦後の空へ青蔦死木の丈に充つ〉を作った。あれは戦後俳句の始まりのころの、しかも代表的な作品だと思います。『今日の俳句』を書かせてもらったときに、その句を冒頭に置いたのを覚えてます。ちょうど焼夷弾か爆撃でやられて、アパートのすぐ横に大きな欅の木が半分焼けて立っていたんです。それに早くも青蔦《あおづた》がずーっと上っていたんですね。原子が、生物の生命力はすごいものだ、だからいたずらに戦後を悲観的に扱うだけではだめなんだという言い方をしておったのを覚えています。

私は心理的に、いや、心理以上、友人という感じ、いちばん親しい感じをもつのが原子です。というのは原子からいろいろ教えられたということがあります。それも自然なかたちで。それから彼の批評力がしっかりしているんです。だから、私はずいぶん彼から自分の句についての反省をしています。文学的保護者といった感じですね。そのくせ、最近、ちょっと疎遠にしているんだ。だから、いずれ公に対談しようと思ってます。平畑静塔《ひらはたせいとう》さんとの対談はずいぶん勉強になったな。このあたりで原子さんからゆっくり聞きたいと思うのです。

彼は歌人の篠弘《しのひろし》さんと一緒で小学館に勤めていた。篠さんが上司で、その次長みたいなことをやってたときもありました。というのは（原子は）途中入社でしたから。

彼は仏文を出て岩波に入ったが、血気にはやって辞めてしまったんだ。というのも、菊地卓《きくちたく》夫《お》という同年の男が「寒雷」にいまして、この男は国文出身の人でしたが、この男が本屋さん（出版社）をやりたいというので原子を誘って二人で始めたんです。それが失敗したんだ。草田男の『来し方行方』を出した自文堂だ。それを一冊だして、二度目くらいでもう潰《つぶ》れちゃった。しかし、そのときに二人いた女性の事務員さんと結婚した。原子も菊地も。だから、会社はダメだったが、いい奥さんをもらえたのが会社以上の収穫だったんですよ。

その会社が潰れちゃったものだから原子は小学館に入った。そのとき、たしか草田男さんの世話があるんです。原子が草田男を親愛していたし、草田男も原子をかわいがっていたから。原子は「萬緑」に属していた時期があるのかな。そのへんの機微はわかりません。そして、小学館に入ったあとで、原子が草田男批判をやったんじゃないですか。それが気に入らなくて、結局、「萬緑」も辞める。小学館との関係もあまりよくなって、それで伸びるべきものが伸びなくなった。そんな経緯だったと思います。

菊地はその後、教職について、どこかの校長先生をして、間もなく死にました。

「寒雷」の交わりとしてはそんなこともあったということです。

それから、これは楸邨先生もよく書いてましたが、安東次男ともよく飲んだ。電車がなくなってから大井町から線路を伝って楸邨先生の家まで「おーい、楸邨、このバカヤロウ」とか怒鳴りながら歩いていって、楸邨の家に泊めてもらったということもありました（笑）。みんな懐かしい思い出です。

安東次男との関係ですがケンカ仲がいいと自分では思うのです。かれはどう思っているか知らないがね。いつもツラを見ると癪にさわるし、アンツグもオレの顔を見ると何か一言文句が言いてェという関係でいながら、多少、えばりたい。あの男はえばりたいからね（笑）。こっちも「何を！」というのでケンカをするけれど、妙に親しみが底にある。そういうつきあい方で、これはつかず離れずですね。

彼が勤めを辞めて東京へ来て、文学に専念しましたね。あのときしばらく、俳句の世界、「寒雷」にいました。「風」にも属しまして、初めのころ、よく文章を書いていたが、やがてやめちゃって、あとしばらく、詩を書いたり評論を書いたりして、六〇年安保後に日本の古典、とくに芭蕉《ばしょう》に戻ったという印象です。蕪村《ぶそん》について書いた『澱河歌の周辺』で読売文学賞を受けたりしている。そして、晩年に楸邨に戻ってくる。ずいぶん楸邨のために役立っていますよ。連句や骨董品《こっとうひん》への楸邨さんの関心の高揚は、アンツグのおかげですよ。

オバQみたいな先生が好き

なんか、あのころのほうが主宰というのもそんなにいばらなかったような気がする。まあ、楸邨さんの人柄が大きいし、弟子がみなガラクタだったせいもあるのかなあ。いまの主宰は妙にいばるでしょう。いばる反面でサービスばかりしてね。誌面の半分くらい、自分で書いたり撫《な》でたりしているんですね。主宰のあり方というようなことについても一つ論議になるんじゃないでしょうかね。とにかく、あのころの主宰はもっとフランクで、何でも人の言うことを受け入れて、ある信頼を得ていた。作家的な魅力があったということでしょうか。

　しかし、草田男も自分の結社ではあまり人材が残らなかったね。というのは統制が厳しいから。自分の気に入らないのはだめだし、句は全部直しちゃうし、いろいろな意味で非常に神経質なんじゃないですか、弟子の行動に。たとえば、磯貝碧蹄館《いそがいへきていかん》なんて自分の雑誌を持てばすぐ睨《にら》まれるということでしょう。鍵和田秞子《かぎわだゆうこ》が雑誌を持ったのは草田男さんの死後ではないかな。成田千空は結局、雑誌を持たないでずっと草田男と行動を共にしてきた。

　岡田海市さんもおもしろい人だけれど、句が地味すぎでした。あの人は勝ち気な人で、さっき言ったとおり、ぼくらにお説教するんです。そして、ぼくなんかがこんな調子の句を作ったでしょう。それに対して、よけい古典的になった。岡田さんの本当の姿よりもっと、あの人の場合は古典的ですわ。岡田さんなんか、草田男さんから離れて、私あたりを大いにぶっ叩《たた》いて、勝手に振る舞ったらおもしろかったんだがねえ。

　これはあとからの草田男さんとの論争の話で出てくることですが、草田男という人は徹底して、あらゆる場面で彫り込み主義をやったんじゃないですか。俳句でも俳句性というものに対して自分を彫り込んでいく。雑誌経営でも徹底的にそのなかに彫り込んでいって、参加してくる人間の一人一人の句を全部自分の世界に引き入れてしまう。実際の考えとしては、自分とその作者を溶け合わせていく、融合させていくというかたちで作者を育てていく考えだったのですが、結果としては全部自分に同化させる方向に向かってしまった。そういう点、打ち込みの激しい、情熱的な人じゃないですか。あらゆる場面でそれが見えますね。

　私たちがよく笑っていたのは、誓子《せいし》は法科で、草田男は文学部でしょう、この違いもあるかなということ。よく蔭口《かげぐち》をきいたものです。誓子という人は冷たくて、他人に君臨する。だから、放ったらかすんです。どうでもよいわけで、面倒なんか見ない。草田男は熱い人で、相手と一緒になろうとしながら全部、自分のほうに同化しちゃう。女性でそういう人がいるじゃないですか。旦那さんを愛するあまり、本当に愛して愛して愛して、旦那さんから嫌われちゃう。あまりしつっこく愛するから。草田男にはその感じがありますね。深情け。純情な指導者なんでしょうな。

私の場合は放ったらかされるということが大事です。あまり親身に世話をされるのは好きじゃないです。でも、誓子さんは話に聞くと氷山のかたまりのようだが、そういう人とはつきあうのがいやですね、冷たくて。そうじゃなくて、放ったらかしておいてもらって、何となくそこにボヤーッとオバQみたいにいる人（笑）、そういう人が私にとっては先生なんです。さきほども申した、「成層圏」のときの二人の英語の先生なんかがそうです。全然、われわれには干渉しないですから。それで、自分の勝手なことをやってボヤーッとしているわけです。終われば黙ってウイスキーを飲ませてくれたり。私はそういう人がいいんです。

楸邨さんがそういう人でした。全然偉ぶらなかった。それから、弟子を放ったらかしにした人だ。指導ということをまるでしない。「先生、この句、どうですか」なんて聞くと、面倒くさそうな顔をして相手にしねえんだ。「それ、君、いいじゃないか」なんて言ってね。それはいま、オレにも何か身についてきているね（笑）、先生の影響で。だから、オレもあまり後輩の句を直さない。放ったらかしだ。「こんなに先生のために尽くしたのに、何もしてくれないのはどういうわけだ」と、この前も叱られたけどね。

だから、楸邨先生がいちばんよかったですね。そう、オバQというのはいいですね。いつも影みたいにボヤーッといるんだよ。いまはその「ボヤーッ」がなかなかいないんだね。

「オレたちに選句をさせろ」とは無礼千万

戦後間もなく、原子、沢木、安東、菊地の四人が「寒雷」をやめました。というのは、これは先走った話になりますが、「寒雷」の同人で関本有漏路《せきもとうろじ》という人が神保町にいまして、紋や徽章《きしょう》のデザインの職人さんというか技工家というんでしょうか。そこへよく私たちは集まっていたんです。戦時中は原子公平といっしょに、「寒雷」の発行に尽くした人です。

いまでも思い出しますが、細見綾子《ほそみあやこ》さんが沢木と結婚して、金沢から上京してきて、そこに腰を落ち着けた。そのときに遊びに行ったら、羽織を着ないで着物だけ着て、きりーっと帯を締めて、階段の下のところにちーんと座っていたのを思い出します。ああいう純真素朴な姿というのはその前にも後にも見たことがないんです。結婚したばかりで、それもかなり年下の男と結婚してますから、いい意味の恥じらいがあったのかな。

細見綾子さんとは、その後かなり経って、私が神戸にいたころ丹波で会っています。正月に女房と子供を連れていって、彼女の家で過ごさせてもらったことがあります。そのときは普通のおばさんでね。なかなか魅力的なおばさんだった。

それよりももっと前、戦後間もなくで、「寒雷」の連中はよく関本のところに集まって、そこでいろいろな相談が行われたり、楸邨の悪口を言ったり、俳壇についての話し合いがあったり、そんな時期でした。草田男さんの、楸邨さんの戦時責任を追及した手紙が発表されたときなどは、大いに論じ合ったものでした。

私はいなかったのですが、その四人がここに集まって、どうも「寒雷」のいまの選、戦後の楸邨の選はよくない、われわれに選をさせるように申し入れようということになった。それは菊地が言い出したという話なんです。そしてまた正直なのが原子なんです。

それで、原子と菊地で楸邨のところに乗り込んだのです。そして、「オレたちに選句をさせろ」と言った。それはさすがに楸邨が怒った。それで二人ともやめるようになったのです。

そうしたら、沢木も安東も「オレもやめた」ということになった。安東はホレ、詩を書いたりすることに移りたい気があったから、いいきっかけでやめちゃった。沢木も「風」をやるという考え方があったから、それでやめたということもあるんでしょうけれどね。

その翌日か、当時、編集していた秋山牧車（元陸軍中佐）が、オレがいた日銀に飛び込んできて、会いたいと言うのです。そうしたら、「実はこれこれこうだ。あんたはどうする」と聞くから、四人で共謀しやがって、オレに話がない。まず、それが気に入らないわけだ。それから、オレにとってはいまやめる理由がないんだ。だから、「やめませんよ」と答えた。それで私は「寒雷」からの評価が高くなった（笑）。

そのかわり、その四人から憎まれたね。当然、行動するべきだと思ったやつが、しないということで。菊地とはその後、会っても話をしたことがないな。原子もしばらくは私をきつい顔で見てたな。沢木はあの調子でもって、憮然《ぶぜん》とした顔でオレを見下ろすという感じでいたし、アンツグはもうだめだったね。しばらく四人と私は冷たい関係だったです。

われわれの動きのなかに森澄雄は入ってこないんです。その事件は私が日銀に戻ってから間もなくです。昭和二十二年、本当に間もなくでした。だから、まだ森は長崎にいたんですな。森の行動で頭に残るのは、いつも青池秀二と一緒にいたということです。青池が兄貴分みたいにヌーッと立ってね。「寒雷」に残った私とはあまり行動をともにしなかった。

それから、牧ひでをが名古屋で自分の会社を始めてましたが、この人は全然関係なし。この人とは戦前から戦後にかけて親しくしていました。

だから、四人だけの行動です。ということは四人にしてもそれほど責任感はなくて、若気の至りといいながら、「選句をさせろ」とは無礼千万なことだ（笑）。まだ二十代ですからね。二十二年だと二十八歳です。みんな同年ですから。あれはおもしろい事件でしたよ。

「感性の化物」みたいにブラブラしていた時期

戦後、帰ってきたばかりのとき、オレと安東と沢木、原子、向こうが古沢太穂、たしか田川さんもいたと思うが、そういう対立関係で議論をしたことがありました。そのときもう古沢さんは生粋のコミュニストでした。古沢という人は戦前から、これも楸邨さんが大事にしていた人です。かれの抒情を愛していたみたいだな。それから和知喜八。これは木訥《ぼくとつ》な人柄が愛されてました。

久保田月鈴子は私の一年先輩です。この人はゴボウみたいな人です（笑）。そのゴボウみたいな資質を楸邨さんは愛していたな。久保田さんは非常に積極的な人だから、戦前はそれほど目立たなかったけれど、戦争から帰ってきてから「寒雷」にたいへん協力してますね、いろいろな運営面でも。それから、久保田さんがよく先生を叱っている風景を覚えています。それぐらい積極的な人でした。そういう方々の顔がずっと出てきます。

沢木欣一は陸軍で、たしか波郷と同じで中国東北地区、元満州のほうに行ったんだ。病弱だったということでも波郷に似ているのかな。というのは沢木は兵隊に行く前から結核を患っていたんだと思います。だから、しょぼしょぼ、とぼとぼと帰ってきたという感じがしますな。

そして、お父さんがいたから金沢のほうへ引っ込み、金沢大学のほうへ勤めるという関係になってきて、「風」が出てくる。それから細見との結婚ということになっていく。結局、彼の活動拠点が金沢に移ったことのなかに、やはり戦争の影響があるわけです。あの人のことだから恐らく反都会という気分があったんじゃないでしょうか。それで、お父さんもいたから引っ込んだ。そして「風」を出し、結婚し、やがて東京に出る。結果的にはプラスです。沢木はそういう点、運がいいんじゃないかなあ。

原子公平は足が悪いから、ずっと小石川の原町にいたわけです。さすがに若いですから、思想とは別に、戦争に行って戦いたいという気持ちはずいぶんあったようです。しかし足が悪いから出来ない。友達がどんどん征《い》くから歯噛《はが》みをする思いがあったようです。それが戦後、さっき申し上げた〈戦後の空へ青蔦死木の丈に充つ〉という句になって、「命朽ちず」という積極的な思想に彼はなっていくわけです。絶えず燃えていた、戦いたいと思っていた、そういう積極的な気持ちですね。それを戦後もそのまま貫いたという感じがある。

安東次男は海軍でした。掃海艇にいたのかな。主計の士官でね。これは普通に行って普通に帰ってきたという感じですな。帰ってきて三菱商事に勤めたんだけれど、すぐ辞めて、東京へ出てきて文学の世界に入っていったということです。一応俳句の世界に身をおいて、やがて詩と評論に向かう。いまは俳句に帰ってきた感じですがね。

田川さんは技術科士官で出て、順調に帰ってきて、その後、古河電池に勤めたのかな。あの人の場合も、古沢太穂なんかの考え方を支持するような面を見せていたのは、いかにも戦後という印象だな。

戦後、そういうかたちでしばらくみんな、革新的な考え方に傾いていたことは間違いないですね。

でも、戦争に行く前は反戦的な雰囲気はないんです。一人一人どうか知りませんが、少なくともオレ個人は戦争には反対だけれど、この戦争に負けたら民族は滅びるという考え方で、積極的に行かないかんと二段返しみたいに考えてましたから、結論的には積極的に参加したということです。

それと私の場合だと、ずっと「成層圏」「土上」「寒雷」の時代を通じて、どうもこ難しい理屈、国家論とかいうやつが嫌いでして、そういうことを一生懸命言う連中も嫌いでして、人間的に。それで、ますます反動的に、いい加減になって、私は第一句集の「あとがき」に「感性の化物」と書いておりますが、本当に「感性の化物」みたいに、ただブラブラブラブラしていたですね。触覚だけが敏感でね。

それには俳句が格好の道具だったということです。しかし、戦場で、主計科でいながら、たくさんの餓死者を出すという現場に立ち会ったものだから、餓死した人たち、私は非業の死者というのだが、その人たちに報いることを戦後はやらないかんと、こう考えて、そこから化物を解消して、身を引き締めて戦後の意志的な生き方を始めようとした、ということなんです。だから、私なんか遊冶郎《ゆうやろう》の最たるものでしたね。原子、沢木のいるアパートにブラーッと行って、連中の浴衣《ゆかた》を借りて浅草のほうに遊びに行って、三日間くらい帰ってこなかったとか、そういうことは平気でやってましたからね。ほとんど大学にも行かなかった。

私と同世代で俳句をやっていた連中の戦前の姿は、みんなかなりいい加減なものだったと思います。一種の文学青年といっていいんじゃないでしょうか。それが戦争で引き締まったということでしょうか。逆に言えば、むしろ反動的になる。私の場合は反動的になっちゃって、引き締まりすぎたという面があるわけです（笑）。

いちばん冷静にずっと動いていたのが古沢太穂じゃないかな。あの人はロシア文学をやっていたしね。

「成層圏」の人たちでは、堀徹という人は目が悪くて、戦争に行けなかった。でも、この人も戦争というものに対してはそんなに抵抗的じゃなかったですね。むしろ環境として受け止めていて自分のものを作り出し、文芸評論家としての仕事をしようと考えていた。反戦というよりこよなき刺激剤というか、そんな印象でした。それだけに逆に彼の内面は文学に燃えていたというか、そんな印象でした。

岡田さんは水戸高校の先輩ですが、寮祭のときにリベラリズムについての演説をぶったりしたのを覚えています。あの人なんかわりあいにはっきりしています。生涯を通じてのリベラリストですよ。

「成層圏」に集まった人たちもみんな、香西、余寧といった人も、内心では何か考えていたかもしれんけれど、一般的には普通の文学青年という感じでしたなあ。どうも文学青年が俳句の世界にいたというか。じゃ、小説を書けばいい、詩を書けばいいというけれど、そこまでもいかん。何となくデレデレッとしていたという感じです。

というのは、文学青年でいながら経済学をやったり法律学をやったり、そういう文学と関係のない世界をやっていた人もいるわけだから、そういう連中がみんなはけ口みたいに俳句に入っていた、根を掘っていけばみんな文学青年だということ、それは言えます。そんな集団だったような気がしますね、ええ。それが戦場でずいぶん洗脳されてくるわけです。

「非業の死者たち」に報いるために

さて、くりかえしになりますが、「おまえのいままで七十九年間の生涯の代表句は何だ」と問われたら、〈水脈の果《はて》炎天の墓碑を置きて去る〉という、トラック島から引き揚げるときの、あの句と答えます。

さっきも申し上げたように、私にとってはあのときの非業の死者、戦争に対する志も何ももたないで引っ張って来られた大勢の兵隊や工員たちが、食い物がなくなって飢え死にする。しかもアメリカというのは神経質で、毎日やって来て爆撃したり銃撃したりする。それによって死ぬ。そういう人たちを見ていて、この人たちのために、つまりこういう人たちが出ないような世の中にしなければいけない、と考えるようになったんですね。「非業の死者に報いる」という言い方をする。反戦という考え方に繋《つな》がりますね。そういう考え方でずっと戦後をやってきたつもりです。

ところが、当初やろうとしたことが挫折《ざせつ》したり十分にいかなかったりして、現在、俳句に来ているわけですが、私はこの俳句というものに結び付けたことは、自分のそのときの考え方と矛盾してない。むしろ考え方に沿っていると思ってます。そのこと、よかった、と思っているのです。

それはひとつには、俳句は大勢の人が作っている世界であるということ。しかも、そのことと合わせて、いまの時代になるとよけいそれが痛感されるんですが、俳句を作るということは十分に平和な行為です。俳句を宣伝の武器として戦争をするということはまずないわけだ。大勢の人が俳句を作っていられるこの平和な社会を好んでいるということに私も参加している。これは私が、戦争のない平和な社会をつくりたいと考えてきたことの、もちろん全面的じゃないけれど、かなりの充足になっていると思ってますよ。

口はばったく言えば、私は平和な世の中ということは草の根を大事にすることだと考えています。上っ面の人だけの平和なんてのはだめだ。その草の根を大事にするということは俳句をやることと密接にかかわっているわけです。これは私が俳句専念を決めたときにも考えていたことでもあります。

俳句というのは日本語表現の根っこの部分でしょう。五七五がそうですね。日本語表現の根っこの部分に身を置いているということが、自分も草の根の一人だということに通じる。協力したり、励ましたりもできる。ときにはいい句を作って、刺激にもなれるわけだ。そういうことができて、いっしょに平和を大事にしているということは、〈水脈の果〉の句を作ったときに決意した自分の考え方と現在とそんなにずれてはいない。そう思ってます。

前衛と言われた時期でも、自分だけ飛び上がった句を作ろうという考え方は実はなかったのでした。あの自由さ、思うままに作るということが、あの時代のみんなの心性の求めである、そう思って、そこに自信をもって、オレだけじゃないと思って、やったんですからね。ところが実はそうじゃなかったので、やや飛び上がったところから俳句を見ておったということはあとから反省するわけです。

私の反逆にはちゃんと理がある

戦前の私はデモクラティックでなくてデレデレティックなんです（笑）。どう見てもテメエ勝手な遊びをやっていたにすぎない。ただ、戦争は反対だ、いやだという気持ち。それがトラック島を経て、ややデモクラティックになった。自分に意志的なものを課して、というだけです。だけど、そのかたちで現在まで生きているということでまあ、よかった、と思っています。

戦争から帰ってきて、まずいちばんよくないのが日本銀行ですよ（笑）。この中央銀行のなかは何だ。身分制で縛られていて、給料は身分で決まる。学閥がはびこっている。そういう非近代の世界に私は腹が立ったんですよ。これを直さなかったら、また戦争になる。日本の封建性、この戦争の温床をなんとかしたい、という単純率直な正義感ですね。若気の至りと言われてもしようがない。しかし懐かしいですよ。そこから私は行動が反逆的になったわけです。

俳句の世界を見てもそうでしたね。はじめは社会性とか何とか、これが時代のみんなの要求だと思うから、自分がそれにぴったり合っていると思うから、張り切ってがんばっていったわけだ。

だけど、実際に六〇年安保後に、いわゆる結社制度が大幅に復活して、有季定型信仰から虚子崇拝が戻ってくるという状況になると、戦前の俳句の状況とあまり変わらなくなる。まさに桑原武夫《くわばらたけお》の言う、制度面の問題ね。形式の問題については私は桑原説に反対だ。彼は韻文と散文の区別がついていないから。でも、制度面で結社制度に問題多しと言っていることは正しい。無反省にこれに戻ってしまっては元も子もなくなる。主宰がいて、主宰のまわりに片腕みたいな同人がいて、そいつらがみんなを監視して、会員がいて、会員なんてまるで馬みたいに調教されている（笑）。こんなかたちに戻るとすると、これは日本銀行とあまり変わらないじゃないか。これはいけない、ということなんです。

そういう制度的なもの、手放しの旧態依然の結社に対して私は抵抗感をもちましたね。だから、そこから生まれてくる俳句も何となくみんな胡乱《うろん》に見えるわけ。

そのときに私が小林一茶《こばやしいっさ》に触れた。一茶は芸術的におもしろいものを作ると同時に、おのずから一般的になっているでしょう。一般性と芸術性の兼ね合いを一茶がおのずからやっている、あの「おのずからやっている」という世界がオレのなかに出来なきゃいかん。〈俳句の真人〉という言い方で他人様に伝わるかどうかわからないが、それになりたい、と思ったわけです。そうなると、結社制度に反対し、その制度のなかでいばっているような連中を蹴《け》っ飛ばそうとする、そういう外からの抵抗的な意識は捨てたほうがいい。もっと俳句そのもの、制度そのも

金子兜太アルバム

（1919 ～ ）

後ろの軸は、百歳で没した盟友、
中国の文人林林氏による

2017 年 2 月 2 日
熊谷の自宅にて

ドナルド・キーンさんと

同人誌「件」のメンバーと

キーンさんの養子の大家族と一緒に

2016年12月17日
『黄犬《キーン》ダイアリー』（平凡社）出版記念会
「件の会」主催、山の上ホテル

秩父・寶登山神社に立つ句碑の前で
2016 年 11 月

「小林一茶は六十歳の正月、『荒凡夫』で生きたい、と書きとめていた。つまり『愚』のままに生きたい。『愚』とは煩悩具足、五欲兼備のままということ、とも書いていた。私は『荒』を自由と受け取っていて、人さまに迷惑をかけずにこれで生きられたら何より、と思っている。一茶の場合は『生きもの感覚』（生きものを生きものとして自ずから感応できる天性）に恵まれていて、とくに迷惑をかけると言うようなことはなかった。一茶のような荒凡夫で、という思いのなかで、秩父の里山を歩いていると、小刻みに谷間があり、どこにも満作の素朴な黄の花が咲いていたのである。一茶のようだ、と思う。」　　　　（『遊牧集』「金子兜太自選九十九句」より転載）

弟・千侍さんの孫娘ふたりに、
花束とバースデーケーキを頂く

弟・千侍さんの孫娘ふたりと

2016 年 9 月 23 日
97 歳の誕生祝

皆野町文化会館で秩父音頭を唄う

戦場体験を語り尽くす

サインは喜んで。完売

打上会で秩父音頭を独唱

2016年8月、「東奥日報」
第70回青森県俳句大会

津軽三味線の店「甚太古」の女将と

2016年8月9日
東京大学安田講堂

2016年4月28日
明治大学アカデミーホール

2016年3月18日
朝日賞受賞祝賀会
「存在者　金子兜太を祝う会」

後列左よりいとうせいこう氏、岡崎方寿氏、藤原作弥氏、橋爪清氏。
前列左より黒田杏子氏、澤地久枝氏、兜太、吉行和子氏

永年の盟友、藤原作弥さんのスピーチに聞き入る

句友、吉行和子さんより花束を受ける

後列左より金時鐘氏（大佛次郎賞）、井手英策氏（大佛次郎論壇賞）、ラグビーワールドカップ日本代表チーム（三人、朝日スポーツ賞）。前列左より金子兜太、村井眞二氏、山本正幸氏、渡邊嘉典氏（いずれも朝日賞）

左より長男夫人の知佳子さん、澤地久枝さん、一人おいて弟・洸三さん

2016年1月29日
2015年度朝日賞贈呈式・記念パーティ

後列左より歌人・佐佐木幸綱氏、現代俳句協会会長・宮坂静生氏

秩父鉄道の車中で、映画監督・北村皆雄氏の取材に応じる

2015年9月23日
96歳誕生祝い

皆野文化会館にて

秩父鉄道特別列車

2015年7月3日
「東京新聞『平和の俳句』」
みなづき賞受賞記念
「件の会」主催、山の上ホテル

右はいとうせいこう氏

左は東京新聞・加古陽治氏

左は澤地久枝氏

2015年6月21日
信州岩波講座

2014 年 10 月 2 日
NHK 文化センター青山にて
『語る 兜太』を語る会

気軽にサインに応じる

三兄弟揃って。
左は弟（三男）洸三さん、右は弟（次男）千侍さん

2014 年 9 月 23 日
95 歳誕生祝
秩父にて

秩父・山武味噌蔵にて
祝賀会参加者への色紙を書く

2013年3月31日
熊谷の自宅にて

＊以上のお写真は、黒田勝雄氏撮影によるものをご提供いただきました。但し、二〇一六年一月の朝日賞贈呈式・記念パーティは除きます。

2013 年 1 月 20 日、NHK 全国俳句大会。
稲畑汀子さんと

2011 年 3 月、NHK「俳句王国」

2010 年 3 月 1 日、
第 13 回毎日俳句大賞表彰式

2005 年 2 月、京都・宇治で社会学者・歌人の鶴見和子さん（右）と対談。2006 年『米寿快談』となり出版。中央は俳人の黒田杏子さん　（85 歳）

2005 年 9 月 23 日、伊良湖　古山園地　句碑除幕記念　（86 歳）

1996年9月、中国・杭州で。妻・皆子と
（77歳）

1988年6月、妻・金子皆子句集『むしかりの花』出版記念会　（68歳）

1993年1月、妻・皆子とオーストラリア・ニュージーランドクルーズ
（73歳）

一九七七年、父・伊昔紅の米寿祝賀会（58歳）

1974年、日本銀行退職の年、本店にて（55歳）

1974年9月、熊谷自宅での定年退職直後の新聞インタビュー（55歳）

左より兜太、堀葦男、桜井博道、久保田月鈴子、加藤知世子、森澄雄、野間郁史。1967 年　（48 歳）

村上一郎と。1970 年頃　（50 歳頃）

1967 年「海程」五周年全国大会　　(48 歳)

正面右から兜太、隈治人、和知喜八、出沢珊太郎
1963年、「海程」新年会　（44歳）

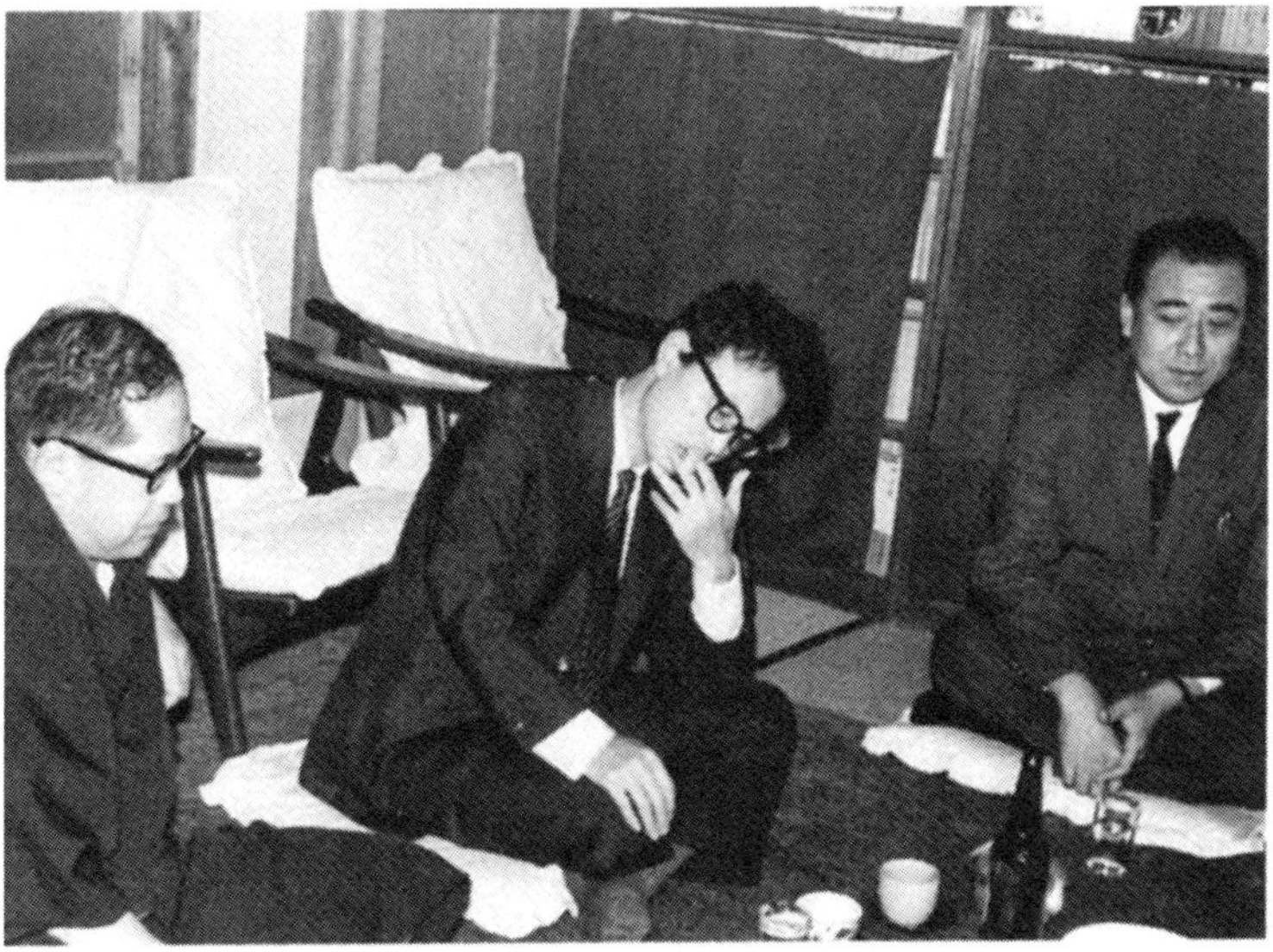

左から兜太、安東次男、原子公平
1967年　（48歳）

両親、父・金子伊昔紅と母・はる

日本銀行神戸支店時代
1956 年、大阪にて　　　（37 歳）

前列の背広姿が中村草田男、その後ろに細見綾子、その左に鈴木六林男、左端が兜太
1955 年頃、大阪にて（36 歳）

妻・皆子、長男・眞土と
1955 年頃、神戸時代

1954 年、俳誌「風」金沢大会
中列左から四人目が金子兜太。前列左から二人目が細見綾子、
一人おいて沢木欣一、大野林火、秋元不死男　　（35 歳）

1948 年冬、日本銀行本店の屋上にて

（29 歳）

師加藤楸邨と

1951 年夏、福島県土湯温泉

（31 歳）

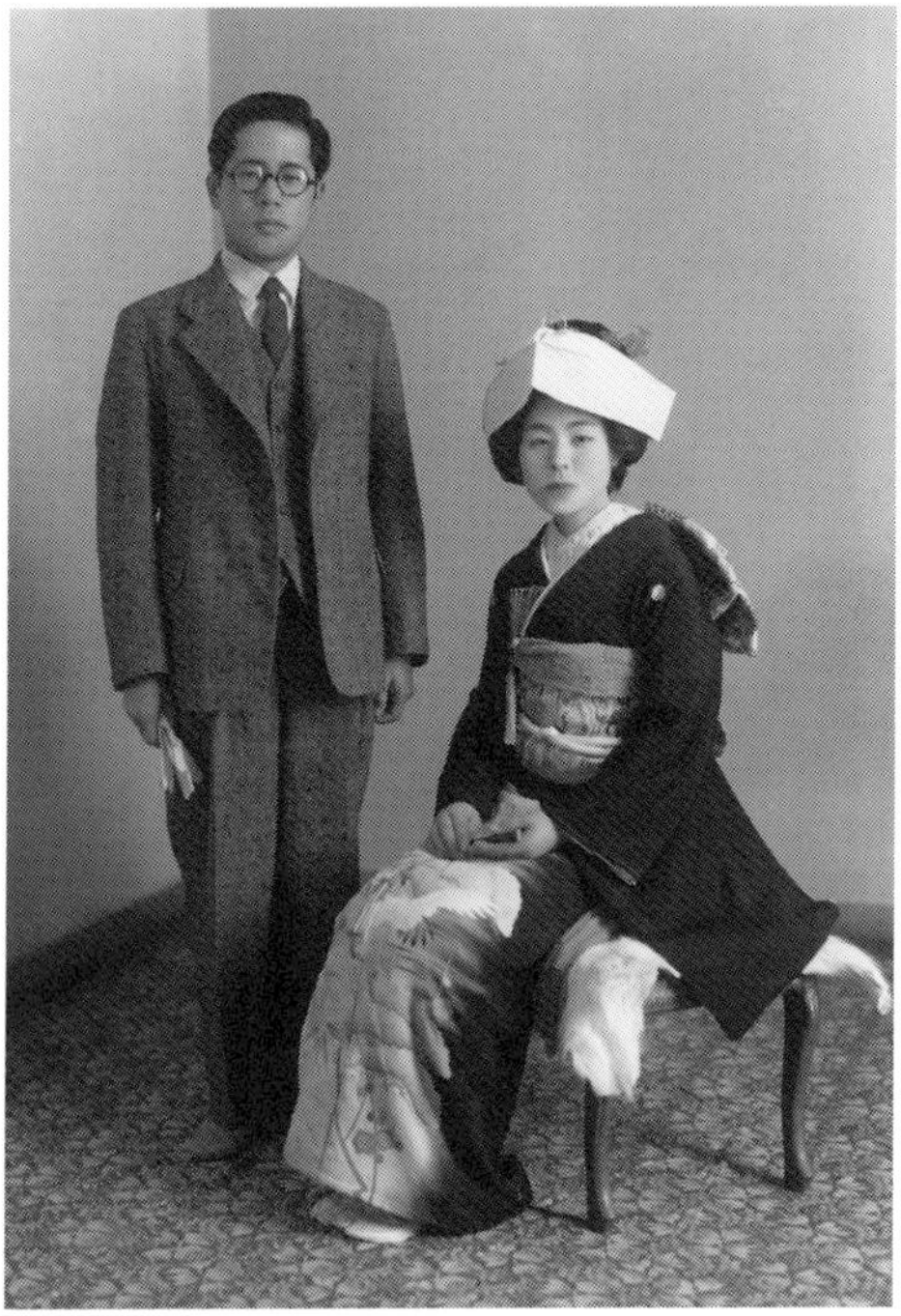

1947年、塩谷皆子と結婚　(27歳)

右から皆子夫人、兜太、弟千侍
1947年冬、浦和にて　(28歳)

1950年頃、家族と　(31歳頃)

1944 年、トラック島にて（海軍主計科中尉）
（24 歳）

1943 年頃、海軍経理学校第一分隊第二班一同
後列左から三人目の眼鏡をかけているのが金子兜太（24 歳頃）

旧制水戸高校の柔道部時代
中列右から二番目が金子兜太（20歳頃）

1942年、東京帝国大学2年
（23歳）

旧制水戸高校俳句会
前列左端が金子兜太。その横が吉田両耳先生、一人おいて長谷川朝暮先生

埼玉県秩父郡皆野小学校時代
後列中央が金子兜太
（10 歳頃）

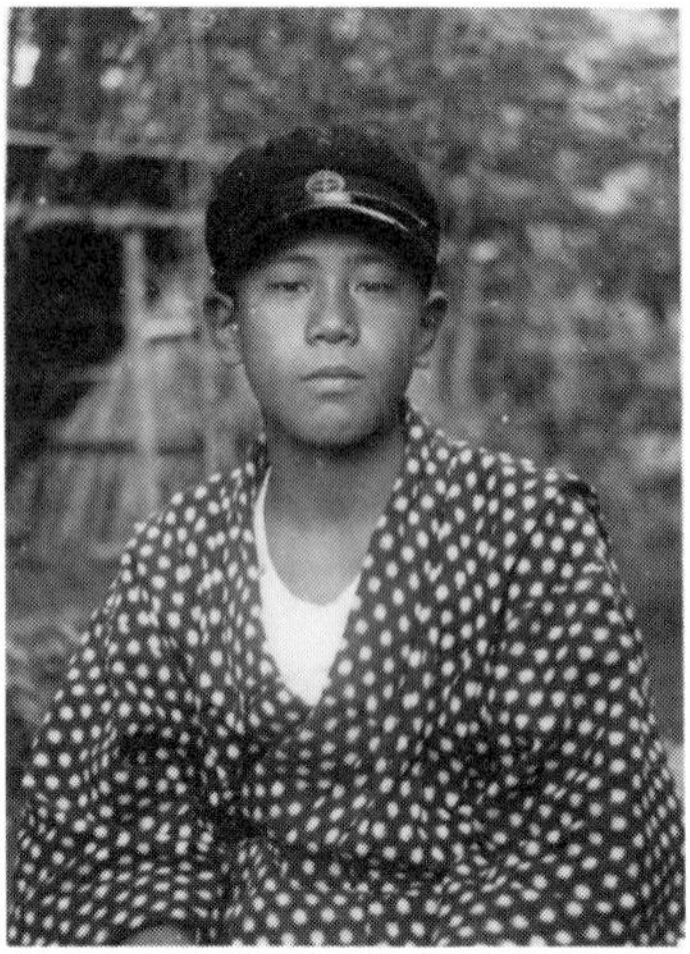

埼玉県熊谷中学時代
1933 年頃　（14 歳頃）

3 歳頃、父伊昔紅と上海で

3 歳頃、母はるとともに
埼玉県小川町の母の実家で

ののなかでやろうとした、ということなんです。同人誌「海程」を結社誌にしたのにもその心意が含まれています。

そこから柔らかくなった。いたずらに抵抗しなくなったんですよ。中にいて正すべきものは正しながら、一緒に楽しもう。楽しみながら自分でなければ出来ない俳句を作っていこう、という仏心に目覚めてきたわけだ。ふたりごころ。それまではひとりごころを突っ走っていた。越えなきゃならんならんと自分に言い聞かせていたわけだ。

いや、八十を目前にして、やっとここまできたんですな。

一貫していた草田男の姿勢に感心する

今度、調べ直してよくわかったのは中村草田男の俳句に対する姿勢ですが、桑原武夫の「第二芸術」に対する猛烈な反対をやりましたね、あれ以来、一貫してます。これに感心しているんです。その次に根源論争があったでしょう。あれに対する草田男の言い分もまったく同じです。そして、私に対する批判も、当時の前衛というものに対する批判も、まったく一貫してます、言い方はいろいろありますが。これにまず私は感心したということです。

そういう点から見ると山本健吉《やまもとけんきち》の姿勢は、少なくとも原子公平や私との論争の範囲内のことですが、その後の山本健吉は知りませんが、威圧的、揶揄《やゆ》的ですね。つまり、批評家の色彩がかなり強い。社会性（俳句）のときのことですが、あの人が東京新聞に書いたことに対して原子とオレがうんと反撥した理由の一半にそれがある。あの文章は『山本健吉全集』に載っているのかな。

赤城《あかぎ》さかえが『戦後俳句論争史』（昭和四十三年刊、俳句研究社）のなかの「社会性論議の実態」でこのことは綿密に書いています。引用がたくさんありますから、山本健吉の言ったことがこれからもわかってきます。赤城のこの本全体の水準が高い。文芸評論と見てもいいもので、感心しました。実践的でね。「戦後俳句」を語る人の必読書の一つです。

私にかかわって申せば、桑原武夫の「第二芸術」論への反論については私は直接にはかかわっていません。それから、これも不思議にそう思うのですが、私たちの世代はあまりあれに対する論評はしてないんじゃないですか。山口誓子、草田男の段階ですね。私たちはそれより若い。桑原武夫の「第二芸術」論は、韻文と散文の区別がついていないということは、私なんかも直感的にわかりましてね。これは詩論としてはだめだ。だけど、俳壇制度論、結社批判は正しい。こう受け取ったということです。それと、フランス文学を勉強した人が日本の封建制度の残滓《ざんし》をちょっと高みから批評しているわけだから、これは日本の保守的な立場の人から反撃を食うだろうという思いはあったね。それはありますが、そういう意味での賛否両論で、われわれはほとんど通過した。ただ、「第二芸術」論が刺激になっていたことは事実です。

赤城さかえの整理したものから見ると、当時、積極的に、記録すべき批評をしたのは、山口誓子、中村草田男、日野草城《ひのそうじょう》、西東三鬼《さいとうさんき》、学者の潁原退蔵《えばらたいぞう》、そしてわが師加藤楸邨、それに秋元不死男。これだけですね。これが記録に値する反駁《はんばく》をしたということで、あげて反対です。

結論的にどういうことを言ったのかというと、「まあ、見ててくれ。オレたちがやってみせるぞ」という、きわめて単純なことだった（笑）。そこから「根源論」が生まれてくる。そして、社会性論が生まれてくる。そういうかたちで具体的になってくるわけです。

「第二芸術」論反駁のなかで私にとって非常に印象的なのは、中村草田男が桑原武夫の言ったり書いたりしていることを「教授病だ」と言ったこと。これは有名な言葉です。どうも草田男という人は、ああいう主知主義的な、知識でものを言うということがとても嫌いなようだな。これは一貫してます。

「教授病なんかの言うことは問題外。ヨーロッパの文学を勉強した者が高みから見下ろすように、日本文芸の、しかも根っこの部分の文芸が語れるか。歴史を長く負った文芸が語れるか。いい加減なことを言うな」という調子が激しいですね。韻律ということを強調しているし。その点が印象的でした。

私個人は戦後復員というかたちで帰ってきて、実際に入っていくのは社会性論です。いま一方の根源論は、誓子さんを中心とした「天狼」という雑誌が展開するわけですが、私は当時はほとんど馬耳東風という感じで、もう問題にしてなかったです。年寄りたちが何かを言っているなという感じだった。それが率直な印象でした。だから、根源論争自身を勉強するのは、その後、「造型俳句論」を書くようになってからです。そのときでも、いま考えるとそんなに十分に勉強してません。そんな状態でした。

わが「造型論」の始まり

社会性論については、これもご承知のとおりですが、まず『俳句』(角川書店刊)の当時の編集長の大野林火《おおのりんか》がこれを特集したのです。これが口火を切ったということで、あの当時もいまも変わらず、総合誌というものがこういうことについてかなり主導権をもつのですな。

それを受けて、金沢でもうすでに「風」という、当時、同人誌ですが、出していた沢木欣一がそれに呼応した。というのは沢木は大野林火とも個人的に親しいんですよ。そういう関係もあったんですが、「風」の同人に向かって、社会性についてのアンケートをやったんです。これが第二弾だと思います。

そのときに、特徴的な回答としては、これもよく知られていることですが、沢木欣一が「社会性とは社会主義的イデオロギーの周辺の文学、周辺の俳句」と、そういう言い方をしています。

これに対して山本健吉は「こういう言葉が出るんじゃないかと恐れていたことを言った。社会主義イデオロギーというのはいかん」と言って、沢木が「的」と入れたのにかかわらず、健吉が「社会主義イデオロギー」と「的」を抜かして東京新聞に書いた。これは赤城もちゃんと指摘していますが、大きな間違いなんです。特定のイデオロギーを言っているわけじゃないんだ。広い思想傾向なんで、当時、社会主義的イデオロギーというのがさまざまなかたちであるわけですからね。何もカール・マルクスの独占じゃない。いろいろな人が言っているわけだ。ま、沢木がそこまで勉強していたかどうかわかりませんけれど、とにかく「的」と言った。

山本健吉は昭和三十年三月九日付の東京新聞の「俳壇時評」で、「相も変らず左翼的、ないし擬似左翼的論議を聞かされるのが落ちである」との書き出しで、「社会性論」を批判し、四回にわたって書いた。それに反論した原子公平や私を相手に威圧的な文章を書いています。それにはそういう誤読も絡むわけです。それに山本さん自身の保守的な立場を強調しようとする考え方も根にあるわけです。

それから、アンケートに対して私は「社会性は態度の問題だ」と広い範囲で答えた。そうならないと文芸論にならないと思ったんですよ。社会主義的イデオロギーとか社会主義イデオロギーと言ったのではどうしても狭くなる。文芸の問題はそれを肉体化するところにはじまる。生なものじゃない。もっと広く、さまざまな考え方があり、それが生活のなかで消化されて態度として熟したものでなければならない。そして社会に積極的にかかわっていくということ、そうした日常性を態度としてもたなければいかんということで、私の場合はそのままイデオロギーを持ち込むことを全く拒絶していたんです。

そのときすでに私の場合は存在論的な考え方に立っていたと思ってます。ずっとその後、社会性から存在へという考え方に移っているわけですが、初期の段階でそう考えていた。私は存在論的であったと思うわけです、ええ。

その二つが大きなものじゃなかったですか、いろいろな考え方があったけれど。

それに対して誓子が「社会性は素材の問題だ」と言ったのです。ただ素材として扱えばいい、と。それはご自分が大正の終わりからずっとやってますからね。ドラム缶やストーブ、株式会社など新しい社会的素材を彼はどんどん取り入れてますから、それの経験をずっと延長したところで言っているんです。

それから、神田秀夫《かんだひでお》が、社会性なんてものは空気みたいなものだ、だれでも呼吸しているんだから、とくに取り立てていうほどのことではないと言うわけです。

それを言い換えたかたちで山本健吉が「社会性は感性の問題だ」とこれはさっきの東京新聞

の文章にはっきり書いています。あとはどういう言葉を選択するか、あるいはこの形式をどう生かすかという問題だ。それ以上の、たとえば社会主義イデオロギーとか、そんなことを言うのは自分がいまいちばん恐れていることである。そういうことを言い出したら、これは俳句形式を破壊することになると、そういう言い方でしたね。誤解は別として、感性の問題だというのはいまでも正しいと思っているんですよ。

ただ、そのときに私たち若い連中が反駁したのはどこか。いろいろな反駁があったが、一つ、積極的な反駁は、〈感性の質〉の問題が大事だということです。原子も私も。感性の問題ではあるんだけれど、感性と言ったのでは何でもいいことになる。犬がおしっこをしてもいい。猫がニャーと言ってもいいことになる。だから、何でもいい感性というのではだめだ。感性がどういう考えで支えられているか。この感性の質の問題だと、質ということをはっきり私たちは言ったわけです。

この質が、問いただされないと、戦後のいまの状況のなかで書いたものが意味を成さなくなる。ただ、そこに橋がありますと言っただけでは、これも社会性かもしれんけれど、この橋が架かることによって人々が楽になりましたというところまで思想があって、それで橋がありますというふうに言われたときは表現が内容をもつのであって、その質を問わない感性なんてなんの意味もないと言ったのでした。そのことはちゃんと赤城が書いてます。

その「感性の質」と言ったときに、私は自分で責任を感じたのです。それは、俳句ではどういうふうにそれを書くのかという問題が残るじゃないですか。

これは大野林火からも言われましてね。「君、感性の質が大事だと言っていたけれど、いったい俳句でそれをどういうふうに表すんだい」と聞かれたことがあるんです。私もそれは大事だなとそのとき思った。いまだったら、「いや、書いたものでわかればいいので、何も方法なんか要らないんですよ」と言ったと思うんだけれど、そのときはまじめに受け止めた。

それでまず、どう書けばいいかという問題にこたえていかないといけない。その第一歩として、感性の質とはどういうことかと、具体的に俳句を吟味しておかないといかんということで、山口誓子の〈夏の河赤き鉄鎖のはし浸る〉という有名な俳句を取り上げて、これには思想がないと言ったわけです。つまり非常に優れた感覚はあるが、思想の質が鈍い。強いていえば虚無感だ、という論評をしたのはそれなんです。それが私の「造型論」の始まりだったのです。

それに対して、忘れもしない、西東三鬼が「その句に思想がないと言うことは、金子に睾丸《こうがん》がないということと同じだ。そんな暴論を吐いちゃいかん。これにはニヒリズムという思想があるんだ」と言ったのを覚えています。それはたしかにそうなんでしょうけれど、どうもしかし、ちょっとニヒリズムというのもこじつけですね、いまから思えば。「(誓子は)冷たい」ということ、それがあんがいニヒリズムという言葉を呼んでいたのかもしれません。

「創る自分」を設定してゆく

そこから私がさらに考えましたのは、受け止めたものをすぐ書く、感覚したものを書くという直接法の書き方では質までは書ききれん場合が多いだろう。そうなれば質までも書き込んでいくということをやる自分がいなくちゃいかん。それは、他者としての自分、創作する自分、創る主体としての自分というか、そういうものを別に設ける必要があるんじゃないか。だから、何か感覚し、思ったときに、それを消化しながら映像にまとめていくということ、平ったく言えば映像で俳句を作るという作業をやる。暗喩《あんゆ》たり得る映像ということですね。このためには「創る自分」というものを設けてやらないとできないんじゃないだろうか。

私は「造型俳句論」でもそのことを基本に置いて書きました。それまでの草田男や楸邨の俳句というのは直接反応だ。感覚したものをパッと書く、思ったことをスッと書くということでやってこられたが、そうじゃなくて、いっぺん「創る自分」が受け止めて、それを映像にまで構築して、暗喩をもとめて書くという状態にならなきゃいけないんじゃないかというので、私は「創る自分」というのを設定したのです。

それが当時、問題になりまして、国文学者栗山理一《くりやまりいち》は、この設定が非常に大事である、ここに現代俳句の芽が見えてきたというようなことをちょっと書いておられて、『俳諧史』のなかでも最後に私のことを書いてくださった。しかし、私のことを書いたためにあれが文部大臣賞だか奨励賞だかにならなかったんだそうです(笑)。氏が私に冗談を込めて、「これで賞を外しちゃったよ」と苦笑いしていたのを覚えています。

ところで、栗山理一は国文学者でいながら現代俳句に対して非常に積極的な姿勢をとった方で、ああいう方がいないといけませんね。現代だと復本一郎《ふくもといちろう》ぐらいしか見えてこないんです。ほかの国文学の先生方ももっと現代俳句に対して発言してもらいたい。現代俳句に関心がないのか、無理をして無視をしようとしているのか、どうもわからない。異端邪説という感じで見ている目がありますな。これははっきり申し上げたいな。栗山という人を失ったことは大きい。

それから、俳句の世界に有季定型客観写生派、有季定型主観派、そして自己表現派があって、自己表現派のなかに私も入るという区分けをしているのですが、その主観派の連中、飯田龍太《いいだりゅうた》とか森澄雄といった人でも、あるていど「創る自分」の設定には関心をもっていたのではないかな。むろん私の勝手な推量だけれどね。でも、鷹羽狩行《たかはしゅぎょう》が「創る自分」なんてこのごろ言っているからね。そのうちに特許使用料をいただこうと思っています。

角川書店で作った『俳文学大辞典』のなかにも、このことがちゃんと記録として残されていいます。その後の私の「造型論」はほとんどネグられちゃったけれど、「創る自分」の設定だけはちゃんと書き留めてくださっている。

この「造型俳句六章」は『俳句』に六か月書いたものでして、当時の塚崎良雄《つかざきよしお》編集長がすすめてくれました。塚崎はそういう点、非常に寛容で、当時のいわゆる前衛というものに対して大きく手を広げて、どんどんやらせてくれた人です。これは一回分として二十枚ぐらいは楽に書いていると思います。「であります」調で書いたから、はずみでうんと書けました。そのときに根源論などの勉強もしたんです。そんなことで私の「造型俳句論」ができあがっていくわけです。

そのプロセスについては草田男は何もかかわりありません。草田男がかかわってくるのは「造型俳句論」のところです。その「造型俳句論」が当時、わりあいに私たちの世代の自己表現指向の人たちから歓迎されたというか、彼らが肯定的に参考にしてくれたということでしょうか。それで受け入れられて、ある種の影響力を持ったということでしょうか。

「前衛」と称される俳句作品群の形成

そういうかたちでいわゆる「前衛」と称される俳句の一角ができてくるわけです。当時のレッテルでいけば前衛社会派の作品群がそこで形成されてくるわけです。

そして、いま一つ、前衛芸術派と言われた派がありまして、それは社会派と並立するかたちであったのですが、その芸術派の中心が高柳重信《たかやなぎしげのぶ》です。

たとえば、先輩では、富沢赤黄男《とみざわかきお》、高屋窓秋《たかやそうしゅう》、渡辺白泉《わたなべはくせん》、女性で三橋鷹女《みつはしたかじょ》がそれに入るようです。高柳は鷹女が母で、赤黄男が父だと言ってますね。それから三橋敏雄《みつはしとしお》や中村苑子《なかむらそのこ》。若手で私の記憶にあるのは寺田澄史《てらだきよし》で、あの人の句が妙に印象に残ってます。それから、いま群馬の土屋文明《つちやぶんめい》記念館でよい仕事をしている林桂《はやしかつら》の句も。非常に不幸な病気で死んだ、東京新聞の記者の折笠美秋《おりかさびしゅう》、ああいう人が私の頭にありますね。そのほか、高柳と非常に親しくしていた赤尾兜子《あかおとうし》や永田耕衣《ながたこうい》も入りますし、一時期の橋閒石《はしかんせき》も芸術派に入ります。

社会派はあまりはっきりしないが、何となくというのは原子公平、鈴木六林男《すずきむりお》、佐藤鬼房《さとうおにふさ》、林田紀音夫《はやしだきねお》、堀葦男《ほりあしお》、島津亮《しまづりょう》、東川紀志男《ひがしがわきしお》、立岩利夫《たていわとしお》、稲葉直《いなばちょく》、八木三日女《やぎみかじょ》。広い意味では伊丹三樹彦《いたみみきひこ》も入るんじゃないかしら。桂信子《かつらのぶこ》はもうそのときは伝承派だ。津田清子《つだきよこ》も誓子についているわけだから少し違う。うーん、そういうところかなあ。

広い意味で、いまあげた芸術派の人たちは「俳句評論」系で、社会派はバラバラにやっていたわけです。高柳というのはなかなかそういう点が政略家だから、「六人の会」を作ったりした。

これは新興俳句を経験した同世代ということですが、そのなかに林田、佐藤、鈴木、三橋、赤尾、自分を入れている。林田はあまりかかわらなかったけれど、六林男、鬼房のその後の社会派との接触はちょっと微妙でしたね。芸術派との関係ももちながら両方という感じですから、私とはちょっと違う歩みをしていると思います。そんなかたちでできあがっていったわけです。

そして、草田男が私への文章に書いている言葉によりますと「抽象と造型」という言い方をしています。だから、「おまえさん方、俳句で抽象をやる、俳句で造型をやるといっている連中はどうもけしからん」という言い方になるわけです。

そういうふうに二つにまとめていますが、抽象というのは最後に赤尾兜子がこれをはっきり言っておりまして、だいたい芸術派を総称していると見ていいんじゃないでしょうか。それから、造型というのが社会派とかなりに重なっていると見ていいと思います。ただ、六林男や鬼房、林田たちは別でしょう。独自の考えでやっています。

現代俳句協会、俳人協会の分裂劇

草田男が私たちへの文章を最初に書いたのが一九六一年（昭和三十六年）十二月四日付の朝日新聞です。このとき草田男はもう朝日俳壇の選者をしていまして、私たちに対する、つまり当時の四十代になったばかりの連中の行動を総まとめにして批判の文章を書いたわけです。

なぜ書いたのかという理由ですが、ちょうど昭和三十六年の暮れに、私たちよりひと回り上の世代、草田男、三鬼たちの世代が現代俳句協会から分かれて俳人協会を作った。その年の、その行動よりちょっと早い時期です。ですから、一種の先触れみたいな文章を草田男が朝日新聞に書いたのです。

なぜ分裂したのか、なぜ草田男がその先触れみたいにそういう文章を書いたかという事情を言っておきましょう。それはこういうことでした。昭和三十五年（一九六〇年）に例の安保闘争があって、その後古典帰りの雰囲気が文化全般に出てきていたわけです。革新の連中のなかでも分裂が生じたりしまして古典帰りの動きがあった。たとえば安東次男が芭蕉に入るという、あの時期です。

私の友だちの村上一郎《むらかみいちろう》がそうです。かれは当時、評判の評論家で、小説、短歌も書いていたが、共産党を離れジョン・ロックから始めて、イギリスの古典経験論を追求し、北一輝《きたいっき》をたいへんに称揚したりして、三島由紀夫に親近感を示していた。三島の自刃後、ずいぶん後のことになるが、自分も頸部《けいぶ》を日本刀で斬って自殺している。

そんなふうに六〇年安保を契機に、いわゆる革新的な文学者がかなりに変わったんです。あの時期、たいへんにドラマティックな変化があったんです。それは俳壇にもいち早く影響してます。とくに、私たち四十代初期の世代、いわゆる前衛と言われた連中の行動や作品を快く思っていなかった私たちより上の世代、その人たちがその雰囲気をいち早く受け入れたということが言えますね。

この三十六年に現代俳句協会賞の選考委員会があったんです。石田波郷《いしだはきょう》、三鬼、草田男、秋元不死男、それに私や石原八束《いしはらやつか》も選考委員でした。私は能村登四郎《のむらとしろう》と一緒に賞をもらっていたし、東京へ帰ってきていたから、選者になったわけだ。原子公平、沢木欣一など、私たちの世代と私より一つ上の世代のなかから選考委員がたくさん出ていたわけです。ただし、龍太君はいなかったし、森澄雄も入っていなかったですが。

そのとき、私たちは赤尾兜子を推した。波郷や三鬼たちは石川桂郎《いしかわけいろう》を推した。そのとき、石川が新人かどうかでもめて、それですったもんだして、最後は場所を移して、やったのですが、一票差で新人に非ずと決まるのです。そのカギを握ったのが原子公平です。遅れて出席した原子の票が新人ではないというほうに入ったために非新人票が一票ふえた。原子はそれで憎まれてね。石川が新人ではないと決まることによって、事実上、赤尾に決まったということで、あとの手続きはつけたりです。したがって、石川の非新人が決まったときを協会分裂のときと見て差し支えないのです。

なお、決定前が九対九の同票だったわけだが、これは加倉井秋《かくらいあき》をが石川非新人のほうに入れたためにそうなったので、当然加倉井は新人説だろうと見ていた人たちに憎まれてしまった。読みが逆になったわけだからね。加倉井という人はいい人で、われわれとも親しいわけだ。かれは年が上だからオレたちを弟みたいに思っている。沢木と一緒に「風」でやっていたわけだ。だけども三鬼たちとも親しい。彼は迷ったらしいんだ。ああいう人で建築家だから、俳句はどっちがいいかとかという考えじゃなくて、親しい人に、親しい人にと考え方が傾くんだな。赤尾も若い弟分みたいな連中が推しているんだから、そっちを推してやろうと、そうなっちゃって、石川を落とす方に向かってしまったんだね。それでとうとう最終的に赤尾兜子を出す結果に同調することになってしまった。その一票で同票、そして原子で逆転という次第です。

そうだ、その前に八束が、秋元不死男が嫌いだったんだな、東京三が。不死男も八束が嫌いだった。八束が不死男に対してぶっきらぼうな発言をしたんです。そうしたら波郷が怒った。「先輩に対して何だーッ」と言ってハアハアやっていた。彼はもう体を壊してまして、息がゼイゼイしてました。そのころから何となく悲壮感があった。こっちは若いから手加減なんかしない。言いたいことを言うやね。そういうことがよけい気に入らなかったんでしょう。結果的に石川が脱落したとき波郷は「もうあなた方と私たちとは一緒にはやれん。ここで袂《たもと》を分かつ」と言って去った。

そのときに三鬼はもう癌の宣告を受けていた。青い顔をして私たちの世代のところまでちょっとあいさつに来て、波郷たちと一緒に引き揚げて行ったのを覚えてますよ。これが分裂劇の幕開けです。非常にドラマティックな瞬間でした。

その後で分裂があって、俳人協会が三十七年に発足するわけです。実際には三十六年十一月です。分裂といっても、現代俳句協会を作った人たちが、もう時世が変わったと言って出ちゃったわけで、その裏には角川源義《かどかわげんよし》がパトロンみたいなかたちでいて、それで有季定型というスローガンを掲げる俳人協会を作ったんです。

ところが、現代俳句協会はみんな自由に集まっていて、自由にものを言う世界だ。というのは、三鬼たちが創設時にそういうかたちを決めているわけだから、それをそのまま継承して現在に来ているということですが、だから現代俳句協会はスローガンがない。強いて聞かれれば「俳諧自由」です。しかし、あのときの三人、波郷、三鬼、不死男はみんな死んでしまったなあ。

草田男説批判の文章を書く

その直前の十二月四日付の朝日新聞に、草田男がわれわれを批判する文章を書いたのです。題は「俳壇時評」でした。そこで、八束と原子公平と私と三人で一緒になって朝日新聞に乗り込んだ。そして、「責任者に会いたい」と言ったところ、俳壇担当の門馬《もんま》さんという人が、これは風格のある人でしたね、のこのこ出てきた。もう年配で、嘱託だったんじゃないかな。若造が三人、何しに来たというような調子で、傲然《ごうぜん》としているんだ。言いたいことがあるのか、というわけだ。

八束とオレでキャッキャキャッキャ言った。そうしたら、「それだけ文句があるのなら、一遍、書いてごらん。この三人のうちのだれだ、書くのは」ときたから、こっちは肝を抜かれちゃってね(笑)。それからオレは門馬大人が好きになったよ。いまでもずっと好きだな。

それで、「誰が書くか」「金子君、書いてくれ」というので、オレが書くことになった。それが昭和三十六年(一九六一)十二月十九日付の朝日新聞に掲載された「現代俳句――中村草田男説批判」です。これは短い、新聞の文章です。だから、まず始まったのが朝日新聞紙上です。

要旨は、一、現代俳句協会への「中傷」については協会が答えるとした上で、季題を俳句の「内的条件」とする草田男説に対して「便法」なり、としたこと。二、「新風」は「第二の月並」、「なぞ解きあそび」としたことに対し、草田男句をあげてこれぞ月並と反論したこと。

そのあと、『俳句』の当時の塚崎編集長が、翌年の昭和三十七年一月号の『俳句』に書けと言ってきた。だから、十二月十九日の朝日新聞の文章を読んですぐ、私に書けと言ってきたんじゃないかな。私はせかされて、ずいぶん短時日で書かされたのを覚えているんだ。あのころはこっちも若かったからタッタカタッタカと草田男への手紙を書いたんだ。せかされたということがわかるのは、それに対する私への手紙で、草田男が「何たるディレッタントだ」ということをまず書いていますが、そんな感じを持たせるように、私の文章、ちょっと解説的で薄っぺらだったね、いま読み返してみると。その次の反論のほうがコクがある。だから、これはそうとうせかされた手紙だったと思うな。もう時間がない、ともかく書けということだった。

また塚崎という人が強引な人でね。一日二日で書けと言うんだよ。当時、こっちも若いし、書きたくて書きたくてしようがない。『俳句』に載るってのはたいへんな喜びだったから、書きましょうというので書いた。私はその年の四月に「海程」を創刊しているんですが、四十二歳だった。もう元気、元気。余っちゃっててしようがない（笑）。あのころはわれながらいろいろなことをよくやってますね。

さて、そのときに私の書いた文章の論旨と、それに対する草田男の批判と両方を一緒にして、どういうことが論点になったかということを申し上げましょう。『草田男全集』の巻九に収録されているんです。「現代俳句の問題――往復書簡」、三二一九ページだ（と言いながら『草田男全集』を開く）。

アレッ？　昭和三十七年一月号にオレの文章に対する反論が載っている。オレが書いたのが一月号だが、その反論が同じ号の一月号に出ているってわけだ。じゃ、オレの書いた文章をすぐ草田男に回して書かせたのかなあ。同時掲載だ。つまり、これは同時に載せたからインパクトがあったんでしょうな。

ともかく草田男のそれに対してすぐまた、私は反論を書いた。それが同年の三月号だ。こちらのほうが少しまとまって書いているが、草田男からの返事がないからこれで打ち切りになったんです。

「抽象や造型は悪しき主知主義だ」と草田男が批判

その論旨は、絞りますと、まず前衛という言葉の受け取り方が草田男と私と違っていたということです。両方とも前衛のモデルを第一次大戦後のフランス中心のアバンギャルドの運動に置いているわけですが、草田男は、既成文学、絵画が中心だが、それの危機意識に立って、技術破壊をする、そういう意気込みで立ち上がったのがアバンギャルドだ、前衛だ。おまえらはそれぐらいの覚悟があるか。俳句の技術破壊をして、その危機を解消する、それだけの覚悟があるのか。これをやる以上はそんなにいつまでも生きながらえるという考えじゃやだめだ。そこで玉砕するくらいの気持ちじゃなきゃならんと、「玉砕」という言葉は使ってないが、趣旨としてはそういうことを書いた。

それに対して私は「一定の流派を指すのではなく、精神の状態について言われる」という当時の平凡社『国民百科事典』のアバンギャルドについての解説をあげて反論した。その「精神の状態」というものが日本の俳句の前衛の、当時、いろいろなジャンルで前衛と言われるものが出ていますが、ほぼ共通して言えることであって、危機意識をもって技術破壊を行うなんて、そんなラディカルなものじゃないんだ。まあ、強いて言えば兵隊さんのなかの最前列、隊の先頭というくらいのことであるという反論をした。この言い方は沢木欣一もしていました。これが一つのポイントでしたね。

それと、これはいちばん草田男説の中心になるんだけれど、さっき申し上げたように、草田男は、抽象、造型などというのは悪しきモダニズムである、欧米的近代主義に毒されている考え方であって、単純に言えば頭で表現を行うという、そういう考え方だ。悪しき主知主義である、というわけだね。それに対して、オレは違う、と草田男は言うのです。オレは俳句形式、定型形式と季題との総合である俳句性というものを徹底的に深めていく、これと取り組んでいくという姿勢であって、そういうところからしか本当の俳句は生まれてこないということをおまえらはわかってない、もっと勉強せいと、非常に単純化して言えば、そういうことでしたね。

繰り返せば、前衛と言われているおまえらのやっていることは抽象と造型という言葉で言われているが、これは言葉だけのことで悪しき主知主義である。欧米近代主義の表面的な受け入れに過ぎない。日本特有のこの詩では、そんなものからは何も出てこない。結局、おまえらの知的遊戯に終わるであろう。

それに対して、これから本当の俳句を考えて一生懸命やるんなら、俳句性を考えろ。俳句性とは何かというと、最短定型と季題との結合、融合からできあがっている世界であって、これを徹底的に掘り下げていって、草田男流の言い方をすれば、これと血みどろの格闘をして融合していくというふうなところからしか生まれてこないぞ。オレはそれをやってきている、おまえらはろくに季題も知りもせん、ろくに本も読んでおらん、何も知りもせんで抽象だ造型だと偉そうなことを言うが、そんなものからは何も出てこんぞ。伝統詩歌の世界はそんな単純なものじゃないぞと、それを言っているわけです。

それを何遍も何遍も繰り返してまして、私からすると過度の強調を感じましたね。

それと、そのなかでちょっと落とし穴があって、それが晩年の草田男さんに結びつくんじゃないかといまになると思えるのは、五七五の最短定型というのは小さな小さなもので、こんなものじゃ何もできやしないんだと言うんですよ。自分でそう書いている。季題があるからこの小さな定型形式は生きるんだ、と。

私などの認識だと、これも学生のころ草田男居に出沢珊太郎といくどか行ったとき、草田男が私たちに言ったのをいまでも覚えています。「金子君、季題は手段だよ。私は歳時記のなかの季題を一つか二つ引っ捕まえて散歩に出て二時間もすると、この季題を手掛かりにいくらでも句ができる。いいもんだよ」と言ったのを覚えているんです。だから、草田男にとっちゃ季題は手段だと思っていたんだ、題材の一つと。それがこの文章になったら、まるで季題宗なんだな（笑）。

予想外のところに彼は深入りしすぎたんじゃないのかな。こんなに季題を強調するなんてオレも滑稽《こっけい》な感じがしたんだよ。勢いあまって、草田男は、次のように文章を結んでいたんです。

「私は決して守旧派ではなくて、強いていえばまさに〈守胎派〉とでもいうべきものに属する」

「そのもの自身が〈生きもの〉であって、永久に〈生きもの〉としての俳句をうみつづけてゆく伝統の〈母胎〉。それを私は終生を賭けて護りつづけてゆくでありましょう。さようなら」

私はこれへの反論で、「あんたは守胎派だといっているけれど、私は醜態派だと思う」と書いている（笑）。まあ、大先輩に向かってこんなことを書いたのは当時の私の若気の至りですよね。

それというのも彼があまりに季題を強調したから。そして、形式を軽んじているんです。桑原武夫への反論では、むしろ韻律を大事にしようと言っているわけでしょう。それがここでは、五七五なんてそう大したことはできない。そして、季題との融合でこの詩型は生きているんだという言い方になるからね。私はちょっとそこに矛盾を感じていたことは事実だ。

草田男の最晩年の『美田』以降の作品は全体に長目になったでしょう。定型形式だってリズムだって。草田男さんのお弟子さんのなかでも先生の晩年の句は品が悪くなったと言う人もいるくらいです。それは草田男のなかに何かやはり……。われわれに対する反論のなかから季題宗的なものがくっついちゃったのかもしれないな。宗教的な季題だ。そして一方では、その分形式を軽んじるというか、軽く見るという気分になったんじゃないかなあ。それが晩年に影響しているんじゃないかと、いまにして思えてならんがなあ。

ま、そんなことが中心でした。

「何たるディレッタント」——草田男の指摘

東京新聞の時評のなかで山本健吉が「きみたちは季を無視しているが、季というのは一つの貴重な経験なんだということを忘れているんじゃないか。頭を冷やして出直せ」といった調子の、やや威圧的、揶揄的な文章を書いているんですが、草田男はそれを引用しているのです。それがあったので私が思ったのですが、山本健吉は草田男ほどに、つまり季題教とでも言えるような、そういう体を張った俳句性という考え方にまでは行きついていなかったのではないかな。山本健吉はやはり評論家です。その違いがこのこと一つでもわかる感じがありました。

それと、これはいかにも草田男らしいんですが、草田男がわれわれに対して「同調者」という口汚い言い方をしているんです。古きを守ろう、有季定型を守ろうとする連中のなかに「情勢万能派」というのがいて、そいつらが仲間意識でこういう前衛たちをちやほやしている。これがいけない。これが彼らを付け上がらせているという言い方をして、情勢万能派ということを盛んに言うんです。

これは草田男らしいんだ。あの人がよく、俳壇雀から、自分が俳句界を主導していこうと思っているんじゃないかと言われた理由は、こういうところにあるのであって、情勢万能派なんて指摘してカアカア騒ぐなんておかしいでしょう。「守旧派のなかの情勢万能派が前衛派を付け上がらせているんだ」という言い方。これはちょっと見苦しかったですね。私はそれを指摘して、おかしいんじゃないかと言っておきました。

その三つです。

だけど、中心は何といっても俳句性です。とくに季題への熱狂的な支持。これが特徴でした。第一回目の同時掲載の私の文章に対して、草田男が「何たるディレッタントだ」と冒頭に書いていますが、草田男からそう言われるように、私のそのときの文章は一種の専門俳人の心意気というふうなもので書くのではなくて、かなりに解説的でしたね。問題提示的でありまして、その問題を熱っぽく相手にぶつけていくという文章じゃない。これはやはり急いだせいじゃないかな。そういう点では草田男の「何たるディレッタント」という指摘は当たっていると思います。

その分だけ逆に、草田男の反論はいかにも詩人のものだという感じがしました。非常に熱っぽい。くどいほど熱っぽい。宗教的雰囲気すら感じる。そういうものでした。それをいま改めて読み直して感じております。

そのこともあって、私の次の反論の文章は多少表現者らしいものであったと思っていますが、そんなことはどうでもいい。

その後、草田男のお嬢さんの弓子さんから「父親はこういう文章を書くとき、熱を込めて書くから、あと、たいへん疲れていた」ということを聞かされたんです。私は、そのときはお嬢さんの言われたことがよくわからなかったのですが、論争をいま読み直してみてよくわかりました。

草田男は本当に詩人らしい打ち込みでものを書く人だ、あるいは語る人だということでしょうね。だから、一つ書いたら、それだけで疲れてしまうというのもよくわかって、なるほどなあと思いました。だから、からかって言えば、よほどお疲れだったんでしょうが、こっちは若気の至りで、あなたの欠点をつかまえてくすぐってやろうと思っていたんですよ、ということになるが、とても言えませんわい。

始原の姿をとらえよ

いい機会なので、今回、ずっと当時の草田男のものを読み返してみたのです。そうしたら、草田男が、抽象や造型というのを悪しき主知主義であると言い、近代主義の悪いあらわれ方である、悪しきモダニズムであるという、その言い方がかなりに感情的であって、さっきも申し上げた「第二芸術」に対して桑原武夫を教授病だなんて罵《ののし》った、あの激情の発言が、あれ以来、一貫して変わらないのですわ。その姿にさらに私が感心したのは、例の「天狼」の根源論に対しても同じなんです。戦後の社会性論と根源論と二つの大きな論議があったが、その根源論に対しても草田男の姿勢が同じなんです。

草田男の文章から知って、いま自分の言葉のようにして使っている言葉があるのですが、ドイツ語で「ウル（原）」と言いますね。草田男に「原馬（ウルプフェルト）」というゲーテの言葉を借用した、いい文章があるんです。昭和二十五年一月号の「萬緑」に書いたものです。

原馬とゲーテが言っているのはアテネのアクロポリスのパルテノン神殿の東方破風の彫刻のなかにある馬の頸部です。いま大英博物館にある。ゲーテはその馬の頸部を見て、「この馬は、如何なる現実界の馬よりも馬らしい。如何なる馬よりも馬なのだ」というふうに受け取った。そして「馬の絵はたくさんあり馬の彫刻はたくさんある。われわれの日常での馬の認識はある。あるが、そんなものは馬じゃない。アテネ神殿にある、この馬、これこそまさに馬そのもの、つまりウルプフェルト（原馬）である」という。

これを草田男はさらに引き伸ばして、一つのものを徹底的に見ていくと、それの原姿、原始の姿が見えてくる。それをとらえなければいかん。「ホトトギス」の客観写生はあらかたがだめだが、本当に徹底していくなら原姿を獲ち取るということでなければならない、と彼は書いているのです。

ところが根源論を見ると、頭の中で根源ということを考えていて、ものを見定めていって原姿を獲ち取るという意味の根源ということをちっとも考えてないじゃないか。そんな根源論は観念であって、これも悪しき主知主義であると、こう言っているんです。だから、これは私たちに対する論法と同じです。

実は私はエロスの原《もと》ということを言うんです。「ウルエロス」って。それはどうもこの「原馬」が頭にあったんだな。ゲーテは「原植物（ウルプランツ）」なんて言葉もシラーの問いかけに答えて使ってますね。植物の原《もと》があると言うんだ。「根元現象」という言い方を草田男はしています。そういうのはものを徹底的に見ていけば掌握出来ると、こういうことですね。

そして、草田男は俳句性なんて言ったけれど、私は俳句性なんて言わないで最短定型と言っている。この最短定型と取り組んで、徹底的に自家薬籠《やくろう》中のものにしていくという姿勢をとっているわけだが、これは草田男が俳句性について語った語り口への共感と重なります。草田男が感銘した「ウル」に私も感応しているのです。

私はいま「産土《うぶすな》」ということを言っている。自分の生まれた原郷、山河、自然、天地。それへの傾倒ですね。全力をあげてそのなかへのめり込む。その始原への姿勢、そこから湧く想念をつかみ取って、その想念のなかで俳句を作る。そういう自分の姿勢は、草田男の俳句性への姿勢と十分に似ていることに気づきました。徹底的に相手にもぐり込む。相手の根っこを見ていく。霊ということを言うのもそこなんです。

当時、私は若くて気づかなかったけれど、こんなに草田男が純粋に打ち込んで俳句を作っていたことに驚くね。客観写生についても「ホトトギス」のなかでそんなところまで考えている人はほとんどいないんじゃないですか。

さらに、草田男が主宰誌の「萬緑」を出してから、昭和二十七年十二月から二十八年五月号まで六回にわたって書いた「ホフマン物語とピノキオ」という文章があります。これは孝橋謙《こうはしけん》二《じ》と論争になったものです。これも結局、草田男の近代芸術批判なんです。それに対して孝橋が噛《か》みつくわけです。

ご承知のように、もともと「ホフマン物語」という物語があって、それが歌劇になって、そこからさらにバレエが出てくるわけだ。草田男はそのバレエを見たらしいが、その経緯は彼は知らないらしい。そのバレエがどうも踊って踊って踊り抜いていくという流動感から出てくる興奮を失っていて、ただ、技術的にどう踊るかという技術的、主知的なはからいで「ホフマン物語」というバレエが組まれている。これではだめだ。総体としてのメロディというものがないという批評をしてます。これはいかにも「天狼」の根源俳句とか前衛とか言われる俳句と似ているると、そういう言い方です。

その文章のなかで彼が言ったおもしろい言葉がある。「自己と存在全般の全的生命の出会いの場、それがすべての詩人の出発点でなければならないはずだ」というのです。

草田男は、踊りに踊って流動感を出して、それがメロディを醸し出すというふうなものでなければならないはずだ、本当の芸術は。バレエをとってみてもね。ところがそうじゃなくて、リズムの細かな刻みだけであって、それがきわめて主知的な知的なはからいで作られた刻みであって、メロディにまで至っていないという言い方をします。

それに対して孝橋は、リズムとメロディなんて分けるのはおかしい。リズムが音楽で、リズムがすなわちメロディだと言う。だから、草田男、おまえは音楽理論を知らない。そこから来るおまえの俳句批判もおかしいのであって、主知的な、つまりリズムだけで作られているような俳句が多いと言っているけれど、リズムで作られているということが大事なんだ。それを主知的だの技術的だのと言うのはおかしい。俳句全体のメロディなんてことよりもリズムが完璧《かんぺき》であればそれでいいという、そんな反論ですよ。そして新興俳句から前衛芸術派の弁護をやっているわけです。

ま、それは大したことじゃないけれど、要するに草田男の言っていることは一貫している、そして、われわれの批判にやって来る。そういうことでして、草田男というのはそういう点が偉いと思います。終生をそれで貫いたんじゃないですか。

ただ一つ、欠点といえば、さっきの最短定型に対してあまり厳格でなくなっていったんじゃないかという懸念です。それが晩年にきて自分のリズムを長いものにしてしまって、お弟子さんに言わせると品のないものにしてしまう結果になったということ。しかし、基本姿勢はみごとなものだと思います。賛成できます。

しかし、晩年とくに預言者のようなものになって、ご託宣をのべだして、人を指導するという姿勢に傾いたことは全く賛成できません。それがなかったらよかった。だけど、これほど熱狂的に一つの詩形式の本質と取り組もうとする人は預言者になっていくものなのかもしれないね。そういう感じもあります。

わが師楸邨と草田男の違い

わが師楸邨と比べてよく思うんだけれど、楸邨はそういう点、預言者的熱中じゃないですね。あの人も非常に熱心だけれど、自分のものをどう書くかということにひどく執着していたわけで、俳句形式とことん裸になって取り組んでいくという姿勢じゃないですね。自分のものをどう俳句に書くかという姿勢です。俳句性と一緒になることはしない。だから晩年は骨董品なんかも覚えたり、安東次男と連句で遊んだりしているうちに、だんだん自分の俳句もいい意味の趣味性を帯びてきて、それだけ一般性をもってきて、みんなから愛好された。その違いが出てくるんじゃないかな。

草田男は俳句との取り組みということにひどく霊的なエネルギーを発揮していった。だから、自分のものをもっと普通に出すという考え方がないんじゃないかな。そこがちょっと違うと思うんですよ。有季俳句護持でなく、自分を書いていくという楸邨みたいないわばもっと自己中心的な姿勢がとれていれば、また変わっていったのでしょうね。

楸邨は俳句より何より自分というものを攻めているわけでしょう。草田男は俳句の本質を攻めて、それと一体化しようとしている。皮肉なことに、草田男はアルチザン、芸術技術者の面を持つようになり、楸邨は徹底してアーチストになった。どっちもアーチストなのにね。だから、不思議な成り行きだと思うな。

楸邨は自分に執するが、草田男は俳句に執している。自分の状態については天性の感性が敏感に感受していたが、自分を攻めるといった執し方はしないで、ありのままだったと思う。ともかく俳句と自分との融合関係にこだわっていた。だから、俳句の世界に自分の気に入らないものがあらわれれば、えらいむきになって番犬のように飛びかかってくる。楸邨はそんなこと全然しない。放ったらかしている。その違いだと思う。

現代俳句協会が分裂したとき、楸邨が一度、波郷その他みな自分たちの同世代だからというので一緒に俳人協会に入ったんです。そうしたら、そこでわれわれ世代のこと、金子とか沢木たち、つまり自分の弟子たちのことを含めて盛んに非難していた。それを聞いて、自分の弟子が非難されたんじゃ自分はそういう協会におれんといって現代俳句協会に戻ってきたんです。それで終生、現代俳句協会にいてくれた。そういうことでした。そのことは、一度俳人協会に顔を出して、また現俳協に戻ってきた中島斌雄《なかじまたけお》の場合とは違うのです。

しかし、楸邨という人はどうも私には髪の毛一本くらい間を置いていた感じがあるんだ。うわーっと抱くという感じはなかったな。何か一本あるなという感じがあったんだ。だから、本当の意味でオレに対しては親しくなかったんじゃないかな。

だけど、こいつは悪いやつではない、オレにとって役に立つことをしているという印象はいつもあったんじゃないかな。だから、朝日俳壇で一緒に選句をするようになってから、いろいろご相談も受けて、頼りにしていただいたけれど、それまではあまり、この先生はオレを頼りにしているという感じはなかったな、うん。

というのも、これは私が俳句という世界を見るときにひとつ、参考になっているんですけれど、楸邨は国文学の人でしょう。沢木もそうでしょう。原子は仏文、私が経済、森澄雄が経済でしょう。やはり違うんじゃないですかね、やっていた世界が。そうすると、どうしても軽い疎隔感が出るんじゃないかね。これはもうしようがないですね。

この俳句の世界では何とかいっても国文的雰囲気が根っ子にある。だから、国学院や各学校の国文学出の人が俳句の世界じゃ多いし、仕事もしているわけでしょう。そういう雰囲気があるんじゃないですかねえ。つまり、やや保守的な国文的雰囲気。これが俳句の世界じゃ根っ子の雰囲気ではないですか。

だから、草田男に対してみんなが何とかいう面、乗りきらん面があると言うのは、晩年だけの問題じゃなくて、あの人は独文の教養があること。卒業は国文学だけれど、その前が独文だったし、ニーチェだから。それがあの人の匂いになって出ていて、本当の意味で親しめないというところがあるんじゃないかしら。そんなふうなことも感じますね。もっとも草田男には国文学の雰囲気もしっかり浸み込んでいて、日・独渾融《こんゆう》の文芸体質が、私などには魅力でもあり、こわさでもあったんですがね。それはともかく、欧米の雰囲気というやつは、俳句ではまだまだ異質ですよ。

もし、欧米的雰囲気が、国文的和風と融け合いながら、十分に受容されるような俳句の世界になったら、これは大変質ですね。そして、金子兜太なんて芭蕉になるでしょう（笑）。第一芭蕉が草田男、第二芭蕉が金子兜太ということになりかねないやね。それはあと二百年後か三百年後かわからんが。俳人がいやでも、そういう守旧の国文的雰囲気というものから離れていく、あるいはそれが雰囲気をずいぶん薄めていったときです。それはときどき思います。文芸のもつ伝統体質と現文化状況との、いわばたたかいですね。

いろいろ偉そうなことを言ってもだめなんですよ。この基本の、まあ美意識と申しましょうか、これが動かないかぎりは大勢は変わらない。草田男に対して乗らん気持ちがあるとすればそれですよ。私はよくわかります。国文的体質がずいぶんあるにもかかわらず、あの人をバタ臭く受け取る人のほうが多いはずです、今でも。とくに晩年はバタ臭い。宗教といってもキリスト教で、しかも、ヨハネのように預言者みたいになっちまいますでしょ。俳句救済者の面貌《めんぼう》ですよ。ああいうところが、さっき言った草田男の純粋さでもあるんだけれど。

変なことを喋《しゃべ》ってしまったが、とにかく草田男と楸邨という二人の先輩俳人に接することが出来、その俳句をしゃぶることが出来たのは、私にとっては大収穫だったのです。作品は草田男が好きです。それには、日本があり、バタ臭さがある。その味の複雑さの魅力があります。若いときは、よけいにバタ臭さが嬉《うれ》しかった。

楸邨は日本の味で、晩年は預言者にならず、仏のようになっていった。草田男のように、一人屹立《きつりつ》して俳句救済の預言を語ることをしないで、一人の柔和な日常を生きることをこととしていた。私は、その俳句にはひと味足りない飽き足りなさを初めから覚えながら、その人間の有り態に親しむことができた、ということです。

虚子を踏まえて虚子を出た草田男の中期の句集

ところで、赤城さかえの言葉としておもしろかったのですが、赤城さかえが死んだのは昭和四十二年ですから、それまでの草田男しか見ていないのですが、赤城さかえはご承知のように中村草田男を多とした人です。彼の『草田男の犬』の論争では、草田男のもつリアリズム（現実主義）とシンボリズム（象徴主義）の融合、これを学ぶべきであって、俳句のあるべき姿はこれであると言って、〈壮行や深雪に犬のみ腰をおとし〉をあげています。それが彼の所属する共産党の人たちからたいへんな反撃を食って、象徴主義なんてことを言うのは反動であるとやっつけられたわけです。

その赤城さかえがこういうことを言っているんです。「草田男というのは、虚子《きょし》の弟子である。そして、虚子の有季定型客観写生を学んで育った人だが、ついには客観写生の枠を越えて、有季定型リアリズムというものを作り上げた人だ。さらに象徴性までも加味した。そして、自分の俳句を作った」と。

これは非常にいい指摘だと思うし、私が俳句を作るときに現在ただいま役に立つのは、虚子が作ってくれた、少なくとも有季定型客観写生の世界、花鳥諷詠《えいえい》までは言わないが、これはいやでも応でも一つの下敷きだよ。どんな新しい時代性を言ったって、そうだ。ところが、大方の俳人はそのなかに入ってしまって、わずかに主観の灯をともす程度で終わってしまっている。

ところが草田男は、その主観の灯をともすどころじゃなくて、写生をリアリズムに切り替えていったということ。現実を主体的に深く書き取るというところまで草田男の俳句は行っている。ウルプフェルトまで睨《にら》んでいた。ここがわれわれの勉強すべき点だ。われわれもそこまで行けたら、ここに何か新しい美が獲得できるのではないか、新しい書き方が出てくるんじゃないかと思うのです。だから、草田男のプロセスは現代俳人にとっちゃ非常に参考になる。

ところが、赤城さかえが生きていた時代までの草田男はそれで来たけれど、その後ね、晩年にさっき言ったようなかたちで、季題の、私が見るところ過度信仰に陥り、俳句性だ、俳句の本質だということになっちゃって、さらに最晩年になると自分の情熱のままに俳句形式を伸ばしたり縮めたりするようなことにまでなってしまった。そういう逸脱が出て来た。これには、私たちの出現が大きな圧力になっていたことは事実だがね。桑原武夫でカッカし、私たちがのさばりはじめて（と草田男には映っていたのだ）、さらにカッカしたというわけだね。

だけど、その中間のところ、赤城さかえの言うことはオレにはよくわかるんだ。はじめから抽象だ、造型だなんて言って、新しい制作方法を自己表現の中心に持ち込むというかたちではなかなかいい俳句はできない。現実にわれわれ戦後派全部の仕事を見ても、虚子の有季定型客観写生に匹敵するような一つのかたちを作ってはいないんだ。金子兜太俳句だって、まだ一つのかたちにまでは到っていない。金子兜太にとっちゃかたちと思っているものも、俳壇的に見てかたちかどうかわからない。戦後俳句全体がまだかたちを作ってないと思うんですよ。自由というう雰囲気は作ったけれどもね。だから、初心の人が俳句を作るときは、すぐ虚子の有季定型客観写生に来るわけですよ。ここを出発点にしてしまう。

だから、それを出発点としながら、客観写生というやり方をもっと次元の高いものにしていく。いわゆるリアリズムという世界にもっていく。そうすることによって、自己表現ということを実現していく道もあったわけで、草田男の中期の俳句はそれを実現していたんじゃないか。こう見るんですがね。

だから、いまわれわれが、楸邨の句は別として、草田男に絞って見れば、草田男の中期の『火の島』から『来し方行方』までの句は、いまの俳句の作り手にとって非常に勉強になる世界じゃないか。虚子を踏まえて、きちんと守りながら虚子を出た世界。この世界がいちばんオーソドックスな書き方じゃないか。現代的だ。私はそう思いますね。ま、私はここまで来ちゃったから自分の道を進みますがね。

実は私はいま、虚子を勉強しているのですが、私が虚子と違うと思っていることの一つは、私の場合は、大勢の人に自由に作ってもらう、指導しないということです。かくあるべしということを言いたくない、楸邨と同じように。虚子はけっこうご託宣が好きで、しかも上手で、かくあるべしの論が多いんじゃないですか。そこが違うんです。

そのことも含めて、私は虚子の保守性ということも考えているのですが、保守的なタイプの人は自分の考えたことをよしとして、すぐ人に持ち込む癖があるんじゃないですか。指導意識ですね。自分じゃそうは思ってないんだけれど、自分のもの以外に排除的であって、どうもほかは気に入らないといって自分を持ち込む。とくに少し新しく出て行こうなんてやつはけしからん、目障りだという気持ちになって、自分の考えで抑えていく。これは本能的にだけれど、あるのです。

たとえば「日常存問《そんもん》」という言い方がそれだ。私は「自然《じねん》でおやりください」とまでは言うんだ、自分がそのつもりでいるから。だけども、「日常存問だよ、俳句は」なんて言ったときはご託宣に聞こえて、私は納得しない。そんなところまで言わんでいい。それは自分が会得することであって、虚子から言われて会得することではない。そういう考え方があります。

私は説教意識というのをむしろ憎む。いやなんです。自分の生い立ちから見ても、楸邨という先生を選んだことからも、自分の考え方を自分で固めるというのがすべてであって、それを人に持ち込む、オレの教えにしたがえという持ち込み方が最高によくないと思う。人に押しつけること、それから、人の考え方にすぐ随う姿勢をとること、その両方とも私は拒絶的です。自分で考えて、自分の世界を築く。これだけですべてだ。

私はいまは（俳句の）専門家だから、他人の句の鑑賞や添削をやる。やるけれど、一緒に楽しむということが私の基本なんです。楽しめる範囲でやる。だけど、虚子はそうじゃないでしょう。一緒に楽しむというよりは導くという考え方が強いと思う。その点、草田男がお弟子や他人の句を精力的に直すのは、虚子とは違うように思います。止むにやまれずやる、といった感じの情熱の行為が感じられて、虚子のような余裕がない。虚子は気軽に指導的なんで、何か知らぬが、保守体質の不気味さを感じるんだな。

一茶発見

私が前衛と言われていたとき、ひたすら自分だけを見て作っていたでしょう。伝達性というのを考えなかった。ところが、私の句が幸いに伝達性をある程度もてたのは、田舎ッぺだということだよ。だから、五七五にわりあい馴染《なじ》んでいるわけだ。日本語の根本の土臭い韻律の世界とオレは生まれながらに馴染んできた。それが幸いした。『秩父音頭』の世界だ。だから、テメエじゃ勝手に作って、人なんかにわからなくてもいいと思って作っていても、ある程度以上に伝わっていた。これが当時のほかの前衛と違う点ではなかったかと思っています。私が俳句の世界で長生きできたのも、そのせいもあると思ってます。

だから、その点はいまでも大事に思ってますが、ただ意識的に、その伝達面をもっと豊富に取り入れなきゃいかんと思ったのが、一茶なんですよ。それも一茶のように、おのずからできないかん。意識的に、こうしたら伝わるだろうなんて、そんなのはだめだと思ったのです。俳句の本質である〈詩と衆〉のおのずからなる実現ということですな。

一茶にはいい句があるよ。〈けし提てケン嘩の中を通りけり〉なんて、おのずからできたんでしょうが、粋な感じで、庶民の味そのもので、とてもいい。おのずから伝達性のある世界、しかもおのずから中身のある世界。そして、国際性もある。いま、外国でいちばん親しまれているのは一茶です。R・H・ブライスが最も日本人的な俳人であると一茶のことを書いてます。生活派の日常句が土台だし、一茶の句作りの姿は非常に参考になるんです。

私が一茶に出会ったのは四十代の終わりです。忘れもしません。河出書房のあとの新社が『日本の古典』二十五巻を出したんです。そのなかに小林一茶を入れたいというので、青木健という青年がやって来た。それがきっかけで勉強した。その最中の昭和四十五年十一月二十五日に三島由紀夫が自刃している。あれは非常にドラマティックな記憶でした。青木青年が興奮して跳び込んで来たことを覚えています。もちろん、学生のころから一茶には関心は十分あったのですが、実際、丁寧に調べたのはそのときです。

そのころ、とくに私を刺激したのは、森澄雄と山本健吉、それと尾形仂《おがたつとむ》といった人たちが、一茶は品がないと言っていたことです。品とは何だ。ヒヒーンか。まさに原馬とは何かと尋ねたくなる。あれに腹が立ったんですよ。いまでも一茶の評価はまだまだ低いんじゃないですか。一茶研究ではいちばんしっかりしている、と私が思っている矢羽勝幸《やばかつゆき》が嘆いていたな。外国では一茶の評価は高いのにねぇ。人間とその作品の見方が表面的で、妙に形式的なんだよ、日本では。とくに俳句では、と言おうか。

終生、草田男の句が好きだね

あと、昭和四十年に出した『今日の俳句』のことにも触れたいが、止めます。戦後俳句のまとめのつもりでしたがね。ところで繰りかえしのひと言を。

草田男が『火の島』から『来し方行方』あたりで見せてくれた、赤城流に言えば、象徴性に富む有季定型リアリズムの世界を大事にしながら、同時に草田男が情熱的に示した俳句との取り組みの姿勢。彼が彼なりの俳句性に示した姿勢。あの情熱を学びたい。

ただし、そのときにだね、わが師、楸邨のように自分を鍛えていく。あくまでも自己中心的に。つまり俳句などというものをどうするかではなくて、自分を鍛えていくという自己中心的な姿勢で情熱的に作っていきたい。まあ言ってみれば草田男と楸邨、この二人を合体するわけだ。だから、草田男の継承とか何とかというよりも、自分に即して彼が一貫して考えていたウル

（原《もと》のもの）を見極めていくという、その姿勢だ。

まったく別な言い方をすると、楸邨が自分を攻めて、攻めている自分の姿を俳句に書いていった。彼は俳句性がどうということよりも、自分の書きたい中身を考えていたね。そのことが私は大事だと思っているんです。だから、草田男のように俳句性と取り組んで、それをどうするかということ、そっちに傾きすぎないこと。これが一つです。

それから、自分を攻めている姿勢のなかで、草田男が徹底して、やや霊的な世界にまで入って、ものの原態を認めようとした努力、その姿勢を今度は自分を攻める姿勢のなかでつかんでいきたい。そこに私の場合では、産土《うぶすな》というものが見えてきた。そういうことですね。

だから、青年時代に出会った二人の先生の総合と言ってもいいけれど。

というのは、楸邨先生の場合には、晩年、骨董趣味になったり猫を可愛がったりということに気楽になれるところがあって、ちょっと好々爺《こうこうや》ふうだからね。同じ晩年になって、もう少し、奥のぎりぎりした句を作ってみたいとも思うんですよ。強いて言えば、奥がきつくて簡単な句をね。そう思っているんですよ。そこは草田男なんだな。だけど、草田男のような熱狂的な俳句性との取り組みはねえ。だいいち預言者はまっぴらおことわりだ。

金子光晴《かねこみつはる》が死んだとき、お葬式に行ったら、斎場の隅のほうの椅子に頭を垂れて手帖を膝《ひざ》において、唸《うな》っているような感じの男がいるんです。草田男です。光晴に捧《ささ》げる句が三句か四句できてますよ。そのときの草田男は美しかったな。顔はシャルル・ボワイエそっくりだと言われていたんだが、全身の美しさがあったな。詩人です。すばらしい人でした。

草田男と私は十九歳違うんです。いま生きておられればちょうど九十八歳ですな。あの論争をやった昭和三十六、七年といえば、オレが四十二、三歳で、あの人が六十一、二だ。当時の文章を読むと、いまも喋ったように、けっこう長くて、熱を込めて書いてますね。書くのはたいへんだ。オレは草田男が好きで、彼も内心では私に好意的だったと思う。いま読み直してみてそうとう厳しいことを書いていますが、そのためだったと思う。

そんなわけで草田男とはとても縁が深い。オレが草田男の句が好きだということは終生、変わらないね。

（インタビュー＝平成一〇年一二月二二日）

おわりに

六十代に入った草田男、四十代になったばかりの兜太。どちらも表現者として体温が高い。情熱と知性、そのエネルギーは両者共に並みはずれたもの。ともかく草田男という作家が好きでたまらない兜太という作家の告白。貴重な記録である。

ずい分昔のことになる。先生が一茶研究に取り組まれ、確かな手応えをつかまれた頃、私はしばしば午前中の勤めをさぼって、朝日カルチャーセンター新宿の「金子講座」に出かけていた。先生の「一茶ノート」を手に取ってすみずみまで拝見させていただく機会に恵まれた。大学ノートのはじめから終わりまで、学習と研究、論考のデータとプロセスが克明に記されている。その緻密《ちみつ》さに圧倒され、先生五十代の情熱、古典への独自のわけ入り方に、信頼と畏敬を一層深めた。

黒田杏子

（『証言　昭和の俳句　上』角川学芸出版、二〇〇二年）

＊『証言　昭和の俳句』。この企画の人選及び実現に当っては、当時の角川書店「俳句」編集長海野謙四郎さんの決断力と見識が大きな支えであったことを忘れません。（黒田追記）

金子兜太自選五十句

蛾のまなこ赤光なれば海を恋う　『少年』（昭和三〇年）

富士を去る日焼けし腕の時計澄み　『少年』

曼珠沙華どれも腹出し秩父の子　『少年』

木曽のなあ木曽の炭馬並び糞《ま》る　『少年』

魚雷の丸胴蜥蜴這い廻りて去りぬ　『少年』

水脈の果《はて》炎天の墓碑を置きて去る　『少年』

朝日煙る手《しゅ》中《ちゅう》の蚕妻に示す　『少年』

暗闇の下山くちびるをぶ厚くし　『少年』

朝はじまる海へ突込む鷗の死　『金子兜太句集』（昭和三六年）

銀行員等《ら》朝より螢光す烏賊のごとく

『金子兜太句集』

彎曲し火《か》傷《しょう》し爆心地のマラソン

『金子兜太句集』

華麗な墓原女陰あらわに村眠り

『金子兜太句集』

粉屋が哭《な》く山を駈けおりてきた俺に

『金子兜太句集』

黒い桜島折れた銃床海を走り

『金子兜太句集』

果樹園がシャツ一枚の俺の孤島

『金子兜太句集』

わが湖《うみ》あり日蔭真暗な虎がありり

『金子兜太句集』

どれも口美し晩夏のジャズ一団

『蜿蜿』（昭和四三年）

霧の村石を投《ほう》らば父母散らん

『蜿蜿』

三日月がめそめそといる米の飯

『蜿蜿』

人体冷えて東北白い花盛り

『蜿蜿』

谷に鯉もみ合う夜の歓喜かな

『暗緑地誌』（昭和四七年）

二十のテレビにスタートダッシュの黒人ばかり　『暗緑地誌』

暗黒や関東平野に火事一つ　『暗緑地誌』

海とどまりわれら流れてゆきしかな　『早春展墓』（昭和四九年）

骨の鮭鴉もダケカンバも骨だ　『早春展墓』

ぎらぎらの朝日子照らす自然かな　『狡童』（昭和五〇年）

日の夕べ天空を去る一狐かな　『狡童』

わが世のあと百の月照る憂世かな

『狡童』

霧に白鳥白鳥に霧というべきか

『旅次抄録』(昭和五二年)

梅咲いて庭中に青鮫が来ている

『遊牧集』(昭和五六年)

山国や空にただよう花火殻

『遊牧集』

猪《しし》が来て空気を食べる春の峠

『遊牧集』

抱けば熟れいて夭《よう》夭《よう》の桃肩に昴《すばる》

『詩經國風』(昭和六〇年)

夏の王駿馬三千頭と牝《め》馬《うま》　『詩經國風』

主知的に透明に石鯛の肉め　『詩經國風』

若狭乙女美《は》し美《は》しと鳴く冬の鳥　『詩經國風』

牛蛙ぐわぐわ鳴くよぐわぐわ　『皆之』（昭和六一年）

漓江（二句）

漓江どこまでも春の細道《ほそみち》を連れて　『皆之』

大根の花に水牛の往き来　『皆之』

夏の山国母いてわれを与太と言う　『皆之』

冬眠の蝮のほかは寝息なし　『皆之』

毛越寺飯《いい》に蠅くる嬉しさよ　『両神』（平成七年）

二階に漱石一階に子規秋の蜂　『両神』

存在や木菟に寄り添う木菟　『両神』

長生きの朧のなかの眼玉かな　『両神』

酒止めようかどの本能と遊ぼうか　『両神』

春落日しかし日暮を急がない　『両神』

梅雨の家老女を赤松が照らす　『両神』

モロッコ

ときに耕馬を空に映して大地あり　『両神』

花合歓は粥《しゅく》花栗は飯《はん》のごとし　『両神』

（『証言・昭和の俳句』二〇〇二年、より）

金子兜太略年譜

西暦	和暦	年齢	出来事
一九一九	大正8		九月二十三日、埼玉県に生まれる。父は俳人金子伊昔紅。
一九三七	昭和12	18	水戸高校文科乙類に入学。
一九三八	昭和13	19	一年先輩の出沢珊太郎の勧めで俳句を開始、句会に出席。全国学生俳句誌「成層圏」に参加。草田男、楸邨らの句に初めて会う。
一九四一	昭和16	22	「寒雷」に初投句。
一九四三	昭和18	24	東京帝大経済学部卒業。日本銀行に入行するも即退社。「寒雷」の合同句集『伐折羅』刊。
一九四四	昭和19	25	主計中尉に任官しトラック島赴任。
一九四六	昭和21	27	米軍捕虜となり、十一月帰国。
一九四七	昭和22	28	日本銀行に復職。塩谷皆子と結婚。沢木欣一の「風」に参加。
一九五五	昭和30	36	第一句集『少年』(風発行所)刊。

西暦	和暦	年齢	出来事
一九五六	昭和31	37	『少年』で現代俳句協会賞受賞。
一九五七	昭和32	38	朝日新聞阪神版俳句選者となる。
一九六一	昭和36	42	現代俳句協会分裂。中村草田男と論争。「造型」論を書く。第二句集『金子兜太句集』（風発行所）刊（平成8年、邑書林句集文庫に収録）。
一九六二	昭和37	43	同人誌「海程」を創刊。
一九六五	昭和40	46	『今日の俳句』（光文社）刊。
一九六八	昭和43	49	第三句集『蜿蜿』（三青社）刊。『俳句』十月号で金子兜太特集が組まれる。
一九七〇	昭和45	51	『定型の詩法』（海程社）刊。
一九七二	昭和47	53	評論集『定住漂泊』（春秋社）刊。第四句集『暗緑地誌』（牧羊社）刊。
一九七四	昭和49	55	日本銀行を定年退職。第五句集『早春展墓』（湯川書房）刊。
一九七五	昭和50	56	『金子兜太全句集』（立風書房）刊（未刊句集『生長』、第六句集『狡童』を含む）。
一九七七	昭和52	58	第七句集『旅次抄録』（構造社）刊。
一九八一	昭和56	62	第八句集『遊牧集』（蒼土舎）刊。
一九八二	昭和57	63	第九句集『猪羊集』（現代俳句協会）刊。
一九八三	昭和58	64	横山白虹死去により、現代俳句協会会長に就任。『一茶句集』（岩波書店）刊。
一九八五	昭和60	66	「海程」主宰となる。第十句集『詩經國風』（角川書店）刊。
一九八六	昭和61	67	朝日俳壇選者となる。第十一句集『皆之』（立風書房）刊。
一九八八	昭和63	69	紫綬褒章を受章。
一九八九	平成元	70	『現代俳句歳時記』（編著）刊。

一九九二	平成4	73	日中文化交流協会常任理事に就任。
一九九三	平成5	74	春陽堂俳句文庫『金子兜太』（春陽堂書店）刊。
一九九五	平成7	76	第十二句集『両神』（立風書房）刊。
一九九六	平成8	77	『両神』で詩歌文学館賞を受賞。
一九九七	平成9	78	NHK放送文化賞受賞。
二〇〇一	平成13	82	第一回現代俳句大賞受賞。第十三句集『東国抄』（花神社）刊。

（『証言・昭和の俳句』二〇〇二年、より）

鶴見和子さんのこと——「偲ぶ会」でのスピーチ

金子兜太

姐御としての鶴見和子さん

俳句の金子兜太でございます。献杯の音頭をとらせていただきます。

一言でございますが、私と鶴見和子さんのご縁は、まことに浅いものでございます。亡くなる何年か前に対談をいたしまして、二日にわたりお話を承りました。私にとっては非常に雲の上の人だったんですが、鶴見さんが「短歌は道楽だ」とおっしゃっているのを知っておりましたので、それなら俳句でもいいだろうというので、短歌と俳句という形のお話をさせてもらおうと。それで割り切ったわけでございますが、このために斡旋してくれた人がおりまして、それが私の俳句仲間の黒田杏子さんという方、この方がいなかったら、たぶんお目にかかることはできなかっただろうと。私のほうで畏れ多いといってるから、近づくことはなかっただろうと、こう思っております。

それと藤原書店の社長の藤原さんの好奇心があります。こういう変な——変なというのはおかしいか、まあ、変なだな――対談をやらせてくれたのは、藤原さんの好奇心があると思います。そんなことで、私はたいへんな幸運に恵まれました。それでいまもその時の印象が生きておりまして、さきほど服部英二さんが、和子さんの印象は「聖女」だということをおっしゃっていましたが、私はその聖女という「聖」というのはちょっとこだわるのですが、あの方は鶴見家の長女ですな。俊輔さんより上ですわな。ですから長女ですから、超越した女性という意味の「超女」というぐらいがいいのではないかと（笑）、そう思っております。

それにひとつ、私が非常に印象的だったのは、伝法肌の人だと思います。この伝法肌がとても好きでして、姐御という感じなんです。姐さんじゃない、姐御です。姐御の感じがありまして、私のいまおります関東平野には、大前田英五郎というたいへんな侠客がおりましたが、これは清水次郎長や幡随院長兵衛よりもずっと上だと、私は認識しておるんですが、どうも女性で姐御といえるすばらしいのがいないんです。それで私の胸中には、大前田英五郎をしのぐ姐御である鶴見和子という、妙な独断ができあがっております。その映像とともに、私はいま、鶴見和子さんの前におります。

そういうわけでございまして、とか、なんとかではなくて、これでおしまいにして、献杯をさせていただきます。献杯。ありがとうございました。

（「鶴見和子さんを偲ぶ会」二〇〇六年十一月。『環』二八号、二〇〇七年三月）

献杯と祝杯と

献杯をということでございますが、なぜ私がそれをやらなければならないかということは、私は鶴見和子さんとお目にかかったのは、ただ一度、対談だけでございます。ほとんど縁がないんでございますが、思えばそれからいろいろと縁がでてまいりまして、いまも歳のことをお話しになりましたけれども、私は生まれ年では和子さんより一年下ですが、それは九月にならないとならないんで、現在はまだ八十八でございますので、そのへんは正確にしておいてもらいたいということが一つございます（笑）。それから俊輔さんが八十六ですね。そうするとちょうど和子さんと俊輔さんのあいだに私という兄弟がいたと。だから和子さんのよき弟であり、俊輔さんのよき兄貴であると、そういうご縁を自分ででっち上げまして、ここにいま晴れ晴れと立っているわけでございます（笑）。

ちょうど和子さんが亡くなる七月三十一日、それから二十日ほど前でございましたか、短歌を作っておられます。もう死にたい、まだ死なない、山茱萸の緑の青葉が朝日の光を受けて揺らいでいるというふうな、ちょっと長めの短歌を作っておられました。

もう死にたい　まだ死なない　山茱萸の緑の青葉朝の日に揺れているなりで、その前書きに「山茱萸の緑は私自身である」とはっきり書いておられました。それでその短歌を書いておられた。これは私には非常に印象的でございまして、その後、亡くなる前にいま一首あります。その一首では、やはり山茱萸の緑の青葉を見ながら、妹さんの内山さんといっしょに時を過ごしていると。で、宇治高原の梅雨晴れの風が吹いていると。そういうふうなことがありましたですな。

そよそよと宇治高原の梅雨晴れの風に吹かれて最後の日々を妹と過ごす

そういうわけで、私にとっては、この山茱萸の緑、青葉の緑が自分であるという、この言葉が非常にしみておりまして、いまでも和子さんの命は亡くなってない。むしろ隆々と生きているという気持ちでございます。したがって、人間という器からは去ったけれども、いま山茱萸の緑という器の中に、かっかとした気持ちで、この大きな笑い顔で、ちょっと意地の悪いところもあるような笑い顔で（笑）、かっかと立っておられると。これからまた仕事をするぞというふうな気構えを示しておられると、そう私は思っております。

そういうこともこめまして、献杯というお申しつけでございますが、私はむしろ生誕九十歳のお祝いということで、これを祝杯ともしたいと思います。したがいまして、献杯と祝杯を同時にまいりたいと思います。よろしくお願いします。献杯、祝杯。（会場唱和）

おめでとうございました。（拍手）失礼しました。

（『環』三五号、二〇〇八年十月）

第4章　兜太を知る

この章は、三つの企画で構成されています。

まずは、「兜太さんへの手紙」。九十代の深見けん二さんから三十代の髙柳克弘さんまで、金子さんへの手紙の形で、率直なご意見を寄せていただきました。あえてここには、金子さん主宰の「海程」や、長く会長をつとめられた「現代俳句協会」以外の方々からのご寄稿をいただいています。

つぎに兜太さん同郷の俳人、中嶋鬼谷さんの「侠気の系譜」。金子さんを育んだ秩父という土地で、父子二代にわたって土地の人々とともに生きてこられた金子家の人々、父伊昔紅・兜太・千侍兄弟の活動の歴史と俳句について書いていただきました。

さらに文芸評論家であり、近年は俳人としてご活躍の井口時男さんには、とくに金子さんの俳句の中の三句について寄稿していただくことが叶いました。

ちなみに、この章はすべて書き下ろしのご寄稿となっています。

（黒田杏子）

兜太さんへの手紙

情熱と、綿密さと

拝啓
九月二十一日付のお葉書を眺め乍ら、戦後からの来し方を思っています。

金子兜太というお名前は、昭和三十年前後、仲間と当時の社会性・前衛の俳句を熱く語った時から〈湾曲し火傷し爆心地のマラソン〉の句とともに、何時も頭の中にありました。

併し「造形俳句」も、その後の「小林一茶」も、情熱に加え、綿密に書かれていることを知ったのは、平成に入ってからです。

平成二十六年三月、御推薦いただいた山本健吉賞の贈呈式のパーティーで、昼食を御一緒し

ました。その折、九十歳になってからの俳句生活の有り様をノンアルコールのビールを飲み乍ら、自然と伺うことの出来たことが、

秋 高 し 仏 頂 面 も 俳 諧 な り

の句とともに、今の私の心を占めています。

又、兜太俳句とともに、兜太選の俳句というものを何時も注目しています。万人の中の存在者である金子兜太先生の長寿と、御活躍を祈っております。

敬具

十一月二十七日

深見けん二

金子兜太先生

（ふかみ・けんじ／俳人、「花鳥来」主宰）

秩父のおおかみ

兜太先生　明けましておめでとうございます。

もう何年も前、松山のＮＨＫで「ＢＳ俳句王国」に御一緒に出てをりました頃をなつかしく思い出します。

あの番組が何時の間にか消えてしまって、残念でなりませんが、考へてみますと、あの時に終ってよかったのかも知れませんね。

先生はじめ出演者が皆高齢者ばかりではＮＨＫとしても計算に合わなかったのでせう。

さて、先生は熊谷で如何お過ごしでせうか。

悠々自適のおくらしと思ひますが、衰へぬ作家生活を送っていらっしゃるのでせうね。産土の秩父の山はさぞかし美しい事と存じます。先生のお作品の中にはおおかみと云ふのがよく出てきますが、私も狼の遠吠を一度は聞いてみたいと思ってをりますが、今日ではそれは無理でせうね。

おおかみに螢が一つ付いていた　　兜太

この句、私はお芝居でも見ている様なのどかな気持になります。

かつての「ＢＳ俳句王国」お仲間の面々と生きている間に一度クラス会でもいたしましょうね。

益々の御長寿をお祈りいたしております。

星野　椿
（ほしの・つばき／俳人、「玉藻」名誉主宰）

厳しく、あたたかい眼で

こうした形で、兜太さんへお手紙をさしあげる機会が出来たことも、俳縁の一つと感じ入っております。

平成二十八年八月、東奥日報社主催の青森県俳句大会での特別講話のため、黒田杏子さんと同道来青されましたおりは、ほんとうにお疲れさまでした。この大会には昭和最後の六十三年にもいらしておりますので二度目と言うことになります。第七十回の記念大会でもあり、どなたを講師にお招きするか注目しておりましたところ、草野力丸さんから「金子兜太さんが来て下さるだ」と聞かされて私は嬉しくて小躍りしました。

今回は、兜太さんの「聞き役」に回った黒田杏子さんも一昨年に続いての来青。青森県との絆の深さを感じないではいられません。

俳句大会の申し込みも殺到し、新聞社側も初めてのことと驚いておられました。当日の大会で、参加者に深い感銘を与えた兜太さんは、懇親会にも気軽に出て下され歓談が尽きませんでした。俳句の存在がぐんと身近に感じられたと多くの参加者が申しておりました。

兜太さんは、おそらく記憶にないと思いますが、「北鈴」第二二一号の巻頭に「さわやかな出会い」と言う一文を寄せておられます。

これは、前号の、「新鋭競作集」の田村正義、山内敬蔵、小屋敷正美、木附沢麦青四名各五十句に対する評文でした。

四人とも二十代半ば、血気溢れる青年でした。兜太さんは、「海程」を創刊されたばかりでした。兜太さんは私達四人の作品を、厳しいがあたたかい眼で見てくださいました。

あの時のお礼を、あらためて申し上げます。ありがとうございました。

「戦争反対」、「アニミズム万歳」私も共鳴しております。

木附沢麦青
（きつけざわ・ばくせい／俳人、「青嶺」代表）

人間・兜太さん

金子兜太様
私は投句を始める数年前から「馬酔木」を購読し、そこで眼にした相馬黄枝や金子伊昔紅の俳句に惹かれておりました。前者の巧みさに比べ、伊昔紅の俳句は野武士のようと感じたことを懐かしく思い出します。伊昔紅をどう読むのかも知らず、ご尊父とも知らなかった頃のことです。伊昔紅の晩年の作家活動を時間差を置かず味わえたことは、現在の私の俳句財産になっております。

もちろん、兜太さんの俳句は以前より存じておりましたが、心底おもしろいと思い始めたのは、『金子兜太集』第一巻の全句集が出版された前後だったと思います。荒凡夫兜太、この度は存在者兜太とおっしゃっておられますが、全句集の軌跡を辿ると荒凡夫や存在者の奥に人間兜太そのものがちらちらと見えて参ります。ご尊父の晩年の作品を知る者として、兜太さんの現在のご活躍には殊のほか興味を持って拝見しております。

橋本榮治拝

（はしもと・えいじ／俳人、「枻」共同代表）

それでもの

戦後に『指輪物語』の翻訳者瀬田貞二（俳号・余寧金之助）さんが、金子兜太はゼーレ的ならぬガイスト的であると評したことがあります。ゼーレというドイツ語は心とか魂とか訳すしかないでしょう。ガイストは精神、知力、才気でしょうか。この評論を掘りだして、なるほど兜太は奔放なる精神だが、いわば肉感的精神だなと思ったことです。

その後に中村草田男との論争がありましたが、そんな対立を超えて依然のこる兜太のことばの肉体というものがある。それはたとえば神楽歌に「あちめ」と呪し「おけ」と呼応するそのことばの意味がもはや僕らには不明でも、そこに痛烈なほどに日本語の肉感を覚えるのと似ています。

草田男の「萬緑」がやがて終刊となることを伝えたとき、兜太さんは憤然として「俺の青春を奪う気か」と仰いました。やはり兜太は草田男の同行者だ。「萬緑」最後の選者として僕はそう確信しています。

横澤放川

（よこざわ・ほうせん／俳人、「森の座」代表）

「生きもの」として

拝啓　金子兜太さま

小さいとき、六、七歳頃からでしょうか、繰り返し見る夢があります。夢の中の私は森の中を裸で、二、三十人ほどの人と一緒に走っています。不安も恐怖もなく、目的を持ち、勢いよく走っているのですが、何から逃げているのか、何に向かって走っているのか、まったくわかりません。ただこの夢はホロコーストに関係があると、ずっと思っていました。子どものときに父の本のなかで、解放後の強制収容所の写真を見たのを覚えています。裸の死体が何台ものトラックに山積みになっていました。ユダヤ人の私はなんの迷いもなく、繰り返し見る夢を、ユダヤ民族の歴史における重大なこの出来事と結びつけていました。

けれども最近、「生きもの」、「生きもの諷詠」[*]についてのあなたの見解を読んでからは、これまでとは違うレンズでこの夢を考えるようになりました。もしかしたらこの夢は、「一介の生きるものとして、真の自分の存在を常に自覚し、常にそこに軸足をおけ」という、自らの奥底からの呼びかけなのかもしれません。つまり過去の痕跡ではなく、これから進むべき道の啓示なのかも……。さらに俳人として一段高い視点からこの夢を考えたとき、それは自分の作品の中の飾らぬ真実、もしくは正直さを測るための「基準」になります。俳句を作るたびに、「自分は何について書いているのか?」「なぜ書いているのか?」、そして「生きものとしての真の立場から書いているだろうか?」と自問することを、この夢は私に強います。

＊訳者注　「生きもの諷詠」とは、生きもの性を詠もうとする金子氏の考えを、高浜虚子の「花鳥諷詠」の言にならって筆者がつかった表現。造語。

私はまず、あなたの日々の生活と俳句との相互関連性に感銘を受けました。秩父生まれ。兵役につく。銀行勤務。政治的な主張を持つ。デモに参加。友情を大切にする。これらはみなすべて、あなたの俳句に欠かせないものになりました。俳句を書くために森に出かけたりはせず、自分が置かれた場所ならどこででも俳句を作る——。おかげで、

デモ流れるデモ犠牲者を階に寝かせ

銀行員ら朝より蛍光す烏賊のごとく

の句と私たちは出会うことができました。人生のあらゆる局面で俳句の作れることを示して下

さった。

少し前に「アンリ・マチス（一八六九—一九五四）とリチャード・ディーベンコーン（一九二二—一九三）〔アメリカの現代画家〕」という展覧会に行きました。二人ともさまざまなスタイルの絵を描いた画家です。マチスの創造性は「モノの存在の本質的な特質」を探求し、一方ディーベンコーンは、周囲の期待にふりまわされることなく、自分の創造性の導くままに、表現主義、フィギュラティブ具象画、抽象画と自在に画風を変えました。展覧会は、マチスがディーベンコーンに与えた影響に焦点を当てていました。国籍も民族的背景も時代も異なる二人ですが、「マチスの芸術に大きな影響を受けた」とディーベンコーンは述べています。「マチスのようには描かなかったが、追求する可能性に関するアイディアをマチスからもらったにちがいないと、私は考えています。

展覧会に刺激され、あなたに手紙を書くことにしました。俳句の森にみっしりと茂った灌木を大胆に刈ってあなたが切り開いた「俳句の道」には、学びとりたいインスピレーションがあふれ、自分の俳句の道を進む私の背中を押してくれます。

敬具

二〇一七年元旦

アビゲール・フリードマン

（中野利子訳）

your haiku. You didn't go into the woods to write poetry; you wrote poetry wherever you were. As a result, we have haiku such as :

デモ流れるデモ犠牲者を階に寝かせ　and

銀行員ら朝より蛍光す烏賊のごとく

Thank you for making haiku a total part of your life.

I recently went to an exhibit of the art of Henri Matisse (1869-1954) and of Richard Diebenkorn (1922-1993). Both artists painted in a great variety of styles, Matisse applying his creativity in search of "the essential character of things" and Diebenkorn freely moving from expressionist to figurative to abstract painting, following his creative spirit independent of what others expected of him. The exhibit highlighted the influence of Matisse on Diebenkorn. Although they lived in different countries, were of different nationalities, and of different generations, Diebenkorn said he was greatly influenced by Matisse's art. Diebenkorn didn't paint "like Matisse" but Matisse gave him ideas, I believe, of the possibilities to pursue.

I came home from that exhibit and sat down to write this letter, to let you know that the haiku path you have created, whacking through the thick, overgrown, staid underbrush of the haiku forest, is a path that I am intent upon drawing inspiration from, that will push me further along my own haiku path.

Abigail Friedman,

January 1, 2017

To Kaneko Tohta:

Ever since a young child, perhaps from the age of six or seven, I have had a recurring dream. In my dream, I am running through the woods, naked, along with several other people, perhaps 20 or 30 of us. We are running swiftly, purposefully, without fear or anxiety. What we are running from is never clear, nor what we are running toward. For many years, I thought that this dream had something to do with the Holocaust. As a child, I recall looking at a book my father had with graphic pictures of the concentration camps after liberation. Naked dead bodies piled in trucks. As a Jew, connecting my recurring dream to this profound event in the history of the Jews came naturally to me.

Lately, though, after reading your views on *ikimono* and *ikimonofūei*, I am considering my dream through a different lens. Perhaps the dream is the profound pull of my *ikimono* self, calling upon me to be alert for, and connected to, my true self as a living thing. When I look at my dream through this lens, it suggests not a scar but a way forward. From the vantage point of a haiku poet, this dream becomes a yardstick by which to measure the raw truth or honesty of my haiku. It forces me to ask questions of each of my haiku: what am I writing about? Why am I writing it? Am I writing it from my true stance as a living thing?

Early on, I was struck by the interconnectedness of your haiku and your daily life. You were raised in Chichibu. You served in the military. You worked at a bank. You had political opinions. You went to demonstrations. You valued your friendships. All of this became grist for

一人の俳人として

櫂末知子
（かい・みちこ／俳人、「群青」代表）

金子兜太先生に初めてお目にかかったのは、一九九七年六月末の宮城県中新田町（当時）でした。先生が審査員をつとめてらした中新田俳句大賞（後に加美俳句大賞と改称）が、私の第一句集に与えられることになったからです。ほとんど伝説といってよい俳人が、伝説ではなく生身の人間としてわが目の前にいる、そのことに興奮致しました。今思えば、当時の先生はまだ七十代半ば、実はお若かったのですね。三十代だった私にとっては、あらゆる俳人さん達がとてつもなく高齢に思えました。どうかお許しください。

あれから約二十年、兜太先生は変わらず俳句の世界の重鎮として輝いてらっしゃいます。たまにお目にかかると「櫂クン、櫂クン」とおっしゃってくださる、この「櫂クン」が私は嬉しくて。男女の性別を超え、あるいは年齢の違いを超えて、一人の俳人として扱ってくださっている、そんな気がするからです。

いつも隣に

金子先生へ

二十年前、僕は一茶研究のために、パリから日本の長野県に住みに来ました。来日直後、国際俳句交流協会の席で先生と初めてお会いし、一茶のお話等を伺い、先生に一目惚れしました。「海程」に入会し、以降先生の存在が心の頼りとなり、大学講師・一茶研究家・俳人としてこの国で生活してきました。

日本人である妻と娘を授かった二年後、あの原発事故が起こりました。一時、母国に帰ろうかと考えましたが、先生が原発に反対する態度を示したことで勇気づけられました。今も妻子と共に、反原発や反戦のデモに出ることがありますが、いつも先生が隣にいるような思いです。

最近、日本の俳壇の保守的・閉鎖的な雰囲気を感じますが、これは戦時中の「俳句弾圧事件」に遡ると理解できたのも、先生のお陰です。これから、先生の戦争体験等を綴ったご本をフランス語に訳し、世界的に知らせたい。

先生はノーベル賞を貰うべき方だと思います。さらに長生きして下さいね。

マブソン青眼

（Seegan Mabesoone ／俳人・比較文学者、「青眼句会」主宰）

土の香り立つ

前略　今年七月、NHK―BSプレミアムで放送された「寅さん、何考えていたの？　〜渥美清・心の旅路〜」では、直接お会いすることはなかったものの、番組内で共演が叶い、光栄に存じました。渥美清こと風天の俳句について、「俺の思ってた渥美ってのはもっと正直な人だと思っていたけど、これは相当なね、バケモノだぞ」とおっしゃった兜太先生のお言葉、まさに言い得て妙。僕は風天俳句の孤独な面ばかりに眼が行き、そのご指摘に胸を突かれて、はっとさせられたしだいです。

はっとさせられたといえば、拙句集『熊野曼陀羅』をお送りした折、兜太先生から賜った御葉書に「〈風土〉に直面の力技。」と添えられていた寸評の鋭さに驚嘆したのを覚えています。それは僕への鼓舞とも、風土を強引にねじふせた荒々しさが目立つ拙句への戒めとも受け取れるお言葉だと存じました。

おおかみに螢が一つ付いていた

僕の産土である紀州熊野の山中にも、まだ狼がいるのではないかと信じているのですが、掲句の螢火は狼の魂をほのと照らし出しているようで、幽玄なる実存性を感じるのです。剛と柔を兼ね備えた、豊潤な土の香り立つ兜太先生の御作を仰望するばかりです。

草々

二〇一六年十二月

堀本裕樹

（ほりもと・ゆうき／俳人）

子馬のように

兜太さんの俳句には、狼や猪がよく登場しますが、私が取分け好きなのは、

子馬が街を走っていたよ夜明けのこと　『日常』

ちょっと不思議な一句です。子馬はいったいどこからやってきたのか、何かの象徴であるのか。そんなことを考えるのは野暮でしょう。

車や電車が走り、電子音が流れ始める前の、無垢な明け方の街を、可憐な生命が躍動するイメージに魅了されます。『日常』は八十九歳の時に刊行された句集ですが、そこにいるのは、「子馬」のように瑞々しい兜太さんですね。

芭蕉は、大人の「賢しら」を嫌い、子供の純粋さを貴びましたが、兜太さんも同じなのではないですか？　「子馬」を称え、「走っていたよ」の弾んだ口語を用いたこの句をはじめ、兜太さんは、成熟、洗練よりも、未熟、不完全を重んじています。兜太さんの作品が、若い世代にも読み継がれているのは、そこに青年特有の過剰さや不完全さがあるからでしょう。

兜太さんには、以前、秩父で行われる「海程」の俳句道場に招いていただいたことがありま

す。私を紹介するときに、俳句の世界のじいさん、ばあさんに理解されなくてもいい、俺は分かっているからそれでいい、と言われ、そのあと、控室で一人になった時に、私は涙をぼろぼろ流しました。小学生の時以来だったと思います、涙を流したのは。刊行した第一句集が、上の世代からの批判を受けて、悩んでいた頃でした。あの言葉は、兜太さんの中に居る青年の、「さらに突き進め」というメッセージだったのだと思います。以来、私自身も、「子馬」であろうと誓ったのでした。

髙柳克弘

（たかやなぎ・かつひろ／俳人、「鷹」編集長）

俠気《おとこぎ》の系譜

中嶋鬼谷

金子兜太先生（以下敬称略）の厳父・金子伊昔紅《いせきこう》（医師・俳人、一九七七年没、八十八歳）の第二句集『秩父音頭』（昭和四十九年、竹頭社刊）の「跋」の冒頭に、加藤楸邨は次の句を引いている。

秩父困民党

栃餅や石間《いさま》押出す困民党　伊昔紅

楸邨はこの句の抄出について父子三人に流れている「秩父的なもの」の眼玉を指摘してみたかったため、と述べている。

秩父《ちちぶ》郡《ごおり》石間村《いさまむら》（現秩父市）は上武国境の谷沿いの寒村。

一八八四年（明治十七）冬の農民の武装蜂起「秩父事件」には数千の農民が参加したが、戸数百五十の石間村からは実に百四十七名が押し出した。即ち全村参加であった。

石間及び近隣の村人を束ねたのは、石間村の富農で質屋も営む加藤織平（三十六歳）だった。織平は貧窮の村人に援助の手を差しのべるなど任俠に富んだ人物で、村人から「質屋良介」、

「石間の親分」として信頼され、敬愛されていた。ある映画人は彼を「秩父の国定忠治」と呼んでいる。秩父事件に参加するに際しては「己まず其の貸金およそ百五十円を放棄し、詔書を返却し」（「裁判言渡書」）村人への貸金を一切ご破算にしたのであった。

秩父事件では困民軍の副総理に推され武闘派の巨魁として活躍した。事件後「死刑」となったが、取調検事が「暴徒幹部中もっとも毅然とした人物」と報告したという。

伊昔紅が数ある村々の中から「石間」を取り上げたのは、織平の男ぶりを聞き知っていたからであろう。

伊昔紅の医院「壺春堂」の客となって一夜を明かした石塚友二は、患者に太く錆びた声で語りかける伊昔紅の言葉を耳にした。

「え、薬代だつてか、うん、まあそんな心配は後廻しにして、まづ病気を直せや。直つたら、さうだな、芋でも大根でも、おめんとこで出来るもの貰ふべや。うん、うん、気をつけてナ。」

石塚友二は山本周五郎の「赤ひげ診療譚」の老医師を伊昔紅に重ねている。即ち伊昔紅は「秩父の赤ひげ」だったのである。（『秩父音頭』序「縁に因みて」参照）

織平と伊昔紅には時代や学識を捨象すれば、その心だてにおいて相通じるものがあったのである。

石田波郷は、伊昔紅の第一句集『秩父ばやし』を読売新聞の書評欄（昭和三十九年六月十六日）にとりあげ、「秩父の山峡の風土は郷民の生活と共にあまねく詠みあげられ、一巻の地模様となっているが、その上に山峡の医師としての使命感に生きる人生が深く刻みつけられて、人さながらの句風を生んで重厚な迫力を帯びてきている」と評した。

往診の靴の先なる栗拾ふ
綿虫をかばんにつけて老医なり
鶯の巣を枕べに麻疹の児
蚕糞落つ医師に汲みおく手水にも
鮎掛の厚き胸板瀬をよぎる

波郷の引いた『秩父ばやし』の十句の中から五句抄出した。山峡に生きる老医のたたずまいと、村人たちの生活のありさまが見事に詠みあげられた秀句である。

山峡の医師として郷民の生活とともにあった伊昔紅の生き様は、二人の息子に引き継がれる。兜太は「秩父事件を通ずる同郷の農民諸氏へのつながりと、俳諧を通ずる言語による自己表現へのつながりとは、非常に似ています。同根のことと自分では思っています」と、秩父の農民たちと自身の俳句に深いつながりのあることを語り、秩父事件の参加者を三つのグループに分けている。第一のグループは、知識層の秩父自由党員、第二のグループは困民党と称せられる自由党の血より農民の血のはるかに濃い人たち。加藤織平については、インテリ層と土着の農民を繋ぐ役割を担った重要人物とし高く評価している。第三のグループは困民党員に協力する「耕地」の農民、としている。[1]

兜太はこうも語っている。

「困民党幹部には侠客が多い。農民の娯楽としてあった賭博の、いわば世話役のようなもので、だから代言人をやっている場合が多いのだが、しかし、それも、侠気がなくては人の信を得まい。副総理・加藤織平の墓は石間《いさま》村漆木の道路ぎわにあって『志士』の文字が彫り込んである。

彼はそこばくの貸金があったが、証書を焼いて蜂起に参加している。その心情の俠気を光として受けとめた人々の心なくして、死刑の直後に志士の文字を彫りつけることはできなかっただろう(2)。」

かく語る兜太に次の句がある。

沢蟹・毛桃喰い暗み立つ困民史　『早春展墓』

沢蟹は肺臓ジストマの第二中間宿主となる小型の蟹。毛桃は実が小さく固く毛深い。いずれも村人たちは口にしないものであるが、極貧の農民たちはそれらまで喰らい、目を暗ませながらも困民軍に参加していったというのである。

「明治十七年父久五郎誤テ□□□□□ニ地券十七枚ヲ貸シ終ニ流地トナリ家禄ヲ失フナリ」

加藤織平の墓

憲法恩赦で出獄した落合寅市が同志に呼びかけ建立した。台石の「志士」は秩父事件が官憲用語の「暴徒」ではなく、高い志をもった者が身を犠牲にして立ち上がった国事行為であったことを主張するものである。

写真は、井上光三郎・品川榮嗣著『写真でみる秩父事件』（新人物往来社）による。

秩父事件に参加し「罰金二円五十銭」に処せられたわが祖父中嶋太次郎は、事件後四十六年後に他界したが、命終の間際に言い遺した怨念の言葉がこれであった。□の部分には当時の村の豪農であった人物の実名が記されている。

祖父は、兜太のいう第三のグループに属する農民であるが、竹槍を小脇にかいこんで困民軍に参加した。

兜太句は、心の奥に潜む怨みを怒りに転じて立ち上がったわが祖父のような村人たちの悲壮な情念を照らし出す。さらに兜太句は、「民衆史」一般では括ることの出来ない村人たちの心の内奥を、産土に生きる人間そのものの歴史＝「困民史」としてとらえ、詠ったのである。

医家を嗣いだ次男の千侍《せんじ》（「寒雷」同人、二〇一六年没、八十八歳）も、伊昔紅の気質を継ぎ、二代目「秩父の赤ひげ」として人望を集めた。氏に次の代表句がある。

風光る峠一揆も絹も越ゆ　　合同句集『玉泉』

伊昔紅句の困民党は、千侍句において、彼方に黎明を待望して風のように峠を駆け抜ける一揆衆に繋がってゆく。

楸邨は先の「跋」の「秩父的なもの」の眼玉について、二人の息子の底を流れている混沌たるもの、それは「伊昔紅の体質に孕まれたものであり、その分岐し発展したものに外ならないと信じてゐる」と指摘している。

伊昔紅が秩父困民党を詠み、二人の息子が困民史や一揆を詠んでいるところに、この親子の産土の人々に寄せる共通の思いと、その深さを知ることができよう。三人の心の底を流れているものとは「侠気《おとこぎ》」である。

「侠気《おとこぎ》」とは「強きをくじき弱きを助ける心だて。」(『広辞苑』)である。

斯くして、金子家父子三人の生き様と俳句は、「侠気の系譜」の中に生まれ育まれたものであると言えよう。楸邨の指摘しようとしたものを別言すればそういうことになると思われる。

(なかじま・きこく／俳人)

注

(1)「私の中の秩父事件」(『金子兜太集』筑摩書房刊、第三巻参照)。

(2)「秩父困民党」(同)。

兜太三句

井口時男

好きな句について語るのはたのしいし、金子兜太にも好きな句は多い。だが、たのしみはあとに回してあえて裏口から入ってみる。

定型の恩寵はいつも呪縛に似ている。あるいは呪縛は恩寵に似ている。

五七五という定型がある。芭蕉は凡兆に「一世のうち秀逸三五あらん人は作者、十句に及ぶ人は名人也」と語ったというが、それなら俳句の世界は死屍累々たる駄句凡句の山だろう。実際それは、句集と称する書物を開きさえすれば一目瞭然のことだ。だが、定型の恩寵を信じ切っている限りにおいて、この死屍どもは一様にあられもない恍惚の表情を浮かべて死んでいる。この痴呆的な死に抗うことなしに現代の俳句作者たることはできまい。しかしそれは恩寵を失うことである。

たとえば私は現代の俳句作者たる金子兜太に感嘆を惜しまないが、兜太の累々たる死屍どもは、恍惚にいっさい与かることなく、まったく無様に死んでいる。しかし、この失寵の死によらなければ現代の作者である証が立たない。それが俳句という定型の世界のようだ。

——実はこれは四年ほど前に『中上健次集』全十巻（インスクリプト刊）の刊行開始に寄せたエッセイの書き出しである。だから本文は、「物語もまた定型である」とつづいて、中上健次の恩寵と失寵のドラマへと転じていく。俳句も金子兜太も置き去りだ。いってみればただのマクラ扱い、いきなり因縁をつけたままさっさと歩み去ったようなものだ。無礼きわまりない。この機会に少しだけ補足しておきたい。

その名に「兜」の一字を負った彼は、「前衛俳句」の驍将として、たった十七音で世界と闘い、敵を強引に捻じ伏せようとした。世界とはただの風景でなく、俳句作者の生をも拘束する歴史的かつ社会的な現実であり、敵とは現実との真っ向勝負を回避して自然詠に籠城する伝統俳句観だった。その野望達成のために言葉は暴力的に酷使され、傷つき歪んで異形の相を呈した。だが、十七音が相手取るには世界はあまりに巨大かつ複雑であり、敵城は難攻不落で補給路も四通八達して断ち難い。「前衛」の戦場は死屍累々である。だが、無念無惨の形相にもかかわらず、刀折れ矢尽きるまで戦って果てた者たちの死にざまは痛快だ。「万骨枯る」この戦場を吹き抜けるのは蕭条たる秋風でなく真夏の熱風なのだ。——私はそんなことが言いたかったのである。

塚本邦雄はいみじくも書いていた。「言葉によつて殴りあるいは殴られ、組み拉ぎあるいは組み拉がれる快感を味はへることを立證したのは彼を以て嚆矢とする。」（『百句燦燦』）

たしかに、見事に世界を捻じ伏せ敵を組み拉いだとき、金子兜太の句の颯爽たる際立ちは他を圧倒する。なかでも私がぜひ語りたい兜太の句は三句あって、この三句の地位は以前から私の中で動かない。

まず、

霧の村石を投《ほう》らば父母散らん

もう四十年も昔、高校の教員になりたてのころ、或るアンソロジーで初めて知った兜太の句がこれだった。以後、中村草田男の〈蟾蜍長子家去る由もなし〉とともに、故郷や家というものを思うたびに思い出す。当時の私が草深い父母の村に帰るべきか否か迷いつづけていたからだが、そういう私的な思いを超えて、私自身を含めたあらゆる出郷者にとっての「村」というもの、「父母」というものの原イメージとして、凝縮された詩的定義のように、心に刻まれたのだった。

語り手はどこか高い位置から「霧の村」を見下ろしている。高等教育を受けた、もしくは都市の華やかな文化を身に着けた、つまりは近代の出郷者たちが獲得した虚空の（もしかしたら虚妄の）位置だ。そのまなざしが、無知と貧困の中にある「村」と「父母」とを、あたかも〈穀象の群を天より見るごとく〉（西東三鬼）に、見下ろすのである。だから彼は想像の石を憎しみをこめて攻撃的に投げるのではなく、軽く戯れのように「投《ほう》る」。憎悪は相手と対等の地平に立つが、この戯れは自己の優位を前提とするゆとりの行為だ。そのとき「父母」は穀象虫のようにわらわらと散るだろう。

だが、語り手は実際に石を「投《ほう》る」わけではない。深い霧のような無知に視界を閉ざされたこの村で、「父母」たちは戦争という石が放り込まれた時にもわらわらと散ったろう、敗戦の報にもわらわらと散ったろう。そうでしかありえなかった「村」というもの、そこに生きるしかなかった「父母」というもの、これからもそうであるかもしれないものたちへの、その末裔たる出郷者のやるせないような「思いやり」としての「想像」である。

言い添えれば、秩父生れの兜太には率直愛すべき〈曼珠沙華どれも腹出し秩父の子〉があるが、長崎時代には〈華麗な墓原女陰あらはに村眠り〉という句もある。陽に照り映えているのだろうか、先祖代々の眠る墓地を「母なる」土地の聖所にして急所である「女陰」に見立てたのだろう。だが、墓地は死への通路、「女陰」は逆に生への通路、しかもその隠し所が「華麗」に「あらは」に露出しているのだ。荻原井泉水の〈陰《ほと》もあらはに病む母見るも別れか〉では隠し所を無防備に露呈した母は死に瀕している。一方、兜太の句では「華麗な／墓」「墓／女陰」「女陰／あらは」「あらは／眠り」と、いくつもの互いに矛盾する語彙が連鎖して意味を一方向に収束させせない。思えば、「女陰＝陰《ほと》」は、「母なる」大地の女神イザナミが黄泉の国の女神に変じたように、すべての生命の源泉であるとともにすべてが死において再び呑み込まれていく場所なのでもあった。矛盾は「前衛」の表現いじりから発生するのでなく、そもそも生と死が同居する「女陰」の機能に含まれているのである。もちろん「村」もまた、死者と生者が同居する土地なのだ。

次はその長崎時代の句から、

湾曲し火《か》傷《しょう》し爆心地のマラソン

いきなり殴られたような衝撃を受けた。何よりイメージが驚異だった。俳句でこんなことができるのか、と圧倒された。

湾曲しているのは陽炎ゆらめく炎天下のランナーの列でもあろうし、暑熱と疲労で傾ぎよろめく個々のランナーの歪んだ姿態でもあるだろう。その背後に被爆直後の被災者たちの映像がダブる。

句は十七音に二音多いだけの計十九音だが、内在律は九（五・四）・六・四。すさまじい破調である。戦後の金子兜太には五・七・五の伝統律が天皇制の秩序と重なって見えた一時期があったはずだが、しかし、彼の句のあまりに平然たる破調ぶりを見ていると、実のところ、ひょっとしてこの伝統律の力を甘く見すぎているのではないか、と私はひそかに疑うことがある。俳句にあっては、十七音が定型ではなく、あくまで五・七・五が定型である。五・七・五を破るためには、伝統律に拮抗するほどの強度を持った独自の内在律を作り出さなければならない。世界を捻じ伏せるよりも五・七・五を捻じ伏せることの方が難しいかもしれないのだ、とさえ思う。

だが、この句は絶対に破調でなければならない。それも大破調でなければならない。大破調でありながら、各部が意外な飛躍を含んで連接し、しかも緊密な構成を保っている。イメージの迫力で押し切っただけでなく、「火傷」を音読みしたことで最長部の九音が「ワンキョク」「カショウ」と硬質の響きで結合されているからだ。

もう一句は、

人体冷えて東北白い花盛り

この句については句集『天來の獨樂』に収めた短文で一度書いたのだが、私にとっての兜太の三句として絶対にはずせない。補うようにもう一度書く。

「白い花盛り」のこの東北が夢のように美しいのは死者のまなざしに映った死後の景だからだ、これは死者の国・敗者の国としての東北の原景なのだ、しかも「花盛り」は死者への手向けばかりでなく、死者の国自体のよみがえり（黄泉還り）の徴でもある——肌寒い早春の東北太平洋岸を襲った大震災と大津波を思い出しながら、私はそう書いた。

いっさいは「人体」の一語にかかっている。「人体」とは、解剖学的な視線によって対象化された、人間一般の、それゆえ誰のものでもない、ほとんど死物としての身体である。しかも「冷えて」いる。こんな身体像は金子兜太にあってことさら異例のことだ。

金子兜太には身体性に焦点を当てた句が多い。精神は「詩」を志向するが、「詩」ならざる「俳」は身体に照準する。ものを食い、排泄し、まぐわい合って生命をつないできた身体こそは人間の悲惨と滑稽の座、裸に剥かれたいのちの裸形そのものである。

だから兜太の句では、女たちは「陰《ほと》」を湿らせ男たちは「まら」を振りたて（ああ、中上健次の男女もそうだった）、夕陽さえも「空の肛門」となり婆は岩場で「尿《しと》」し西行法師も「野糞」する。〈馬遠し藻で陰《ほと》洗う幼な妻〉〈まら振り洗う裸海上労働済む〉〈蛙食う旅へ空の肛門となる夕陽〉〈波荒き岩場に尿《しと》し柔らぐ婆〉〈大頭の黒蟻西行の野糞〉すべてがいのちの讃歌である。

なかでも圧巻は『暗緑地誌』の「古代股間抄」十一句だ。〈泡白き谷川越えの吾妹《わぎも》かな〉と始まり、「吾妹《わぎも》」の「恥毛《しもげ》」を詠み「陰《ほと》しめる浴み」を詠み「張る乳房」を詠んで、絶頂は鯉どもの映像に転じて〈谷に鯉もみ合う夜の歓喜かな〉と詠む。このふたりを谷川に降り立ったイザナギ・イザナミのようだといったってかまうまい。ヤマトの公定神話では万物の「父母」たる二神はちゃんと中央のオノゴロ島に天降ってセキレイに「交の道《とつぎ》」を教わったが、秩父生れの金子兜太の非公定の神話では、うっかり降臨場所を間違えたちょっと愚かな二神はどことも知れぬ辺阪の谷間で鯉のもみ合う姿をまねてまぐわいの歓喜を知ったのだ。

金子兜太の身体は生と欲望のマグマに突き動かされていつでも熱く活動している。だからこそ冷えた「人体」は異例であり、その冷えが感応して描き出した「白い花盛り」の東北の景は、まるで大津波以後の東北への鎮魂と再生の願いを先取りしていたかのように、私の心によみがえった（黄泉還った）のである。

（いぐち・ときお／文芸評論家・俳人）

第5章　昭和を俳句と共に生きてきた

この章で浮かび上がるのは、「若き日の金子兜太」です。私が生まれた昭和十三年に、旧制水戸高生の時代、金子さんは作句を始めておられます。

坂本宮尾さんの「青春の兜太」は、この筆者ならではの克明な調査を踏まえ、旧制高校の時代、高校学生俳句連盟の機関誌として発行された「成層圏」を中心に論考をすすめられた貴重な書き下ろしです。竹下しづの女、中村草田男、その他の方々がよみがえります。

最後に筑紫磐井さんの「兜太の社会性」。筑紫さん近年の名著『戦後俳句の探求』（ウェップ、二〇一五年）からの抜粋です。この本の第三章が「兜太の社会性」、第四章が、その前衛性について書かれた「兜太の難解（前衛）」ですが、このうち前者の「社会性」のみを収録しています。ご興味のある方にはぜひ一冊まるごとのご精読をおすすめいたします。

（黒田杏子）

青春の兜太――「成層圏」の師と仲間たち

坂本宮尾

金子兜太が作句に手を染めたのは、旧制水戸高等学校在学中のことである。一年先輩の出沢《でざわ》珊太郎《さんたろう》（本名は三太）に誘われて、兜太は学生俳句連盟の機関誌「成層圏《せいそうけん》」に参加して、次のような「自己紹介」を寄せている。

父が「馬酔木」に投稿してゐたので、自分も此れに興味を持ち専ら鑑賞のみに耽けつてゐました。作句を始めたのはつい最近です。

現壇では、秋桜子、誓子、林火の諸氏が好きです。その中でも林火氏の主観の強い緩みない句が好きです。自分もどうかして主観のにぢみ出た句を作りたいと苦心してゐますがその時満足した句が案外浅薄な客観句であつたりして常に失望してゐます。

一時俳壇をにぎはした無季認容論も結局うやむやの内に認められた様な形で落着いてゐますが、自分には此の問題はもつと徹底的に突込むべきものゝ様に思はれます。自分としては「馬酔木」の有季説に傾いてゐましたが、最近季感と詩との関係に対して有季論者のとる態度はあまりに狭く感ぜられ迷つてゐます、もつと詩そのものを考へる必要がある様です。又自由律句もありますがやはり定型十七字を認めて固守してゐます。要するに自分は未だ定見なき初心者なることを記憶して今後の努力に御期待ください。

（「成層圏」二巻二号、昭和十三年四月）

初心者と謙遜してはいるが、かなり俳句作品を読み込んでいるようで、詩と有季、定型、主観について堂々と意見を述べている。兜太の父金子伊昔紅《いせきこう》は医者であり、また「馬酔木」に投句し、自身もガリ版刷りの俳誌「若鮎」を創刊した俳人であった。兜太の身近なところには、いつも「馬酔木」や「若鮎」という俳誌があって折に触れて手に取ることができ、また中学時代に父の蔵書の秋桜子の『葛飾』を拾い読みすることができるという環境にいたのである。父のもとには地元秩父の俳句好きが集まり、句会が開かれると、そのあとは酒盛りとなって、にぎやかな喧嘩が始まるのは毎度のことであった。呆れて見ていた母から、俳句なんかつくってはいけないよ、と諭されていたことは兜太自身がしばしば語っている。しかし、先輩の出沢に勧められて、彼は母の禁を破ることになった。麻布中学出身で抜群に英語ができる、世慣れた出沢の人間的な魅力に惚れこんで、その影響を受けていたのである。

出沢に連れられて兜太がはじめて水戸高校の先生の句会に出席したのは昭和十二年十一月のことで、そこで即吟で〈白梅や老子無心の旅に住む〉と詠んで、好評を博した。ひき続き出沢に勧められて「成層圏」に初投句したときの作品は、

学童のざわめき過ぎて麦萌えぬ　兜太（二巻二号）

日毎なる静寂に麦の萌え出づる
新しき書は若芝に伏して読む
若芝に伏し郷愁の眼を閉づる
冬雲の湧くや枯野の果をみず
枯野きて松籟起る森を見き

静かな日常風景を詠んで、澄んだ詩情がある句が揃っている。いずれも季語の働きもよく、「定型十七字を認めて固守」のことば通り、定型の枠にきれいに収まり、「作句を始めたのはつい最近」といいながら、すでに相当達者であることが見て取れる。故郷で耽読した「馬酔木」の影響も感じられる清新な句風である。これらの作品を見ると、処女作〈白梅や老子無心の旅に住む〉が、句会場でたまたま手にしたビギナーズラックなどではなかったことがわかる。青春の瑞々しさがあふれた有季定型のこれらの作品が、金子兜太の作句の出発点である。

彼の意識的な創作活動の最初の舞台となった「成層圏」は、その後の俳人金子兜太を考えるうえで重要な俳誌である。ここでは「成層圏」を中心にして、金子兜太の初学時代の作句活動を確認し、また、兜太が女性俳人として高く評価する竹下しづの女の句と評論に注目し、仲間の若い会員たちの動向から、背景となった昭和十年代後半の社会を探ることにする。

1　「成層圏」創刊

「成層圏」の創刊は、兜太が参加するちょうど一年前の昭和十二年四月である。竹下しづの女の長男、竹下龍骨《りゅうこつ》（本名、吉仁《よしのぶ》）は旧制福岡高等学校の学生であったが、友人の岡崎伏龍（本名、寛之）とともに、福岡、姫路、山口の旧制高等学校に呼びかけて、「高校学生俳句連盟」を結成した。その機関誌として「成層圏」は季刊で刊行された。創刊時の会員は十一名。やがて会員の多くが大学に進学したため、「学生俳句連盟」と改称し、旧制福岡、姫路、山口、水戸、および第六、第七高等学校に加えて、東京、京都、九州、東北の帝国大学、同志社などの学生とその卒業生が構成員となった。

「成層圏」は戦争が拡大するなかで昭和十六年に終刊となった。その後昭和十八年に、会員の動向を知らせる小冊子「成層圏たより」が龍骨の手で出された。「成層圏」は学生たちが学業の傍ら編集し、粗末な紙に印刷された冊子であるが、第二次大戦へと向かう時代に、青年たちがどのように感じながら生きていたかをリアルタイムで記した貴重な記録である。

創刊号を開けば「刊行ノ辞」とあり、颯爽としたマニフェストがつづられている。

詩は青年の特権！　吾々は、斯《か》かる詩を思ふ存分既成老朽俳壇にホルモンとして注射したいのだ。吾々は学生の叡智と、純粋なる感激との堝《ルツボ》として、成層圏を全高校生に捧げる。吾々は、〝青年よ！　明朗たれ、飽くまで理智的たれ〟。而して、〝成層圏の一員として、其の完成、更に俳壇の掃海艇たるの任務に奮闘せよ〟と叫ぶ。

もう日本では馴染みが薄くなった「掃海艇」ということばが、時代を感じさせる。これは安全な航海ために海中の機雷などを除去する任務の艇のことで、俳壇の沈滞を一掃して新風を吹き込もうという意気込みが記されている。


巻頭に掲げられたのは「古き学都を讃ふ」と題して、

山 上 憶 良 ぞ 棲 み し 蓬 萌 ゆ　　竹下しづの女
蓬 萌 ゆ 憶 良 ・ 旅 人 に 亦 吾 に

万葉好きのしづの女らしく、大宰府古址の句を創刊のはなむけとして贈った。龍骨たちの俳誌の創刊に、彼女も心弾ませていたのであろう、朗らかな調子である。万葉の歌人から歌心を継ぐものであるという意気込みも読み取れ、新しい船出に向けた期待感があふれている。

顧問となったしづの女は、〈短夜や乳ぜり泣く児を須可捨焉乎《すてっちまをか》〉で実質的に女性初の「ホトトギス」巻頭となり、〈緑蔭や矢を獲ては鳴る白き的〉で二度目の巻頭を飾った女性俳人の草分けの一人である。明治二十年生まれの彼女は、福岡県女子師範学校卒業後に公立学校の教壇に立つという時代の先端を行く職業婦人、いまでいうキャリアウーマンであった。結婚を機に退職した彼女は、俳句を始め、漢語調の剛胆な詠法、論理的な評論の書き手として知られていた。

後記には、岡部伏龍が、こう記している。

かくて我々はあらゆる物を焼き尽さずばやまない強烈なる熱意と鬼神をも泣かしむる純情とを以て、多忙なる身にも係らず我々の為に尽力しくださる中村草田男、竹下しづの諸先生の御指導に倚《よ》つて現代俳句を真の俳句として生かすべく努力すべきではないか。

わずか十七頁の冊子であるが、新しい俳誌にかける若者の熱い思いが伝わってくる。ここに書かれているように、指導顧問は竹下しづの女と中村草田男が予定されていたが、当初はしづの女が一人で指導していた。顧問としての彼女の立場は、若者が操舵する「成層圏」という船が難破しないように航行を見守り、励ます役割であって、自らの俳句観に立って、作句技法を指導するというものではなかった。

「成層圏」はしづの女の主宰誌ではなく、主役は、学生たちである。

2 純粋さと研究的態度

「成層圏」の特徴としてまず挙げなくてはならないことは、作品が自選によるものであり、掲載順は、一般の俳誌のように、選者による巻頭などの序列を施していない点である。「成層圏」というアカデミックな響きの誌名は龍骨が考えたもので、内容も高踏的である。しづの女は終始学生俳句の純粋さと、研究的態度の真剣さを尊重している。

会員たちの自選句は、このような作品発表の場を待ちかねていたような熱がこもっている。創刊号の主な句をあげると、

夜の沈黙は雪呼ぶらしき春と云ふに　（福岡高校）久保一朗
熱の瞳に喀血の日がぶらさがる　（福岡高校）岡部伏龍
木枯に野風呂たて嫁《ゆ》きし姉を想ふ　（福岡高校）野上浩一
銀皿に小鳥の声を盛って来る　（福岡高校）竹下龍骨
わだつみに月の機翼のふれて過ぐ　（山口高校）大山としほ
雪晴の円き光りのコムパクト　（姫路高校）香西照波（のちに照雄）

など、若い息吹に満ちた句が並ぶ。無季の句、青年の感傷にひたった句もあるが、いずれも着眼点が新しい。しづの女は「成層圏作品短評」として、各会員の句の美点を褒めて、今後の進展の方向を示している。会員たちを育てようという温かいまなざしが感じられる句評である。「成層圏」という場を得て、しづの女自身も作句に、理論に、水を得た魚のように活発な創作活動を展開することになる。身をもって範を示すべく、この間に代表作となる句をいくつも発表している。

たとえば創刊間もない一巻二号（昭和十二年六月）の「街塵」と題した六句中の一句、

紅塵を吸うて肉《しし》とす五月鯉　しづの女

見慣れない「五月鯉」とは、鯉のぼりを生きている鯉のように捉えたしづの女独自の表現である。紅塵は、繁華な町にたつ塵埃、また、この世の煩わしい事柄。句は風をいっぱいに孕んで五月の空に舞う鯉のぼりを描き、響きもきっぱりと潔い。同時に、句から世塵をものともせずに、颯爽とたくましく生きる女性の姿、その豊満な肢体が彷彿とする。斬新な発想と表現の独創性が調和して、作品には躍動感がみなぎっている。

これを昼の五月鯉を詠んだ句とすれば、夜の鯉の句として、〈谷に鯉もみ合う夜の歓喜かな　金子兜太〉が浮かんでくる。どちらも力強い生命の賛歌である。

3　旧制水戸高校の参加

西の福岡で創刊された「成層圏」に、一年後の昭和十三年一月、はじめて東の旧制水戸高校が参加した。二巻一号で出沢珊太郎が、〈ガーベラ露けくて思索《おもひ》に倦みたり〉〈霧過ぎて鈴懸の実の逞くましき〉など甘い青春の情感が漂う、垢抜けた作品を提げて登場した。

兜太は後年、ガーベラの句について、

　私は出沢珊太郎の代表句をいくつか挙げるようにいわれたら、これを必ず加えるつもりである。(中略)「ガーベラ露けくて」がなんともいえぬ新鮮さだったのだ。「露けくて」でガーベラの紅が際立ち、初々しい女性が傍の椅子に腰かけているように感じられてくる。

「思索《おもひ》に倦みたり」の心憎いばかりの倦怠感と重なって、これは青春の歌に違いなかった。
（『遠い句近い句』）

と句から受けた感銘を記している。ガーベラという西洋の花がもつ菊や牡丹にはない洒落た雰囲気、そして異国風の音の響き、さらには、上五から中七へと流れるような詠み方が、兜太にはまぶしい魅力を放っていたのであろう。

俳句熱心な出沢は、水戸高校に俳句会を立ちあげた。出沢に心酔していた兜太も参加して、「成層圏」に句を発表する。

二巻三号（昭和十三年七月）で「土蜘蛛」と題して、

佐保姫に恥ぢて土蜘蛛土に住む　　兜太
土蜘蛛よ桑苗掘ればひた逃ぐる
土蜘蛛に広き畑土は陽炎ひぬ

など、畑に現れた土蜘蛛を彼は興味深く観察し、描写している。小動物を通して、あたりの春の息吹が感じられる吟である。

あるいは、街で目にした囚人という特異な句材を扱って、

雑踏に囚徒の笠の寒むざむと　　兜太

紺の包み囚徒かじかむ手にひしと

などと詠んだ。俳句の読み手から、作り手の側になった兜太は、暮らしのさまざまな場面で句材を見つけ出している。この時期の彼は、有季定型の伝統に立っている。対象へ向けた彼の視線には純真な共感がこもっている。

4　連作への挑戦

「俳壇の掃海艇」を自負する「成層圏」では、会員の自由な実作の試みがなされていた。その一つが秋桜子の「筑波山縁起」、あるいは新興俳句で多く試みられた連作の形式である。龍骨は最短の詩である俳句を複数集めて読者に与える感動の持続時間を長くすることで、他の文学と対抗しようと思いついた。野上ひろしと龍骨が競詠している。野上の「六大学拳闘」は十句でボクシング観戦を詠んだもの、龍骨の「阿蘇採鉱所」は十六句で苛烈な阿蘇の硫黄採掘の現場を描いている。いずれも有季、無季を混ぜた連作で、仕上がりはやや平板であるが、連作という形式の可能性を追求し、無季俳句の領域を探った意欲作である。

さらに龍骨は時流に合わせた新機軸として、いわゆる戦火想望俳句に挑戦した。「千田大佐文化講義」と題して、空中戦、空襲、片翼帰還の三部から成る無季の連作を試みている。

機銃射つ敵機にのけぞり打俯しぬ　　竹下龍骨（二巻三号）

翼折れぬ錐もみ太く降り始む
着陸す片翼バサと地に伏する

もとより彼には戦場体験はなく、軍人の講演を聞いて、戦地を想像しながらこれらの句を劇画風に構成してみせたのである。

注目したいのは、この連作に対する岡部伏龍の批評である。彼は、これらの句から戦争映画の場面を思い出すが、そこには「少しも真実性がない」「情で濾過されることなしに、直ちに、観念の所産へと流されたのである。つまり、詩を後方へ退けたのである」と断じた。龍骨の空想に基づく作句の方向を、伏龍は仲間として冷静に批判し、龍骨本来の豊かな詩的情趣を伸ばすようにと有益な助言をしている。

5　会員相互の作品批評

「成層圏」のもう一つの重要な特徴は、すでに見たように、会員相互で作品を綿密に検討し、率直な意見を述べあうという方針である。「成層圏」は自選句を載せることになっており、しづの女は手取り足取りの作句指導はしなかったので、学生は互いの作品を批評しあって、進むべき道を模索していた。たとえば兜太の次の句について、

台風過夕餉の汁を熱く啜る　　兜太（三巻一号）

遠蛙夜に校舎の息づける
　青空を鼻梁に受けて梨を捥ぐ

　小川公彦は、一句目は「非常な親しみを感じる」と評価し、二句目は「作者の主観は下痢をしている」、句の後半に消化剤が必要だと鋭く批判、三句目は「作者のすがたを彷彿せしめる」と臨場感を褒めている。いっぽう永井皋太郎は、一句目は気分が出ているが、「熱く啜る」の表現に問題がある、二句目は「捕捉しがたい夜の校舎を摑んだ手腕を買いたい」、と高く評価した。

　たしかに一句目は「熱く啜る」という字余りの下五が眼目である。下五にアクセントを置いた詠み方を、小川は認め、永井は疑問符を付けた。二句目は、誰もいない夜の校舎の情感を詠もうとする創作意図に二人とも着目している。それぞれの感性に従って対照的な評価を下したが、どちらの評も論点が明確である。

　あるいは、「発光点合評」（三巻二号）と題して、東京の会員が討論するようすが記録されておもしろい。いくつかを挙げてみると、

　短日や街騒を率て露地をまがる　　出沢珊太郎
　　香西照波「感心した。街騒も目立たず前句より良い」
　　橋本風車「率てが良いのではないか」
　　曽山薊花「短日やは如何」

香西照波「のでは調子が緩む。矢張りやであらう」
玉置野草「終わりの方に草田男感がある」
堀　徹「技巧が目立つ」
香西照波「技巧を買つた」

瀬音背に寒林過ぎる風をみる　金子兜太

岡田海市、堀　徹「今迄のでは最も佳い」
香西照波「感覚鋭い馬酔木調の所を表はしてゐる」
堀　徹「そう云へる」
永井皐太郎「大して良くもないが少くも皆この位のレベルにしたいものだ」

と忌憚のない批評をしている。会員はこのとき、時の過ぎるのも忘れて喧々囂々合評をつづけたという。このような議論を通して学生たちは鍛えられていった。

6　伝統と個性――しづの女の指導方針

俳句以外に俳論、文化論、随想などが多数収録されていることも「成層圏」の特徴である。しづの女も、「新蝶古雁」、「成層圏作家のテムペラメント」という欄で、「成層圏」に集う若者を導こうと、俳句評論に意欲的に取り組んだ。彼女は、作句を志す若者は、秀れた伝統、偉大なる先人の作品に学ぶように述べている。

定型については、複雑化している人生を、いかに十七音に収めるかは難題であるが、思いが定型に収まりきらずあふれ出ようとも、進んで定型を守るべきことを説く。

「季」の問題については、俳句は季語感を重視し、季語のもつ「象徴と暗示との豊かなる語感の醍醐味を吟味せねばならぬ」としている。

このようにしづの女は、有季定型の伝統に立ち、個性を磨くという正統的な立場を主張しているが、そのいっぽうで、会員たちの詩精神を愛し、型に嵌めようとせずに自由な創作を奨めた。しづの女と龍骨はいっしょに住んで、芸術論を戦わせる親密な親子であった。そうではあっても、龍骨は「成層圏の使命」（三巻二号）として、「伝統的花鳥諷詠俳句に反逆する」、「必ずしも五七五調に糊着されるべきではない」と述べ、独自の試行錯誤をしている。

あるいは出沢珊太郎は「断想」（二巻二号）で、無季について、子規が「随問随答」で、雑の句即ち無季の句を作るのは自由だが、じっさいに無季の句が少ないのは、なかなか面白いのができないからと述べているとしたうえで、誓子の作品のような立派な詩を含む無季の句もあり、「よい無季の句なら認める」と無季俳句を容認する姿勢を示した。

香西照雄はこのようなしづの女の自由な指導をふり返って、つぎのように記している。

　又結社制徒弟制を毛嫌していた当時のわれ〳〵には会員制、自選句発表などという方針や、又「成層圏」などという高踏的かつ科学的な誌名は新鮮に見えたが、今から思えば当時の旧制高校生のインテリ的特権意識や自負心を迎え増長させるという所もあった。当時はあまり気にしないでいたが、今考えるとわれ〳〵も無限の可能性を孕む若さに溺れ、竹下先生もそれを警告せず、むしろ甘やかすといった傾向があつた。

（「成層圏と竹下先生」、「万緑」昭和二十六年十一月）

香西は、しづの女の方針は、結果的に若きエリートたちを甘やかしたと批判的である。しかし、会員は充分な知性をもち、自ら学ぶことを知っている学生である。気心の知れた仲間と手厳しく批評しあいながら、各自が自身の表現法を模索していたことはすでに見たとおりである。昭和十二年から十六年という時代に、「成層圏」に拠る若者たちは、いずれは戦地に行くことになっていた。そのような状況下で、彼らに存分に生き、存分に書き残すように励ましたしづの女の指導方針は、その時代にあって最適であったと思う。彼女の包容力と個性を伸ばす指導、そして文芸への意気込みは、青年の心をとらえ、俳句に邁進させた。

俳句という小さく、しかし強靭な自己表現の手段を手に入れたことは、彼らにとって戦場で生き抜くうえで、大きな支えとなった。

7　女人高邁芝青きゆゑ蟹は紅く

兜太は感銘を受けたしづの女の句として、〈女人高邁芝青きゆゑ蟹は紅く〉をしばしば挙げている。句が詠まれたのは、小倉の櫓山荘を手放す決意をした橋本多佳子が開いた別れの宴である。対岸の下関の山陽ホテルから豪華な料理が運ばれ、芝生のうえで宴が始まった。

そのような背景を考えれば、句は夫の急逝後、寡婦として運命を切り開いていこうとする多佳子への、また波乱の人生を逞しく生き抜いてきたしづの女自身への賛歌と読める。漢語調の調子の張った上五は、しづの女独特の表現である。男尊女卑の時代に、高らかに「女人高邁」と打ち出すところに、しづの女の心意気が感じられる。芝が青々としているために、いっそう蟹の紅が鮮やかだと詠んでいるが、その存在を周囲に誇示している紅い蟹は、颯爽と生きる女性の象徴ととってよいだろう。句は櫓山荘の最後の宴で詠まれた女性へのエールである。しづの女の代表句の一つである。

じつは、この句が掲載された「成層圏」には、もう一つ注目すべきことがある。しづの女の顧問としての決然とした文章が載っているのである。

すでに述べたように、「成層圏」の指導者は当初しづの女と中村草田男の二人となっていた。草田男は学生の計画に一応賛同の意を示したものの、慎重で腰が重く、参加しないまま一年が過ぎたところで、顧問を辞した。それは、草田男にとって「成層圏」が目指す方向性が不明だったからかもしれない。その数か月後、「俳句研究」の座談会「戦争俳句その他」(昭和十三年八月)の席で、西東三鬼の問いかけに、草田男は「学生俳句連盟」のことは本当は知らない、何も労力を払わず迷惑をかけたが、今では直接に強い結びつきはない、と答えた。草田男は、すでに顧問を辞めていたのでこのように回答したのであろう。

草田男のこの発言に憤慨したしづの女は、「学生俳句連盟は存在してゐる」という抗議文を発表したのである。

「学生俳句のよさは其純粋さにある」「其研究的態度の真剣さにある」と述べ、「俳壇人は自己の後継者であるべき若き学生に対してどこ迄も純情であつてほしい。自己の偏見や自己の術策のために彼等学生の純粋性を冒瀆しては大変である。（中略）此の事は、学生俳句連盟誌成層圏に対して故意に黙殺された中村草田男氏に、特に傾聴を煩はしていただきたい」（二巻四号）と草田男の態度を批判した。

創刊に当たってしづの女が最終的に草田男に白羽の矢を立てたのは、彼の作品の知的な青春性を評価して、青年たちの指導者にふさわしいと考えたからであろう。学生は草田男がいつか指導してくれることを期待して、ひたすら待っていたのである。それを知っているしづの女は、顧問の立場から草田男の煮え切らない態度に対して、速攻で理路整然と抗議した。彼女の毅然とした姿こそ、学生たちの眼に女人高邁を具現するものと映っただろう。

この一件は兜太が「成層圏」に参加した直後のことであり、彼の脳裡のどこかに、このときのしづの女の、筋の通ったきりりとした勇姿が残っていたのかもしれない。兜太は〈女人高邁芝青きゆゑ蟹は紅く〉を愛唱句として挙げ、十五年戦争のさなかに一人の女性がこのような句を作ったことに驚いた、と述べている。さらにしづの女の〈汗臭き鈍《のろ》の男の群に伍す〉にも触れ、「男尊女卑の時代に抵抗するだけの思想を持っている人だ。これは偉い。俳句はこういう毅《き》然《ぜん》とした姿勢が出せるし、こういう思想も書き込めるものだ。こんな短いものだけれど、これができるということならオレは俳句を作ってもいいな」と思ったと語っている（『証言　昭和の俳句』、本書所収）。

しづの女の俳人としての姿勢と俳句作品とが、兜太が俳句を志した一つの契機になったといえよう。

8　成層圏東京句会

創刊時からの同人であった姫路の香西照雄は、東大に進学し、当時草田男が指導していた東大ホトトギス会に出席した。それがきっかけとなり、昭和十四年春に成層圏会員の東大生を中心に、草田男を指導者とする成層圏東京句会が発足した。発足時のメンバーは、吉田汀白、橋本風車、岡田海市、保坂春苺、玉置野草、余寧金之助（瀬田貞二）、永井皐太郎（川門清明）、出沢珊太郎、堀徹、曽山蘇花などで、月一度のペースで句会が続いた（『万緑』の創刊」、「俳句研究」昭和四十三年十月）。

昭和十六年には金子兜太、高橋沐石、安藤次男、十七年から沢木欣一、原子公平などが加わった。最盛期には、会員数は五十名ほどであったという。ここでは若い論客が活発な活動を展開していた。

香西の仲立ちがあり、またしづの女の抗議も奏功したのであろう、草田男は顧問に復帰して「成層圏」に作品と「遠信」として作品評を載せるようになった。彼は「成層圏」の作品を総括して、「皆一応成功してゐて、さして甚しい破綻がない」としながらも、しづの女が志向する「青年独自の生活希求を強力に豊穣に生かしつゞけて行かうとする逞しさと質実さ――それがいさゝか稀薄」と率直な評をしている。彼はそのうえで個々の作品を採りあげる。たとえば、〈青林檎四顆抱き税の重き言はず　龍骨〉について、「対象把握と表現鍛錬とを、もつと〳〵層々と押しすゝめなければいけないであらう」と評している（三巻二号）。

草田男の批評は作品を綿密に読み込んで、字句に沿って具体的な指摘をしている。示唆に富んだ彼の評言は、学生たちを奮起させたと思われる。東京句会の場で草田男が、各会員の個性を把握しながら、彼らが旧来の作品から一歩踏み出して自己革新するように、論理的な指導をしていったことが「遠信」から伝わってくる。

このようにして発行人である龍骨、しづの女を核とする福岡一円と、新たな東京句会という二つの活動の中心ができた。「成層圏」が終刊後も東京句会は継続し、幹事は、香西、出沢、館野喜久男、金子兜太と交代しながら続いたが、昭和十八年に自然休会となった。

最初は「成層圏」とかかわりをもつことを渋っていた草田男であったが、東京句会の会員たちとの交流は、よい成果をもたらした。草田男は、「成層圏」の会員としづの女に対する感謝を、以下のように述べている。

こゝ三年間ほど、私は在京の成層圏会員の諸君があるために随分たのしい時間を持つことが出来た。月一回くらゐにある例会の会合の際はもとよりであるが、それよりも諸君各自の生活ぶりや、個人性の発揮ぶりや、つまり総じての若さのたゞずまひが只管《ひたすら》にたのしかったのである。

私の作品に就いても、又句作態度に就いても、よろこんで貰ひ得る価値があるときに真からよろこんで貰つたのも、少々それが怪しかつたり危うくなりかけた時に、真から忌憚のない言葉を以て警告して貰つたのも矢張りこの人々からであつたやうに思ふ。これもしづの女史の御蔭である。

草田男は、東京句会で熱心に学生を指導し、ここから多くの俊秀が育った。

（「遠信」、「成層圏」十五号）

9　戦時下の作句

「成層圏」の背後に流れるのは戦争の気配である。昭和十一年に二・二六事件が起き、翌年七月七日の盧溝橋事件以後、時代は戦争へ向かいつつあった。作品欄には、〈ひたむきに征く爆機なり夕あかね　出沢珊太郎〉〈兵還らず銀杏に倚れば銀杏散る　竹下龍骨〉など時局を反映して戦争を詠んだ句が増えてくる。福岡の高橋金剛（秀夫）は、成層圏会員として最初の応召軍人となり、山形連隊に入隊した。

今日は日曜です。新兵にはまだ外出が許されませんので父兄達は続々面会につめかけてゐます。班の窓にたつてゐると草田男先生の「花の窓営所へ兵の帰る見ゆ」といふ句が思ひ出されました。（中略）新聞雑誌一切目に入れられません。（中略）読む書はポケツト型の歩兵操典、軍隊内務書の二冊です。（中略）猛訓練をつゞけてゐます。体の調子もよく麦飯にも馴れました。右は演習の休ケイ中に作りました。

草原ニ軽機ノ重ミ放チケリ

アラクサニ緑臭吐キテ軽機邁ク

（三巻一号、昭和十四年二月）

金剛の便りからは、新兵の生活のなかで俳句が心の支えとなっているようすが読み取れる。しづの女の作品からも戦争が厳しさを増すようすが伝わってくる。昭和十二年に「軍国」と題して、〈心灼け指灼け千人針を把る〉など千人針を詠んだ。

また十三年に、「軍需輸送列車」と題して、〈吹雪く車輌征人《せいじん》窓に扉に溢れ〉など、吹雪のなかを兵士たちが満員の軍需輸送列車で運ばれるようすを詠んだ。そして、十四年秋には、ついに〈虫しげし英霊還りまし〻より〉と英霊を迎える句を発表した。

言論統制の厳しいなかで、「成層圏」の若い会員たちへのしづの女の祈りは、寡黙な詩型である俳句に盛り込まれた。句はこの時代の社会を静かに映しだしている。

10 「成層圏」の進展

「成層圏」四巻一号（昭和十五年四月）で草田男が刊行した『火の島』の特集が組まれ、多くの会員が寄稿した。とりわけ瀬田貞二、堀徹は卓越した句集評を寄せている。草田男は四巻二号で〈毒消し飲むや我が詩多産の夏来る〉〈老婆昼寝奪はるべきものなにもなし〉などを発表している。充実した作句をつづけ、人間探求派として声価が高まっていた。

巻末の「編輯室」欄には、会員のなかには、「ホトトギス」に投句して好成績を収める者、「夏草」、「馬酔木」、「鶴」に投句する者もいるとある。また、「成層圏」を東大正門前の本屋に置いたら七冊売れたという報告もある。岩田紫雲郎、福田蓼汀が客員会員として作品を寄せている。「成層圏」は会員が次第に増えて、俳壇で注目される俳誌になりつつあった。

11　兜太の句法の変化

高校を卒業した兜太は、昭和十五年に上京し、親戚宅に下宿して浪人生活を送る。浪人中、彼は、熱心に草田男が指導する成層圏東京句会に出席し、そこで俳句仲間たちと出会い、互いの下宿を行き来して日々親しく切磋琢磨しながら自身の文体を模索することになった。昭和十五年二月から嶋田青峰《せいほう》主宰の「土上《どじょう》」に投句を始めたが、青峰は治安維持法で検挙されて、「土上」は終刊となる。

昭和十六年に東京帝国大学経済学部に入学した兜太は、加藤楸邨主宰の「寒雷」に投句を始めた。

「成層圏」に発表した兜太の作品から、彼の俳句表現の変化をたどってみよう。昭和十四年の句では、

鳴く海猫に眼鏡の汐気拭ひゐる　　兜太（三巻二号　昭和十四年六月）
坂の上の落暉に向ひ街を去る
著ぶくれた子が駈けてくよ空に鳶
たそがれて電線多き町寒し

枯野来て鉄路の蠅に立止る

素朴な風景を描いて、なつかしさがある。第一句の「眼鏡の汐気拭ひゐる」という措辞から、曇ったレンズの質感まで伝わり、全身に受ける汐風が感じられる。句に二つの動詞を重ねることで、動きが生じている。夕方、海猫が鳴く景色は珍しいものではないが、この詠法は類想感がない。作者の紛れもない資質の良さが表れている。

第四句の、冬の町の景色を「電線多き」と直感的に捉えたところが冴えている。中七の具象性で日暮れの、もの淋しいようすが読み手の心に迫ってくる。

このように水戸高校の時代の兜太の句は、伝統的な形式に則り、端正なたたずまいを見せている。清潔感のある青年期の魅力をそなえているが、戦後の金子兜太の前衛的作品からすると意外なほどのおとなしさである。兜太が第一句集『少年』で、「成層圏」に発表したこれら初期の句を省いているのは、彼独自の文体を獲得する以前の作品であるからであろう。

昭和十五年に上京してから、彼の句は定型の枠にとらわれなくなり、俄然自由さを増してくる。草田男や東京句会の論客との交流から、大きな刺激を受けたのであろう。「自己紹介」で「主観のにぢみ出た句を作りたい」と記していたとおり、兜太の目を通した人間と社会を詠もうという作句の意図がはっきりしてくる。句は次第に兜太独自の肉体感をまとった精神性を表現するようになる。四巻一号（昭和十五年四月）の句として、

さるすべり下宿に慣れぬ身を横たへ　　兜太

娘嫁がせ秋刀魚焼く煙にむせてゐる
白き絹織りすゝみ女工等の感傷
陽に赤き野火もをのれも野の一点
夕映の畳一杯に寝てなほ淋し
曇日の街柩車のほこりにしばしまみれ
プラタヌ落葉異人の子ひとりパン抱へ
月に水打つ豊けき頬を彼女《カレ》と知る
機銃音寒天にわが口中に

（『少年』に収録）

作者兜太の血肉を具えた青春像が俳句のなかに浮かんでくる作品である。
四巻二号（昭和十五年十月）では、祖父の死を詠んで、

焼く人の浴衣の巨軀を憎みゐる　　兜太
夏服の父せぐくまり骨拾ふ
桑匂ひ葬りの歩みたゞ静か
眼帯少女暁の雀は軒に鳴く
夕焼の甍女髪のごと濡るゝ
若葉風熊の臭はまことやはらか
性格へのいかり蠅交む空《クウ》澄みとほり

破調の句が増えてきて、自身のリズムを獲得する過程で大胆な試行錯誤をしていることがわかる。彼は他の会員の句評を担当したり、また討論しながら「主観のにぢみ出た句」を目指して自身の句を磨いていった。

大学に入学した昭和十六年のあたりから兜太は自身の「声」を見つけたようだ。終刊号の作品からは、兜太独自の新しい文体を確立したことが見て取れる。『少年』に収録される句が増え、ここから金子兜太の俳人としての本格的な出発となる。これ以後の足跡についてはすでに多くが述べられている。

カンナ燃え赤裸狂人斑點《しみ》あまた　兜太　十五号（『少年』に収録）

郭公鳴く女さらさらと帯を巻く（『少年』に収録）

蛾のまなこ赤光なれば海を恋ふ（『少年』に収録）

蟻動く煙突電柱に関はりなく（『少年』に収録）

兜太は極小の詩型になんとかして自身の思いを盛り込もうと、正調の俳句の枠を越えて、独創的な詠法を編み出している。句は初学時代からの硬質の詩情を保ったまま奥行きを増して、複雑な心象を喚起する。

12 「成層圏」終刊

戦況は厳しさを増し、兜太は、昭和十四年ごろ新宿の喫茶店で開かれた成層圏東京句会に「私服の特高がやってきて、終わるまで椅子に腰かけてメモをとっていた」(『わが戦後俳句史』)と述べている。翌年には京大俳句の会員が検挙される俳句弾圧事件が起きた。福岡では、昭和十五年十月に、内務省の命令で福岡警察より「成層圏」廃刊を命じられた。発行を東京とする案も出たが、ガリ版刷り、あるいは単行本の形で年に一回なら刊行を許されることになった。

第十五号(第五巻一号にあたる)は昭和十六年五月十五日発行。巻末の会記に「成層圏は雑誌としての資格を喪失致しましたが同人誌として、会自身は決して否認された訳ではありません。(中略)成層圏は単行本の形式で出版致します」と記されている。この号が最終号となるのだが、次号の俳句の募集も載っている。しかし、それ以前は「成層圏」の編集責任者として龍骨の名前が記されていたが、この号では竹下静廼とある。しづの女の三女、竹下淑子さんの話では、取り締まりが厳しくなったため、病身の龍骨を気遣って、万一に備えて母の名義にしたのだという。

戦局はいよいよ悪化して、言論統制が行われ、紙の配給制、そして会員の応召がつづき、機関誌を発行するには極めて困難な時代となった。「成層圏」はやむなく昭和十六年をもって休刊することになった。この年の十二月八日に太平洋戦争に突入した。

13 「成層圏たより」

十八年七月に龍骨は会員からの手紙をガリ版刷りの小冊子「成層圏たより」第一輯として出した。当時、会員の大部分が戦地に赴いており、何部刷られたのかはわからないが、現在確認できるものは、竹下淑子さんが福岡市総合図書館に寄贈した一冊だけである。

冒頭に「〈『成層圏』たより〉発刊のおたより」として、

支那事変と共に誕生した成層圏も同志の大部分を前線に送り、気持丈《だけ》では身近く感じあつて居るものゝ、之をあらはすには手紙の外はなくなりました。茲《ここ》に「成層圏たより」第一輯をお送りし、再び皆一緒に此の「たより」で親しく顔を合はしたいと思ひます。（中略）身はどんな大東亜の辺域にあらうと雁の脚に暖かな心の結ぼりを固めて行きませう。

龍骨は中国の故事にちなむ雁の玉章《たまずさ》に倣って、遠く離れた戦地にある句友に報せを届けている。収録されているのは、会員の昭和十七年と十八年の手紙である。もっと苛酷な戦場にいた者もいたはずだが、龍骨と文通をすることができる状態にあった者からの手紙である。

岡田海市（任雄）の北支からの年賀状は、俳句を作ろうと「きのふは外出してロシヤ人の経営するレストランで、ミルクのたつぷり入つたコーヒーを三杯ものんでねばりましたが、遂に句が出来ず癇癪を起して酒をのんで大トラになり」、とユーモアたっぷりにつづり、

マスクと眼将校が購ふロシヤ菓子　　岡田海市

という瀟洒な句を添えている。この時期まだ北支では時局はそれほど逼迫したものではなかったのであろう。海外出張中の人のような、余裕のある文面である。

永井皐太郎は筆まめで、榛名山の裾野の相馬原演習所の学校で訓練を受けた様子を何度も報告している。演習所には出沢珊太郎もいて、夜には俳句の話をしていると記す。彼は演習期間後、大学に戻ってどこへ配置されるか楽しみであると記している。国内の訓練ということもあり、彼の手紙もまた穏やかな調子である。

玉置野草は昭和十七年二月の手紙で、海軍主計中尉に任官、経理学校に入校したと伝えている。「大体五月中旬学校を出る予定で、それから出来れば南へ行きたいと思つてゐます。此頃は皆南方希望ですからうまく行けるかどうか分かりませんが、仏印あたりへ行ければ農林省の方の勉強にもなります」と、戦場で会計や庶務の実務のとり方を学び、将来に役立てたいという希望を述べる。

戦争末期の南方の悲惨な戦況を知っている現在ではとても考えられないことであるが、この時点では、南方戦線を希望する若者が多かったことがわかる。

昭和十八年五月の橋本風車の北ボルネオからの手紙になると、より差し迫った状況が伝わってくる。風車は、送られてくる「ホトトギス」が薄くなり雑詠が三段組となったのを見て、「戦争の厳しさを身近に感じてゐます。東京に居ました同人の照波、海市、珊太郎等の諸兄も皆軍隊生活を送つてゐるやうです。（中略）静かな中にも戦の圧力を日々感じます」と戦況の厳しさを実感している。

出征を控えた青年たちは、作品をまとめておきたかったのであろう。この間にしづの女の発案で成層圏同人の合同句集を出版する計画があり、出版社に当たった。しかし、京都の一条書店からも断られたので、出せるときが来るまでとっておくことを永井皐太郎が龍骨に書き送っている。手紙からは、戦中であっても、会員たちが俳句とかかわりを保とうとしていることが伝わる。

14　逸る思いの青年たち

「成層圏たより」が出されたのとほぼ同じころ、昭和十八年九月に金子兜太は大学を半年繰り上げ卒業して、日銀に入行後、三日で退職して、海軍経理学校で訓練を受けることになる。十九年三月に主計中尉に任官して、トラック島に赴任した。彼は若かった当時の思いを率直に語っている。

わたしは経済学をやっている学生だったから、まずこの戦争は、日本とアメリカの帝国主義戦争であり、それはとうてい肯定できないと思っていた。
しかし一方で、資本主義体制のもとでは、市場を求めてほかの国へ出て行き、利害がぶつかりあって戦争が起こるのは避けられないことだとも思っていた。（中略）

理論的にはこの戦争はよくないと思いながらも、いざ戦争が始まると、血湧き肉躍るものがたしかにあったと思う。
正直に白状するけれども、戦争というものをやってみたいという気持ちさえも、どこかにあったんだな。海軍経理学校で、卒業後の任地の希望を「南方第一線」と書いて出したときにもね。（中略）戦争がどういうものか、死がどういうものか、わかっちゃいなかったんだ。

（梯久美子『昭和二十年夏、僕は兵士だった』）

と述懐している。引用した玉置野草の手紙にあるように、成層圏に集う学生たちのなかにも兜太と似たような血気盛んな思いがあったのだろう。「人生二十五年」と心に決めていた戦時の青年たちは、国のために命がけで戦うことにこそ生きる意義を見出していた。青年たちは戦場ではじめて戦争の苛酷さ、「戦争がどういうものか、死がどういうものか」をいやというほど体験することになった。兜太の水戸高校の同級生、館野喜久男など、会員からも戦死者が出た。「寒雷」で兜太の句友であった森澄雄は「成層圏」の会員ではなかったが、死屍累々のボルネオのジャングルを、二百日にわたって「死の行軍」をし、二百人の中隊で、生きて戻れたのはわずか八人だったと苛酷な戦争体験をつづっている。
戦場と同じように、戦時下の国内でも死は身近にあった。学問と文芸に打ち込んだ龍骨であったが、健康がすぐれなかった。赤紙が来て入営したものの、肺疾患のため即日除隊となった。昭和十九年秋から、結核が重篤になり九州大学付属病院に入院したが、空襲で病院にいても危険なため、自宅療養を命ぜられる。母の必死の看病にもかかわらず、終戦の十日まえの八月五日に三十歳で亡くなった。死病と怖れられていた結核であっても、戦時でなければ、もう少し治療、療養の方法もあったであろう。

十代から二十代の若者が集う「成層圏」には、学生として勉学に励む日々、病苦、彼らの目が捉えた社会風景、また家族、自然を詠んだ作品が集められている。彼らは創作への意欲を燃やし、相互に批評しあって自身の内面を表現する方法を模索しながら青春の日々を送っていた。そのような彼らの頭上を覆っていたのは、拡大してゆく戦争という厚い雲であった。

15 「成層圏」の精神の継承

若者たちの手による「成層圏」は十五冊、厚いときでも四十頁ほどの雑多なものが詰めこまれた、小冊子である。活動期間は五年ほどであった。しづの女は俳句の近代化を目指す若い会員に向かって力強く語りかけた。


私は俳句を俳句が有つ極限をかけて「複雑化」したいと希ふ。

この、俳句に複雑性を豊潤にする刻苦艱難こそ、新しい一つの俳句の滑走路である。

(中略)

希くば奔放に勇敢に、大胆に俳句して欲しい。新鮮なる若人の特権は、いかなる乱暴をはたらいても、若きが故にゆるさるゝところにある。そして、進歩と転換は、概ね、かうした傍若無人の若人達の手が握つてゐる。

（一巻三号　「巻頭句短評」）

しづの女が唱える「成層圏」の純真な俳句精神は、新しい時代へと受け継がれた。戦後、成層圏東京句会を母胎として、昭和二十一年十月に草田男の主宰誌「万緑」は創刊された。復員してきた岡田海市、香西照雄、出沢珊太郎、堀徹、保坂春苺、橋本風車が参加した。またしづの女が最晩年に九州大学の句会で指導した藤野房彦も「万緑」で活躍した。「夏草」に拠るものもあった。彼は「万緑」には参加せず、楸邨の「寒雷」に投句を続けた。トラック島で終戦を迎えた金子兜太は、米軍捕虜となり、昭和二十一年に復員した。東大ホトトギス系の人を中心に結社を越えた同人誌「子午線」が刊行され、合同句集も出された。

龍骨を喪ったしづの女は、かつての「成層圏」の会員をなつかしがり、香西照雄への手紙で、「照雄・兜太が優秀作品を見せてくれるのが、一番たのしい」と書いてきたという（「成層圏と竹下しづの女」、「俳句研究」昭和三十六年一月）。彼女は複雑な主観を盛り込んだ豊かな俳句表現を希求しながら、会員たちが俳句の進歩と転換に貢献し、活躍することを応援していたのである。

戦後の金子兜太の作品は、社会性俳句、前衛俳句と称され、自身は造型俳句を唱えた。人間と社会を力強く詠んだ彼の句は、キュビズム時代のピカソを思わせる。兜太は、見た目の自然さ、本物らしさを捨て、デフォルメによってものの本質に迫り、個性的な構図の作品に仕上げた。場面から鮮烈な心象、兜太はそれを映像と呼ぶのだが、を摑みだして読み手のまえに差し出して、真実の迫力で衝撃を与えた。前衛の巨匠のピカソ芸術の基本には、対象を正確に描写する優れたデッサン力があった。それと同様に、金子兜太の前衛的俳句は、正統的な描写の技法に裏打ちされていたのである。「成層圏」時代の初期の作品で見たように、彼は伝統的な作句技法を身につけたところから前衛へと出発した。そしてピカソがスペイン内戦中にゲルニカを描いたように、兜太の戦争体験はその後の〈湾曲し火傷し爆心地のマラソン〉をはじめ、彼の創作の核となっている。

「奔放に勇敢に、大胆に俳句して欲しい」といふしづの女の激励を胸に、「成層圏」の会員たちは作句に励んだ。七十余年が過ぎ、「成層圏」に拠った俳人たちは兜太を除き、ほとんどがすでに鬼籍に入った。ふり返って、彼らのなかでもっとも「奔放に勇敢に、大胆に」新領域に挑んで、新たな俳句の沃野を開拓するという成果を挙げたのは金子兜太だと思う。

（さかもと・みやお／俳人）

兜太の社会性

筑紫磐井

1　兜太と社会性俳句

(1) 兜太登場

金子兜太は決してその最初から突出した存在であったわけではない。現在の視点から兜太を神格化しがちだが、本当の評価はどうであったのか。その評価の一例として現代俳句協会賞の選考経過をあげてみよう。もちろん、この特別な賞で作家の価値を決めてしまうのは十分ではないが、しかるべくそれをわきまえた上でならばある程度客観的資料として使うことは出来るだろう。

昭和二十八年度の第三回現代俳句協会賞（その前は茅舎賞と呼ばれていたから名目上第一回に当たる。ちなみにこの賞は句集に対して与えられるものではなく、前年の活動に対して与えられた）には兜太は候補者としてもあげられてもいない。この時の受賞者は佐藤鬼房である。次席は桂信子、津田清子、その他の候補は、岩田正寿、加畑吉男、原子公平、林田紀音夫、目迫秩父などであった。ちなみに、この年の選考委員は現代俳句協会会員の投票により選定された九名（秋元不死男、大野林火、神田秀夫、加藤楸邨、西東三鬼、中島斌雄、中村草田男、日野草城、山口誓子）であり戦後派世代は一人もいない。

昭和二十九年度の第四回現代俳句協会賞は協会員の投票では能村登四郎（一三点）、飯田龍太（七点）、金子兜太（五点）と続いたが、選考委員の投票では、能村と野沢節子が最終選考に残り、最終的に野沢節子の受賞となった。この年の選考委員は会員投票の十二名のうちに戦後派世代は原子公平ただ一人であった。

昭和三十年度の第五回現代俳句協会賞は協会員の投票で選ばれた者の中から選考委員の投票で一位と二位の二名連記の結果、金子兜太（一位六票、二位二票）、能村登四郎（一位五票、二位三票）、飯田龍太（一位一票、二位五票）、沢木欣一（一位三票）となり、決選投票の結果（能村九票、金子七票）、能村と金子の二人が受賞となった。ちなみに、この年の選考委員は会員の投票により選定された二十名のうちに戦後派世代は原子、石原八束、沢木、赤城さかえ、森澄雄、飯田、能村の七名であった。特に選考過程で顕著であったのは、選考委員二十名のうち、草田男、波郷、健吉、三鬼など大家の世代が能村を推し、公平、欣一、さかえ、澄雄などの戦後派世代が金子を推したことだった。

このように、二十九、三十年度を境に（また投票によって選ばれる選考委員に戦後派世代が殖えるにつれ(1)）、戦後派世代の代表として金子兜太は一気に注目されて行くようになる（翌年度の第六回は、鈴木六林男と飯田龍太が受賞した）。中島斌雄が二十九年度の選考に当たり「新人賞の概念で言えば、金子兜太氏などがこれに最もふさわしいということになろう」と発言しているのも首肯できるのである。特にこの頃から鮮明となる、選考委員の「前衛（あるいは進歩派）・戦後派世代」対「伝統派・戦前派世代」の複合対立図式の下に、自らの立場を鮮明にせざるを得なかった兜太の立ち位置が見えてくるであろう。これは、「俳句」や「俳句研究」などの商業雑誌への兜太の露出の増加と合わせて納得できる結果であった。

そしてこの時期こそ、社会性俳句の論争が行われていた時期であることを考えれば、はからずも社会性俳句は金子兜太の産婆役を果たしたことになるのである。金子兜太を論ずるのに社会性俳句は決して見当違いではないのである。(2)

注

(1) 現代俳句協会から俳人協会が分裂する契機となる昭和三十六年の第九回現代俳句協会賞は協会員から投票で選ばれた選考委員二十一人のうち戦後派世代は石原八束、金子、原子、楠本憲吉、沢木、赤城、森、能村、田川飛旅子、加倉井秋を、西垣脩、高柳重信、角川源義の十三人と過半数を占めるに到っていた。選考経過はよく知られるように、候補に挙がっていた石川桂郎が新人でないという理由でまず外され、その後、赤尾兜子と鮐山實の決戦となり赤尾が選ばれた。選考委員の勢力伯仲が伝統派・戦前派世代の危機意識を生んでいたことをよくうかがわせる。なお、分裂した俳人協会の発足と同時に俳人協会賞の選考が行われ石川桂郎が選ばれている。ちなみに、発足当初の俳人協会は、運営の中心となる会長は中村草田男、幹事は秋元不死男、安住敦、石田波郷、石塚友二、石川桂郎、大野林火、加藤楸邨（のちに辞退）、角川源義、西東三鬼、中島斌雄、西島麦南、平畑静塔、顧問は飯田蛇笏、富安風生、水原秋桜子、山口青邨、山口誓子であり、戦後派世代は角川一人であり（俳人協会事務局は角川書店におかれている）、明らかに戦後派外しが行われていたのである。

(2) その後兜太は前衛派を、①新興俳句系（永田耕衣、高柳重信、加藤郁乎、赤尾兜子、八木三日女等）と②主体性・社会性派（金子、林田紀音夫、堀葦男）の二派であると述べた（三十五年十二月「前衛派の人々」）。このように引き続く前衛時代も、自ら「前衛の社会性派」と述べているから、社会性俳句とのつながりはあるのであるが、前衛社会性派と社会性俳句、そして原社会性（補1）とは少し違うはずである。

（2）兜太の社会性の特質

さて「揺れる日本」（補2）に取り上げられている句は、編者楠本憲吉・松崎鉄之介・森澄雄のバイアスがかかり、雑誌で言えば「俳句」「寒雷」「道標」「風」「氷原帯」「太陽系」「麦」「現代俳句」などが多いのは当然のことながら、意外なことに、今日から見れば保守的なのではないかと思われる「曲水」「石楠」「浜」「ホトトギス」などからも多く採択されている。「進歩的（社会主義的）」の境目が少し違っていたようなのである。また、作家としては、草田男、楸邨、波郷、三鬼、不死男、林火、鉄之介などが目立つ。特に、現在社会性俳句作家として想起されない林火、鉄之介の句の多さが際だっている。一方不思議なことに、これから論じようとする金子兜太の名前はあまり見ないのである。「揺れる日本」に掲載された兜太の句は、

緑蔭やライターは掌に司さのごと　「寒雷」昭23・7＊
大きな冬月浮浪児がに股手は胸に　『鼎』＊
砂糖配給枯野と同色妻の鉢に　「風」昭24・2
伸ばし組む春泥の足・足植民地化すすむ　「俳句研究」昭25・6＊

（ローゼンバーグ夫妻）
物証なき死刑を怒る壁に階に　「寒雷」昭28・8＊
あまたの街角街娼争い蜜柑乾き　「風」昭29・2＊
白い石ごろごろニコヨンの子が凍え　「風」昭29・3＊

のわずか七句である（傍線は「揺れる日本」の項目。＊は『少年』収録句）。後年の社会性俳句作家としては極端に少ない。これは意外であった。

「揺れる日本」の選句の内「寒雷」系作家は森澄雄が選をしたと思われるが、澄雄の選句領域に入らなかったのであろうか。そこで、『少年』の作品から、「揺れる日本」の主要項目に合わせて私なりの選集を作ってみることにする。

墓地は焼跡蟬肉片のごと樹樹に　「結婚前後（昭和二二—二三年）」
子は胸にジヤズというものさびしき冬　「竹沢村にて（昭和二四—二五年）」

広島にて（二句）
原爆の街停電の林檎つかむ
霧の車窓を広島馳せ過ぐ女声を挙げ
メーデーへ石垣ざらざら車窓亘る
空に出て色消ゆ焼跡のしやぼん玉
（ローゼンバーグ夫妻）

夫妻の写真悲しく正しく人垣中　「福島にて（昭和二六―二八年）」
鰊来る地上のビルに汚職の髭　「神戸にて（昭和二九―三〇年）」
原爆実験の犠牲者久保山の死（二句）
電線ひらめく夜空久保山の死を刻む
ガスタンクが夜の目標メーデー来る
原爆許すまじ蟹かつかつと瓦礫あゆむ

それにしても、兜太の原社会性の句はまだ多いとは言えないようだ。代表句も少ない。「揺れる日本」、及びそれから漏れた句も含めて、兜太にあっては『少年』の末尾（「ガスタンク」以後の句）にいたり初めて合致してくるのである。

＊

さて、これらから見て、社会性のある俳句が兜太句集『少年』に乏しかったのかと言えば、実はそうではない。我々は『少年』を冒頭から読み進めれば、次のような句をたちどころに選び出すことができる（かつ多くは『少年』前半の句だ）し、現在ではこれらを眺めれば社会性俳句の中に容易に括ってしまうことであろう。

夏草より煙突生え抜け権力絶つ　「結婚前後（昭和二二―二三年）」
刑務所にひそかな歌声鷹高し

縄とびの純潔の額を組織すべし
子等の絵に真赤な太陽吹雪の街
ぎしぎし踏む尺余の雪も貧しい路地
塩代にもならぬ稲作蛇を殺し
子は萎びて家畜小作の真昼間
暁の花火真暗なものの街を領し
刈り草に吾れ伏し睡る貧者の村

「福島にて（昭和二六―二八年）」

まら振り洗う裸海上労働済む
草むらも酷暑の夜勤もみな苛立ち

「神戸にて（昭和二九―三〇年）」

先ほどあげた句と比較しても出来が悪いとは思えない。よほど兜太の社会に対する意識が出ているように思われる。ではなぜ、先のような時事題の項目に基づく句と、ここにあげたような句の違いが生まれるのであろうか。

しかり、まさに時事題ではないところがこれらの句の特徴なのである。もちろん、原社会性の俳句が詠まれたときに題詠で詠まれたとは言わない。しかし、「揺れる日本」の編者たちが雑誌や句集から句を選ぶ過程で働かせた基準は、おのずと時事題を抽出する方向に意識が働いていたのである。これに対して、兜太の最後に掲げた作品は、分類するとしても、その題は季題であったり、もっと普遍的な題であったり、決してそれによって内容の拘束されることのない作品であった。

＊

「揺れる日本」を見て感じることは、題があって初めて社会性が成り立つということだ。題がなくなると必ずしも社会性の保証はなくなる。私が、兜太の題のない社会性俳句が選べたのはのちに述べるように兜太の具象性に依るところが大きい。兜太の具象性俳句を手がかりに兜太の社会性を確信するのである。だから、極めて当たり前のことなのだが社会性俳句には先ず題が必要であり、もし題がない場合には具象性が必要であるということとなるのである。従って、具象性が薄れ、抽象的、心象的な俳句となったとき、もはや社会性であると選ぶことは難しい（兜太の場合は、抽象を語るときも関係性の抽象であって客体は抽象ではなく具象であるように思う）。このことは難解（前衛）を語るときに再び立ち返りたい。

（3）兜太の俳句批評

以下では、前の項で取り上げた俳句から何句かを鑑賞してみよう。一部前衛に関わる話題も出てくるがまとめてみる方が理解しやすい。

先ず、題のない社会性俳句である。

縄 と び の 純 潔 の 額 を 組 織 す べ し　『少年』

この作品の鑑賞者があまり触れないのが、この極めて現代的な作家が「額（ぬか）」という雅語を使う理由である。現代を攻めてやまない作者が、なぜ古語でもあり詩語でもある雅語「額」を使わねばならないのか。考えた結果理解できるのは、「純潔の額」という語にはキリスト教的世界観が漂っていることであろう。「縄とびの」が「こども」に対する枕詞的な意味しか持っていないとすれば、「無知」(イノセント)を聖なる徳とするこの宗教を下敷きにした「純潔の額」の意味は重い。そしてそれを、「組織すべし」という共産主義的世界観で締め括るのである。

もちろん、キリスト教に対する共産主義の勝利を希求するなどと短絡的な解釈は慎むべきであるが、この一章の中での対立・違和こそが俳句の生まれる動機になっていると知らねばならない。あまり好きな言葉ではないが二句一章の原理が、レトリックでなく思想において成り立っているのである。

山本健吉がこの句を「作者の「態度」は現れていても、一かけらの詩もない。舌っ足らずのイデオロギーはあっても、現代を深く呼吸した「思想」というべきものはない」と批判したことは有名だが、山本の理解する「態度」と「思想」がよく分からない。ここには、思想となる直前(現代哲学ではそれも思想というのであろう)があるのである。これ(思想となる凝固点寸前をとらえること)こそ俳句らしいあり方であった。

子等の絵に真赤な太陽吹雪の街　『少年』

これは逆に極めて分かりやすいイメージである。雪国のこどもは冬の間は太陽を見ることもない、冬の間描く絵は彼らの羨望する太陽なのだというメッセージであろう。「雪」と題した「雪がコンコン降る。／人間は／その下で暮しているのです。」は山元中学校二年生石井敏雄の詩である（『山びこ学校』）が、彼が絵を描けばきっとこうなるに違いない。

これは兜太を貶めているのではない。それくらい社会性とは単純・純粋なのだということである。『山びこ学校』は童話的綴り方ではない、社会性ある綴り方である。指導者の無着成恭は、沢木の言う「社会主義的イデオロギー」こそ持っていなかったものの、「農民の貧乏はどこに原因があるのだろう」「農民はなぜ割損か」「教育を受けるとなぜ百姓がいやになるのだろう」「農地解放などなぜしたんだろう」という問をこどもたちに発見させる。だからこそ「父は何を心配して死んで行ったか」「学校はどのくらい金がかかるものか」という題をこどもたちに誘発させ、自ら問い詰め、作文を書かせることができたのである。

誤解している人がいるので敢えて言うが、『山びこ学校』は国語の授業として実践されたものではない、社会科の授業として実践されたものだ。兜太の『少年』はおとなの山びこ学校である。

原爆許すまじ蟹かつかつと瓦礫あゆむ　『少年』

キャッチフレーズ的だとしばしば批判を受けている句である。

兜太はこの句を本歌取りと言っている。「原爆許すまじ」という句がすでに当時流行していた歌の歌詞によっていたからだという。「原爆を許すまじ」（浅田石二作詞・木下航二作曲）にはこうある。

ふるさとの街やかれ
身よりの骨うめし焼土《やけつち》に　今は白い花咲く
ああ許すまじ原爆を
三度《みたび》許すまじ原爆を　われらの街に

歌詞をとったというよりは、題名を少し変えてとったものだ。しかし、これは和歌の伝書に言う「本歌取り」とはずいぶん違うし、兜太が和歌の技法を取り入れる必然性はない。こうした自作であれ他作であれ見られる「反復」に意味がある。反復は、古代歌謡の本質であり、万葉以前の和歌・歌謡や中国の詩経・楚辞等の諸編に頻繁に見える(拙著『定型詩学の原理』参照)。反復・模倣は詩の本質である、これを忌み嫌うようになったのは、「文学」等という意識の生まれたたかだか二、三世紀前のことであり、その意味ではゲーテですら民衆の歌を換骨奪胎して自作としている。

だから古代の詩法の採用は読者との共感を求める社会性俳句の本質とよく通うものである。その後密室に閉じこもってしまったいわゆる前衛俳句と違う健全さがこうした叙法をとらせたのである。すでに述べた草田男の「いくさよあるな」のステロタイプ化したと言われる表現にも共通するものである(補3)。

みたび原爆は許すまじ、学帽の白覆い　古沢太穂問題は、兜太の作品が、初期社会性俳句的健全さにとどまらない「蟹かつかつと瓦礫あゆむ」という病んだ象徴的表現と共存できたところにある。

強し青年干潟に玉葱腐る日も　『金子兜太句集』

『少年』時代の句ではないが、神戸時代の作品であるから『少年』に連続している作品といってよいであろう。金子兜太はその著『今日の俳句――古池の「わび」より海の「感動」へ』で、描写からイメージへと到る手法の展開をこの作で示しているので最後に紹介したい。次のように推移するという。

A：玉葱ころぶ干潟に集う青年等　〔描写が素朴なとき〕
B：青年等集う玉葱の干潟　〔描写に主観がすこし顔を出したとき〕
C：青年強し干潟に玉葱踏み荒し　〔描写が主観によって押しのけられたとき〕
D：青年強し干潟に玉葱腐るとも　〔イメージが素朴なとき〕
E：強し青年干潟に玉葱腐る日も　〔完成したイメージ〕
F：蒼く腐る干潟が意志の青年容れ　〔実験的なイメージ〕

兜太によれば、A↓Fと展開して行くというのだが、Fは展開しすぎて失敗、Eをもって成功したと述べている。特に注目したいのは、A→B→Cと描写は立体的になり奥行きが出てくるが、Dでは①主観を抑えて景を見直したこと、②是非言いたいこと（青年強し）に対してつかず離れずの支援をしようとすること、ここに至って強い飛躍が生まれたのだという。これをイメージというのだそうだ。

実際こんな風に作品が出来たものか、疑問である。兜太の理論に都合のいいように作品があとから生まれている可能性さえある。また、作品の完成プロセスから言えば、DとE以外のA・B・Cの句がその途中過程としても語っておく価値があるかどうかも疑問である。DとEは単独で存在すればいいのだ（DとEは推敲レベルの問題だ）。

むしろ社会性俳句の観点から問題があると見たい。それは「青年等集う」が「青年強し」となったとき（B→C）にメッセージが生まれているかどうかだ。もちろん社会性の題ではないが、作者の内部で態度として煮詰まり、淡々とした描写から、意志をうかがわせる言い換えが行われているならば十分意味があると言えるのである（確かに「踏み荒し」は同義のしつこさがあり、「玉葱腐る日」の方が文学的だ）。

言っておくが、兜太の主張する、景を見直したこと、つかず離れずの支援をすることは、決して新しい俳句の手法ではない。「玉葱腐る」は言ってみれば花鳥諷詠である。気迫のこもった花鳥諷詠、率直果敢な写生を造型というのである。晩年の虚子が兜太の句を――というより、その句の一部を――賞賛しているのは、その花鳥諷詠に気迫がこもっているからに他ならない。虚子は、兜太や太穂が好きなのである、誓子や重信が嫌いなのである。

＊

以上、限られた句を鑑賞することで、兜太の社会性の特質を眺めてみたが、これだけではまだ十分でない。やがて兜太はこうした句を経てメッセージ性から抽象性を獲得する。これはかつて草田男が「省略の具象」として指摘した初期の兜太俳句を一段と推し進めたものである。その経過途中の一例が、次のような句ではないかと思われる。

罌粟よりあらわ少年を死に強いた時期

「少年を死に強いた時期」は前書き「飯盛山（一句）」から、当然白虎隊の少年たちの死を読みとる。そしてそうした事態が、戦前や戦後でも変わっていないということを付加的に感ずる。しかし、実は逆なのである。「少年を死に強いた時期」は世界中で普遍的に存在し、戦前の日本の特攻や、現在にまで至る世界中の少年たちの自爆テロにまで想像をふくらませる。前書き「飯盛山（一句）」を削除しても、「罌粟よりあらわ」の持つ文学性は高まりこそすれ弱まることはない。抽象化することによって獲得されるものの方が遙かに大きいのである。

もちろん、作者としての制作過程の前書きを否定するものではない。しかし、自句自解を含めてギャップの大きいのが兜太の句でもある。読者は自由である。自句自解に拘束される必要はない。その時、具象的であっても分かりづらい文脈が発生する。兜太が「省略の具象」から「具象ではあるが（その関係が）抽象・難解」に進んだときから、社会性俳句は後期段階に突入するのである。それと同時に、社会性を拾い出す指標を発見することが困難化し、次の前衛俳句への過渡が始まるのである。

高貴な性欲縁なし冬山電線延ぶ
奴隷の自由という語寒卵皿に澄み
夜の果汁喉で吸う日本列島若し
塩素禍の葭原自転車曲り置かれ　『少年』
朝はじまる海へ突込む鷗の死
青年とシエパード霧ふる移民の沖
塔上に怒鳴る男の眩しい意思
青く疲れて明るい魚をひたすら食う
シニカルな小さな駅の売られる果実
海を失い楽器のように散らばる拒否
ある日快晴黒い真珠に比喩を磨き
突堤に罪より固く修女憩う
晩夏の毛布空とぶ街角浮浪者蒸れ
苔で被われ斧確実なわが領土　『金子兜太句集』

これらの句を社会性と呼ぶことも出来なくはない。兜太の自句自解は懇切丁寧だから制作時の心理を詳細に語る。しかしそれはやはりフェアではないだろう。作者の解説なくして読み解かれねばならない。そしてこれが出来ないとき、その句は難解とされるのである。

2 兜太俳句の特性と環境

(1) 具象・断絶と肉体性

兜太の社会性を論ずる前に、社会性以前の兜太を考えてみなければならない。その内の従軍俳句については前章で述べた。この節ではそれ以外の要素を点検する。

①具象と断絶

一つには、兜太が俳句の活動を始めた「暁鐘寮報(水戸高校俳句会誌)」「成層圏」「土上」「寒雷」等による俳句創作活動の及ぼす影響である。戦前のこれらの活動における兜太の特色を、中村草田男が「省略の具象」と述べているのは的確であろう(「俳句研究」昭和十五年七月)。当時兜太がそれを学んだ対象が、中村草田男、棚橋影草、嶋田洋一、水原秋桜子、渡辺白泉、臼田亜浪、吉岡禅寺洞、篠原鳳作、飯田蛇笏、山口誓子、富沢赤黄男、石橋辰之助らの、新興有季、新興無季、伝統派(中村草田男)であったらしい(「暁鐘寮報」昭和十四年五月「最近秀句鑑賞」)ことからも、その方向性と合致していたと思われる。表現技法に重きをおいたのである。そうした例を『少年』掲載(*を付した)とそれ以外の句も含め制作順に示そう。

蜘蛛は巣を張りルンペンは眠り居り　＊

蟷螂の掏摸のごとくにふりかへる　＊

機銃音寒天にわが口中に　＊

蟻動く煙突電柱にかかわりなく　＊

かんな燃え赤裸狂人斑点《しみ》あまた　＊

貨車長しわれのみにある夜の遮断機　＊

日日いらだたし炎天の一角に喇叭鳴る　＊

蛙の闇嘲笑の瞳をあまた描く　〔断絶〕

蛾のまなこ赤光なれば海を恋う　＊

情熱あれ凍雲に探照灯乱れ　＊

ノートに触れ冬の犬の尾固かりき　＊〔断絶〕

霧の夜のわが身に近く馬歩む　＊〔断絶〕

わらんべの蛇投げ捨つる湖の荒れ　＊

鍵束や冬の蠅死ぬ横向きに　＊〔断絶〕

過去はなし秋の砂中に蹠埋め　＊〔断絶〕

この他に興味深いのは、「寒雷」十七年二～三月に掲載された評論「尾崎放哉」である。ここでは、尾崎放哉は自由律でありながらも、十七音俳句の持つ捉え方、表現方法等々さらに究極的なもの――歌ごころに対する意味の『俳句ごころ』というべきものがそっくり受け継がれているだと述べている。兜太が初期において放哉に関心があったのも意外だが、それよりもそこに展開されている論理である。

○小説には構成が伴う。詩歌はその点奔放である。爆発はそのまま表現されてゆく。（略）詩歌のうちでも最も短い俳句は、むしろこの性質を最もよく示しているものである。しかし俳句は短詩型であるため、短歌のようにリズムに乗って抒情することが制限される。その故に自分は俳句は抒情を否定して抒情する詩であるといいたい。

○俳句にはどうしても具体的な客体が必要なのである。客体に秘められてゆく最もリアリスティックな抒情ともいえる。それは決して主観と客体の間に、ある時間的経過を意味しない。内的爆発は客体と瞬時に結合している。むしろ客体を契機として内部のものがグッと高まってくるのである。

○問題は客体と主観と、さらに十七音が一つに融和して打ち出される『内容的形式』（ブラッドリー）にある。『詩形の音楽は同時に意味の音楽であり、これら二つは一つである』ともいえる。（略）俳句こそこの『内容的形式』の問題が最も重要である。他の詩歌より問題である。内容的形式は瞬間に獲得されなければならない。創作過程と表現過程という衝動から表現へまでの過程は純粋に考えた場合、同時でなければならない。『結晶作用』という方がより明瞭であるような瞬間的表現行程である。

○自分はこの過程を十七音の肉体化の過程と呼ぼう。これは俳句の宿命性の一面である『客観性』と有機的に結びついた肉体化であって（略）魂の叫びが無意識的に俳句の形式を得る過程の体得である。

客体と主観の融和、創作過程と表現過程の峻別と融合、肉体化の過程、内容的形式——これが造型俳句の、あるいは「創る自分」の原型に当たるわけである。その話題は後に譲ることとして、当時の兜太（二十三歳）の作品を裏打ちする「具体的な客体」の要請が理論的にも整っていたことが分かるのである。

＊

そして、ここに掲げた句を見ればそれは「具象」だけでなく、同時にもう一つの要素、（前掲例句で示した）「断絶」という契機も含まれていることを確認できるであろう。「鍵束や」と「冬の蠅死ぬ横向きに」、「過去はなし」と「秋の砂中に蹠埋め」の間には表現しきれない断絶がある。花鳥諷詠のような予定調和を拒絶するだけでなく、内面的に語りきれない衝動的爆発が予想されるのである。もちろんこれは、深く傾倒した草田男やその後入会する「寒雷」の加藤楸邨らの人間探究派（別名難解派）の影響も推測されようが、兜太の本質でもあったことをこの文章は語っている。この「具象」と「断絶」という二つの要素が、草田男の語る「省略の具象」として当面兜太の批評基準となり、やがて戦後の前衛・難解という受け皿に変わって行く過程を理解できるのである。兜太は生まれながらに前衛（難解）であった。

（注）以上は、佐々木靖章「金子兜太の出発」（「海程」二〇〇八年六月〜二〇〇九年十月）

によった。

②肉体性

前に述べた「社会性俳句の対象とした事件や問題が社会性俳句を生み出したのではなく、それぞれを受け取る作家個人が内部の問題として取り上げることによって社会性俳句が生まれた」ということを兜太に適用すれば、兜太特有の内部的事情のあることが予想される。それを句集『少年』から抽出してみたい。

曼珠沙華どれも腹出し秩父の子
木曾のなあ木曾の炭馬並び糞る
朝日煙る手中の蚕妻に示す
独楽廻る青葉の地上妻は産みに
舌は帆柱のけぞる吾子と夕陽をゆく
暗闇の下山くちびるをぶ厚くし

よく知られたこれらの句を社会性とは言わないであろう。にもかかわらず、これらが『少年』の初期時代の基調をなしていることを思えば、兜太の俳句の淵源は社会性ではなかったということになるかも知れない（もちろん、まだ結論を出すわけではないが）。社会性に優先するこうした傾向を私は肉体性と呼んでおきたいと思う（兜太は野性といっているようだが）。自分であれ他人（動物でもよい）であれ、形而下的な肉体が先ず俳句に現れる。それは、花鳥諷詠の趣味でもなく、人間探究派のような観念でもなく、新興俳句のような言葉の芸術至上主義でもなかった。おそらくこんな肉体派は俳句史上においてもあまり例を見なかった。文学者というものはどうしても頭脳に依存してしまう。しかし兜太の自意識は前頭葉が創り出したものではなく、上腕筋や大腿筋などの肉体が創り出したものである。だから兜太の「態度」とは、即肉体的態度であった。

こうした前提を置いたとき、はじめて兜太の社会性とは即肉体的な社会性であると納得できるはずである。それは都会ではなく、東京（江戸）に近く立地し、政治状況を見極めつつ、時に従順に、時に叛乱する、自由民権運動と困民党の乱を狡猾に使い分けた秩父の社会性である。だから社会主義的イデオロギーに殉ずるわけもなく、党の指令に従うこともない。イデオロギーや指令はうまく利用しつつ、叛乱そのものが兜太の社会性にあっては大事業なのである。

社会性という言葉で共通しているように見えながらも、兜太の社会性は、社会性を裏切りつつ、また社会性に即して進んで行く。これは社会性を中心に眺めたための誤りであるのだ。兜太の活動は肉体性を中心に眺めれば、肉体性は社会性と微妙な距離をとりつつ、創る我という主体性、我を介在させた主体的表現（いわゆる造型）と変形して行く。造型俳句、前衛俳句への道筋を自然に示す経路を見つけることができるのだ。

刑 務 所 に ひ そ か な 歌 声 鷹 高 し
銀 行 員 に 早 春 の 馬 唾 充 つ 歯
縄 と び の 純 潔 の 額 を 組 織 す べ し

子等の絵に真赤な太陽吹雪の街
ぎしぎし踏む尺余の雪も貧しい路地
塩代にもならぬ稲作蛇を殺し
子は萎びて家畜小作の真昼間
刈り草に吾れ伏し睡る貧者の村
暁の花火真暗なもの街を領し
まら振り洗う裸海上労働済む
草むらも酷暑の夜勤もみな苛立ち

前節で述べた、題詠性のない社会性俳句として挙げた句を眺めてみれば、肉体性と何らかの関係を持っていることが分かるはずである。「歌声」「唾充つ歯」「額」「踏む」「殺し」「萎びて」「伏し睡る」「領し」「まら振り洗う」「夜勤」「苛立ち」は肉体感覚と不可分な関係を創り出しているように見える。

さて、私はまだこれらの句が傑出した句であるか否かは述べてはいない。またこれらの句をどのように読むべきかも述べていない。読み解くための鍵がすべて出切っているわけではないからだ。

③従軍俳句

これについてはすでに述べたところであり省略する（補4）。

ただし、戦前の俳句にほとんど見られなかった社会批判的な視点は、戦後の日銀組合活動に先立つ従軍経験によるものであることを推測させる。実は、戦中のインテリたちの戦争に対する態度、軍隊に対する態度（特にこの二つは全くと言っていいほど違うのである）は緻密に考察されてしかるべきだと思っている。決して原理的ではなく、試行錯誤し、ときには分裂し、状況を踏まえて揺れている。我々はこうした兵士たちのナイーブな心境を理解することなしに戦争の本質を理解することはできないと思う。本論を執筆中に、私は相馬遷子、金子兜太、歌人の前田透らの資料を見る機会を得たがそこで微妙な心理のゆれを感じている。ただ全体の把握をしないでは断言できないことが多いのでここでは論じない。とはいえ少なくとも、従来の戦争俳句を論じた書物の頭ごなしな一括的な評価には納得しきれないところが多いのである。私の同感するところの多い樽見博『戦争俳句と俳人たち』、阿部誠文『ある俳句戦記』『戦場に命投げ出し』等を見て頂きたい。

（2）短歌・現代詩からの俳句批判

この時代（つまり社会性俳句から前衛俳句に移行する時代）はまれにみる、他分野芸術の作家たちが俳句について論じた時代であり、特に俳句と他ジャンルの同質性（!）を踏まえて議論が行われていたのが特徴である。現代において、詩や短歌との差異性を認識して異質な文芸としての俳句が論じられる傾向が強いのと対照的である。少し話題を中断することになるが当時の状況を頭に入れておくことは無駄ではないであろう。例えば、ちょうどこの時期、第八回現代俳句協会賞（昭和三十五年）を受賞した香西照雄作品「義民」に対して、歌人近藤芳美、詩人木原孝一は、心をこめてその文学としての不徹底さを批判している。
まず受賞作品となった、香西照雄作品「義民」の問題作（抄録）をあげる。

香西照雄

一雷後の湿り香革命親しきごと
ありあまるゆゑにくづほる薔薇と詩人
月の出は何時も冷やか戦あるに

広島にて（一句）

墓のケロイド癒えじクローバ盛り上る
薪は白樺厩に夏の漆闇
金星すでにただの夏星先駆者よ
雁来紅や中年以後に激せし人
十代の日記の疑問符冬の萌《もやし》
妻も詩人濯ぎつくして白布冴ゆ
チューリップピンポンじみる愛語あらん

歌人近藤芳美は次のように言う。

○「新しい波」としての暴力的なものも私には感じられなかった。（略）短歌賞と異なるのは、短歌の場合の技術的な稚なさに代る、一応の俳句技巧の熟知なのであろう。そのいくらか安易なもたれかかりとも云えない事はない。少なくとも、根本への反省を欠いた俳句表現の方言的技法の駆使と私には思われてならない。

○（受賞作「墓のケロイド癒えじクローバ盛り上る」について）歌人である私の感覚からは、薄手な知的操作としか思えないものが介入していると云う気持を最初に抱く。率直に云えば、やりきれないと云う感じである。

○このような操作なり意匠なりの上に俳句一句が成り立つと考える当然の常識と、そうした意匠に生理的な反撥を感じる短歌作者の感覚との相違と云うものを、も一度考えてみる必要があるのかもしれない。

○（受賞作「薪は白樺厩に夏の漆闇」について）いったいこのような世界を描き出してみせる見事さが、作者にとっても、又それを読まされる読者にとっても何なのであろうかと云う疑問がともなう。俳句と云うものはその程度にとどまることによって成立つ詩文学なのであろうか。そうであれば虚子の居直ったような作品生涯を私たちは考え直さなければならないのであろうか。

詩人木原孝一はこのように言う。

○香西氏をはじめ、何人かの作品を読んでまず感じたことは、あまりに「俳句」を書き過ぎる、ということである。香西氏の場合で云えば、つぎのような作品（「ありあまるゆゑにくづほる薔薇と詩人」）をなぜ発表したのか、私は理解に苦しむ。

○俳句は、あくまでも部分の側に立つか、それとも全体をめざすか、それによって自らの運命を決定するだろうと私は思う。部分の側に立つならば、それは健康な精神のゲームとして多くの愛好家の手によってつくられ、無制限に作品は殖えてゆくだろう。全体をめざすならば、それは魂のエンジニアとして、人間に慰めを与えるために選ばれたる作家の抑制と苦悩のなかから、絞り出されるようにして制作されてゆくだろう。

詩・短歌において成り立つこれらの論理が俳句においても正しいとは毛頭思わない。また現代の詩人や歌人が近藤や木原といまも共感しているとも思わない。しかし、これほど、いわゆる伝統俳句が詩や短歌のジャンルから狙撃されていた時代はなかった。それは共通した批評の言葉が成り立つと思われていたからである。抽象、難解、造型という表層ではなくて、批評の共通性という迂遠な現象こそがこの時代を証明していたと思えてならない。しかし、本当に批評の共通性があったのであろうか。

参考までに、金子兜太の香西作品に対するコメントを述べておこう。

「けっきょく草田男さんというのは未分化状態の意識とでもいいますか、父母未生以前のカオスとでもいいましょうか、言葉は悪いんですが、磯ギンチャク的な活動とでもいいますか、それが基本の魅力ですね。

香西氏は戦中派ですしね、かなり割切った論理を求めていると思うんです。そこの差がはっきり一つある。ところがそれにもかかわらず草田男さんのそういう父母未生以前のカオスの状態から出てきた俳句のスタイルを真似て作っている節がある。句でいいますと、たとえば、「月の出は何時も冷やか戦あるに」。それから、「ありあまるゆゑにくづほる薔薇と詩人」という全体の発想法、発想内容と申しますか、それから、「一雷後の湿り香革命親しきごと」、それから「金星すでにただの夏星先駆者よ」というようなキャッチの仕方、かぞえればきりがないんですけれども、ことほどさようにある。

殊に最近二ヵ年間の作品となると、その色彩がひじょうに濃厚だと思うんです。このことはけっきょく次第にそういう草田男式スタイルに巻き込まれている。さっき草田男氏のいったように、彼自身の空白状態もあってということですが、ますます草田男氏のほうへ引きこまれていると思います。」

選考経緯ではもっと激しく「香西照雄には反対した。ぼくが一番猛烈な反対者だったと思うが、理由は、表現に草田男の影響が強すぎ、そのなかで香西独自のものは育ってはいるが、それは作品としては現状では草田男を越える内容には到っていないという点である。従って今回の香西受賞は、むしろ彼の長い真面目な努力に対する功労賞であり、それは多分に同情票が入っていると思う。」と述べている。

このように、金子は香西作品を批判しているものの、それは草田男の糟糠をなめているという点に集中していて、近藤や木原のいう、俳句表現に親しみすぎたという点は露骨に指摘してはいない。もちろん造型俳句論等の中にそうした俳句らしい表現に対する批判がないわけではないが、個々の作品批評の中でそれが明確に出ていないということだけをとってみても、本来近藤・木原のような俳句の外からの批評と視点が微妙にずれているように思うのである。

そして、兜太の言っている内容が妥当かどうかは別としても、兜太の俳句の批評の方法がまっとうであることは、伝統、前衛を問わず納得できると思う。「表現にAの影響が強すぎ、そのなかでB独自のものは育ってはいるが、現状ではAを越える内容には到っていない」という言い方は、高浜虚子と星野立子、山口誓子と鷹羽狩行、富安風生と岡本眸なども一度はそういう批判を浴びたものである（もちろんその後はるかにそうした世界を脱却している作家たちではあろうが）。つまり、俳句の共通批評用語で金子兜太は語っていることになる。しかし、歌人や詩人はどうであろうか。〈根本への反省を欠いた俳句表現の方言的技法の駆使〉〈操作なり意匠なりの上に俳句一句が成り立つと考える当然の常識〉〈あまりに「俳句」を書き過ぎる〉を尤もと思いつつ、個々の作品の批評としては使いきれないと思う俳人は多いのではなかろうか。それにもかかわらず、こうした歌人、詩人に最も近く俳句が接近したのがこの時代だったのである。そしてこうした歌人・詩人の批判は、香西照雄に対してだけでなく、兜太にも波及しないとは限らなかった。〈あまりに「俳句」を書き過ぎる〉。歌人・詩人たちは（「第二芸術」に始まった）「現代俳句のテーゼ」（補5）の完全履行を求めていたのだ。特に歌人の近藤はそうした思いがひときわ強い。兜太にしても、社会性俳句や前衛への流行に迎合したのではなく、俳句は「現代」たり得るかという戦後の根本問題に答えるため、急進的な理論闘争に走ることとなった。その意味では俳句内部より俳句外部に対する配慮が感じられるのである。

3 社会性の原理群

話題を戻そう。『戦後俳句の探求』第二章で、金子兜太自身でなく、社会性俳句やその周辺の人々について延々と記述したのは、分かっているようで実は余りよく分かっていないのが「社会性」という概念だと思ったからである。人間探究派（特に加藤楸邨と中村草田男）にルーツを持ちながら、それらとは決別し、戦後の「現代」に適って行こうとしたこの俳句のキーワードは一律に定義しがたいものがある（補6）。

そしてまた、前述の歌人や詩人の発言が現代の俳人に承服できないのと同じように、当時社会性俳句を議論した評論や論争も現代においては共感しがたいものとなっている。赤城さかえの『戦後俳句論争史』でさえ、何故このような議論をしたのかがよく分からない。

社会性俳句を理解するためには、当時の議論の基準ではなく、現代の基準で社会性の批判をしなければならないであろう。「社会性俳句」を空しいとは言わないが、「社会性俳句議論」は空しい。にもかかわらず戦後俳句史は、社会性俳句を追わないで、社会性俳句議論を追ってばかりいるようである。

このような考えから出る私の独断的な原理を掲げることにしよう。これを踏まえて見る社会性俳句の意味は少し独自の意味合いを持つものと思われる。先ず、検討は思想から始まる。

【思想を詠む理由】

●人はすぐれた詩（俳句）を詠むために（すぐれた）思想（感想、認識を含む）を詩に導入したのではない。詩を詠むときに思想をいれざるを得ないから詠むのである、切実に思想を詠みたいからそうした詩を詠むのである。思想を詠むということは邪心なく、ただひたむきに思想を詠みたいだけなのである。

●とすれば思想性を排除する理由はない。それ（排除すること）は人間の摂理に反するからである。

【思想と俳句】

●とはいえ、詩・短歌と異なり、最短詩型である俳句では、状況が作品を作り、その作品が思想を生む。思想のコントロールによって作品が生まれるのではない、作品は無意識の母胎であり状況の非嫡出子が思想なのである。

●従ってすぐれた思想は、すぐれた俳句を生むとは限らない。すぐれた俳句は常にすぐれた思想を持つものでもない。すぐれていない思想が、しばしばすぐれた俳句を生むこともある。我々は虚子からそれをすっかり学んでいる。

【俳句の方向性①寛容】

●望ましいたった一つの俳句の方向があるのではない。俳句にはたくさんの方向がある。

●現実の我々の前には多種多様な、一見くだらなくも見え、文学の名に値しないように見える多くの俳句作品が広がっている。それは単に作品が未熟というだけではなく、我々が未熟で価値を見出せないものが含まれているのである。論争は常にこの視点が欠けている。
●我々はこうした作品に謙虚に臨まなければならない。いつなんどきそれらの作品が歴史的名句に変貌しないとも限らないからである。我々には究極の作品を見極める能力はなく、常に考え違いをしているかも知れない。
●だから多様な俳句を生み出しておくことは豊かな文学の礎である。
●逆に、俳句はこれしかないと決めつけること――統制――は悪である。

【俳句の方向性②個人的立場】
●しかしこれは俳句という共同体の中での活動についての言及である。作者個人が徹底的に排除・統制を行い、これしかないという作品を作ることは正当な芸術活動である。
●また自分の是とする俳句を断固として主張すること、あるいは逆に、自分の非とする俳句を破邪論破することも作家としての節度であり、立場である。
●作者は個人の責任においていずれかの自らの道を選ぶべきである。
●今、作者個人が選んだ道を誰も否定できない。だれもその結果を見ていないからである。くだらない俳句はくだらないだけに、誰もそのようなことは行っていないから、その結果は本人しか導き出すことは出来ない。すぐれた俳句は？　くだらない俳句と同じくらい、誰もそのようなことは行っていないはずだから、だれもその結果を見ていない。
●結果がすべてを語る。成功したか失敗したかの評価だけが残るのである。
●ただこれだけは言える。誰でもやっていることは、結果も高が知れているということである。

【俳句の方向性③個人的立場の取り違え】

●戦後俳句にあっては、俳句はこれしかないと決めつける（統制する）ことばかり行っており、峻厳たる態度で自らに臨んでいる立派な作者は極めて少ない。

●現代俳句の退廃は、統制ばかりが行われ、自らに峻厳な態度で臨む作家が生まれなくなることにより始まる。

【俳句の方向性④歴史的法則】

●俳句に進化はない、ある方向にむかって一つの傾向性が顕著となって行くのがここでいう歴史的法則なのではない。俳句の進化論ほど疎ましいものはない。

●歴史的法則らしきものがあるとすれば、常に前の時代を批判する可能性があるということである。前の代が伝統であれば、伝統を批判する反伝統的活動が健全な現代の活動である。しかも、のみならず、「伝統を批判する反伝統的活動」が前の時代にあったとすれば、「伝統」も「伝統を批判する反伝統的活動」も両方共に批判するのが新しい運動の態度であるべきだ。決して、「伝統を批判する反伝統的活動」を伝統的に承継してはならない。

●だから近・現代俳句は、江戸時代の俳諧を乗り越え、子規の「新俳句」を乗り越え、碧梧桐の「新傾向」を乗り越え、虚子の「花鳥諷詠」を乗り越え、「人間探究派」を乗り越え、「新興俳句」を乗り越える宿命にある。もちろん「社会性俳句」も、「前衛俳句」も乗り越えなければならない。

●「乗り越える」とは否定することではない。いかに前代のものを吸収し、価値観を逆転させ、新しい主張をするかということである。

【表現と批評】

●すぐれた表現は、作品の中からのみ発見される。すぐれた思想から生まれるのではない。

●何がすぐれた俳句であるかは永遠に未知である。我々が語り得るのは、この瞬間にすぐれた作品であるか否かだけである。

●批評家は、未だ人が気付かず、しかし人を驚かすすぐれた価値の発見を行いたいと思う。それが批評の最大の成果だからである。そして批評がわずかといえども永遠に近づく瞬間である。

●社会性俳句の不幸は「すぐれた批評がなかった」と見えることだ。(たとえ論争がいくらあったとしても)社会性俳句を作る側の論理だけでは、門外漢から見れば社会性俳句作りのマニュアルを論じているような退屈きわまりない水掛け論のように見える。共感の余地がないからである。

●言っておくがイデオロギー的であるからといって劣るものでもない、反民衆的・貴族的であるからといって劣るものでもない。社会性俳句であるという理由で劣るものでもない。何故このようなことを言うのか。社会性俳句を俳句として批評する基軸が昭和二十年代以来、未だにないからである。

●遅ればせながら、社会性俳句に対する批評を行うためには、社会性俳句作家であるかどうかを問わず、社会性俳句それ自身に語らせ、批評することからはじめなければならない。

【社会性の本質】

●だから社会性の本質とは未知の創造ではない。共感なのである。

補注（本書収録に当たって新たに付した注）

（補1）「原社会性」とは社会性俳句論争の始まる直前の作品傾向。「深刻な社会のうごきがあり、それを反映していわゆる素人の作家（無名作家）の間からもそういう現実を反映した作品が盛り上ってきた」（『戦後俳句の探究』四〇頁）。

（補2）角川書店「俳句」昭和二十九年十一月の特集「揺れる日本——戦後俳句二千句集」で、戦後の激動期の俳句を主に雑誌から収集して主題分類したもの。

（補3）〈いくさよあるな麦生に金貨天降るとも・草田男〉に対し、〈戦あるな古鉄を梅雨の貨車へ運ぶ・笹村佳都夫〉〈いくさあるな地底に楽のつづく限り・大久保坑人〉〈いくさやめよ胸の弾痕汗を噴く・長谷岳〉〈戦あるかと幼な言葉の息白し・佐藤鬼房〉〈羽蟻たつ基地盛んなりいくさあるな・佐藤文六〉などがある（『戦後俳句の探究』四四頁）。

（補4）『戦後俳句の探究』六二〜七五頁「従軍俳句について」。

（補5）『戦後俳句の探究』一四〜一五頁。当時の現代俳句に関するテーゼを次のようにまとめた。「現代俳句は「現代」を詠まなければならない」「「現代」とは現代の当面する社会的事象及び問題である」「同じ現代に存在しても、現代に存在する趣味的な事象は「現代」とは言わない」「単に現代に存在する俳句とは、「現代」の芸術でも、また「現代」の文学でも、「現代」の俳句でもない」「従って、単に現代に存在する俳句とは第二芸術・第二文学である」「「現代」の文学とは、近代合理主義思想を踏まえた文学である」「戦後俳句論争とは「現代」をめぐって取るべき態度の論争である」等。

（補6）『戦後俳句の探究』三五〜三六頁。ここで次のように定義する。「「社会性」とは属性である、否応もなく作者個人の持つ属性である」「これに対し「社会性俳句」とは、俳人に社会性（それも特定の傾向）を強要する文学理論上の主張、ないしそれを踏まえた作品をいう。その意味でこの瞬間に「社会性俳句」の「社会性」の意味も変質している（例えば、社会主義的イデオロギーを持つ闘争的傾向）」「「社会性（俳句）論争」とは基本的に「社会性俳句」運動に関する論争である。赤城さかえの名著『戦後俳句論争史』の後半は、まさにこの「社会性（俳句）論争」を取り扱っているものである。言っておくが、「社会性」に関する論争ではない。」

（筑紫磐井『戦後俳句の探求』ウエップ、二〇一五年、より）

（つくし・ばんせい／俳人）

第6章　存在者の日常

この章は、これまでの章とはガラリと趣きをかえ、読んで楽しいパートにしたいと考えました。私がこれまでにまとめてまいりました『金子兜太養生訓』や『語る　兜太』でも度々ふれてまいりました通り、まもなく白寿を迎えられるこの「超長寿者」。現役俳句人生行路を着実に歩みつづけ前進を続行される兜太さんの日々の暮らし。そこには隅々までのユニークな行動ポリシーがあるのです。その秘訣を公開します。

前半は、現在もつとめておられる「朝日俳壇」、東京新聞「平和の俳句」の選者としての活動や「伊藤園おーいお茶　新俳句大賞」選者としての活動などを、私が書き下ろしました。

後半は、ゆたかな庭木に囲まれた大きな日本家屋で、ご結婚以来、暮らしを共にされてこられたご子息の眞土さん、知佳子さんご夫妻から、日々の食卓情報や一日のタイムテーブルについて、具体的にレポートして頂いたものをもとに、黒田がまとめさせていただいております。

（黒田杏子）

兜太さん　三つの俳壇活動

黒田杏子

長寿の現役俳人金子兜太さんの俳壇活動は多岐にわたっています。その中から長期的かつ定期的に進行中の三つの大きな仕事についてお話ししたいと思います。

「朝日俳壇」

まずひとつは「朝日俳壇」の選者としての活動です。昭和六十一年以来今日まで、埼玉県熊谷市の自宅から、毎週金曜日に東京築地の朝日新聞社まで、休まず通っておられます。

九十歳以降は、仕事の場から定年退職、自由の身になられた一子金子眞土さんが往復の新幹線・東京駅⇅朝日新聞社のタクシーに同乗されます。

眞土さんは自称「運び屋」に徹しておられ、選句会場に兜太さんをお届けされると、選句終了まで、一切かかわりなく、映画を観たり、美術館に出かけたり、競馬を愉しまれたりの自由行動。選句終了時にまた風のように新聞社に現れるという行動に徹しておられます。兜太さんはこれまでいくつかの大病を乗りこえてこられました。入院手術という場面も一度ならずあったにも拘わらず、朝日俳壇の選者を一度も休んでおられない。これは現代の奇跡ではないでしょうか。

「伊藤園お〜いお茶　新俳句大賞」

つぎは、ことし第二十八回を迎えます「伊藤園お〜いお茶　新俳句大賞」の第一回からの最終選者をただの一度も休まれず続けてきておられること。私もこの十年余り最終選者をつとめさせて頂いておりますが、いまやこの俳句大賞は日本国内はもちろん、世界最大の応募作品の寄せられる一大イベントとなっております。昨年二〇一六年の応募作品数は一八六万二九五四句という規模となり、累計では約三千万句となったことが発表されました。

選者（最終）は専門俳人だけでなく、各分野のアーティストの参加をお願いしてきており、現在のところ、以下の方々で選考がすすめられています。

〈選者・日本語俳句〉　浅井愼平（写真家）、安西篤（俳人）、いとうせいこう（作家・クリエイター）、金子兜太（俳人）、金田一秀穂（日本語学者）、黒田杏子（俳人）、宮部みゆき（作家）、村治佳織（ギタリスト）、吉行和子（女優）

〈英語俳句〉　エイドリアン・ピニングストン（日本古典文学研究者）、星野恒彦（俳人）

以上の選者による毎年最終選考会が帝国ホテルの一室で朝十時から夕刻の五時近くまで（およそ各世代部門別合わせて四千余句の投句の中から文部大臣賞やその他の賞にあたる作品を真剣かつ愉快なディスカッションによって選び抜かれてゆくのですが、座の最長老であり、俳歴も抜群に長い兜太さんは、補聴器なしで長時間の論議にたのしく参加されるのです。毎年、この日、私は誰に対しても平等、威張るということが一切ない柔軟な頭脳と包容力を備えた大先達金子兜太さんの選句と選評を貫く若々しさを実感すること。クリエイターとしての第一線に立ちつづけられる俳人に学ぶことが実に多い一日を過ごすことを愉しみとも励みともしてきております。

さらに昨年、驚くべきことがありました。幼児・小学生・中学生・高校生・一般（四十歳以下）・一般（四十一歳以上）と部門別に大賞受賞者が決まるのですが、何と金子兜太さんは、二十七年前から各部門の大賞受賞者の俳句作品を一句一句色紙に墨書され、伊藤園を通じてその色紙額が賞状・賞金と共に各人に届けられていたことが判明したのです。昨年二〇一六年まで、受賞者が一堂に集まることは無かったのですが、大会の発展と共に、授賞式も帝国ホテルで華やかに挙行されることとなり、兜太さん染筆の自作句の額を胸に抱いた受賞者が壇上に勢揃いしたため、この事実が判明したのです。

「色紙を書いて上げること位は出来るさ、簡単なことだ」

とこともなげにおっしゃるこの俳人の存在者ぶりをこの日、私はゆくりなくもはじめてまのあたりにして、驚くと同時に尊敬の念をあらたにしたのでした。ともかく二十七年間終始一貫この大会の選者をつづけ、俳句の大衆化・国際化に寄与してこられた実績をあらためて知り、「偉いおじいさん」と共感を深めました。

東京新聞「平和の俳句」

東京新聞「平和の俳句」の選者をことしも持続しておられます。

いとうせいこうさんと息の合ったコンビ。東京新聞朝刊の一面左肩に毎日発表される平和の俳句。この企画を受け入れ、「オレは選者をやってやるよ」と告げられたときは驚きました。

私はここ何年間か各地で、金子兜太という長寿俳人と「対話講演」なるものを重ねてきております。二〇一五年の四月には北陸新幹線開通に合わせ、金沢市で「NHK生涯教育俳句大会」が開かれ、ご一緒に参りました。そのとき、「私の残る人生は、戦場体験を語り継ぐこと。『人間が戦場なんてところで命を落とすようなことは絶対にあってはならない。そのために平和憲法を守り、俳句というすばらしい国民文芸とともに、おだやかに心ゆたかに、みんな仲よく生きてゆこうじゃないか』という事を私は人々に語り継ぎたい。あんたが聞き手をつとめてくれるなら、気が楽だ。どこにでも行って俳句のある人生のたのしさ、ゆたかさ、よろこびをしゃべりまくろうじゃないか」と。この時以来、私は明確に金子兜太お抱えの相棒・話の引き出し役・戦場体験語り部のお助けおばさんとして過ごしてきたのです。

「平和の俳句」については本書冒頭のところで紹介されています。

日野原先生が「金子さんは長生きできる血統です」との太鼓判。一〇五歳の長寿ドクターのお見立てに狂いはないでしょう。存在者金子兜太の本領は「平和の俳句」の選者続行という決断と実行に示されている。と私は受けとめ、このちも俳人金子兜太さんのさまざまな行動を支援してゆく所存です。

存在者兜太さん　長寿の秘訣――ゆったり生きる　ふだんの暮らし

黒田杏子
金子眞土
金子知佳子

＊同居のご子息夫妻　金子眞土さん、知佳子さんによるレポートをもとに、黒田がまとめさせて頂きました。

【食べること　自宅での食事について】

◎朝食の定番メニュー　好物はトマトとオクラ。
◎献立はバランスと薄味を心がけています。
◎数年前までは魚を好んでいましたが、ここ四、五年、魚から牛肉に好みが移りました。牛肉を頂くと身体に「気」が入るとのことです。
◎夕食はご飯半膳とノンアルコールビールをグラスに一杯。
◎麺類や味噌汁は極力具だくさんにしています
◎オクラの代りにブロッコリーやいんげんもよく使います。
◎夏の間はオクラ・トマトは家庭菜園のものを使います。

◎油はほとんどオリーブオイル。これは日野原ドクターのアドヴァイスに従っているのです。
◎午後は必ずコーヒーを一杯。
おやつは、糖尿のため控えています。
◎格段に固いものを別として、六十代の眞土夫婦とほとんど変らない食事です。
☆基本的に好き嫌いはなく、三人の家族の中では、兜太さんが最も食べる量が多い。これが現状とのこと。何よりも食べものはすべてよく嚙んで嚙んでゆっくりと食事の時間をとることです。

【好きな人　好きなことについて】

〈球団〉元来、アンチ巨人。

かつては三原修（西鉄ライオンズ、大洋ホエールズなど）、星野仙一（中日など）、野村克也（ヤクルトなど）など、各監督のチームを応援していたようですが、現在は、特に定まったひいき球団も人物も無し。

〈力士〉稀勢の里、隠岐の海。

強さと不甲斐なさを併せ持っているところに興味が向くのか、けなしながら応援している。

稀勢の里、横綱昇進を喜んでいる。

〈テレビ〉関口宏などの、ニュースショウが好き。

☆金子兜太さん、ある1週間の食事☆

11月	朝 定番メニューです	昼	夕	外出
21日 (月)	卵焼き トマト オクラ 紅茶ミルク 食パン1枚	アボガドライス (千疋屋)	ロールキャベツ 黒いもの煮物 もずく みそ汁	慶應病院外科 で定期検診
22日 (火)	(上に同じ)	桜えびの天ぷらと わかめそば 柿のヨーグルトか け	鯵の干物 ナスと玉ねぎの味 噌炒め 納豆 けんちん汁	
23日 (水)	(上に同じ)	カレーうどん りんごのヨーグル トかけ	青椒肉絲 いんげんの胡麻味 噌和え しじみのみそ汁	
24日 (木)	(上に同じ)	にしん・ねぎそば りんごのヨーグル トかけ	手羽肉と大根の煮 物 ほうれん草のおし たし 納豆 みそ汁	
25日 (金)	(上に同じ)	お弁当 (外で)	鯖の味噌煮 大根おろし ひじきと人参のサ ラダ 小松菜の煮びたし	朝日新聞選句
26日 (土)	(上に同じ)	サンドイッチ (電車の中で)	ヒレステーキ 温野菜サラダ 豆スープ	新宿で九条の 会講演
27日 (日)	(上に同じ)	煮ぼうとう ラ・フランスのヨー グルトかけ	秋刀魚の塩焼きと 大根おろし 筑前煮 アボカドとトマト のサラダ みそ汁	

かつては、ドラマ「相棒」のファン。

最近、昼食後、夕食後ともにすぐに眠くなるようで、夜の番組へのこだわりは無くなっておられるようです。

近ごろは一般的に役者、タレントにはほとんど興味を示さない。ただしテレビを観るのは相変わらずお好きで、夜の九時近くまでテレビの前に居ることが習慣となっています。

◎立禅
近ごろは唱えるべき人の名を失念することもふえてきている。人名をメモして読み上げることもある。以前ほど「立禅」に力を入れてはおられませんが、現在も続行です。

◎日記はずーっとつけ続けておられます。三年連用の「常用日記」を何十年と愛用。いつも必ず書き込んでいます。まとめて何日分かを書くこともありますが、日記を書くことはたのしみのひとつで、このちも続くはずです。

☆金子兜太さんの一日☆

〈終日在宅の場合〉

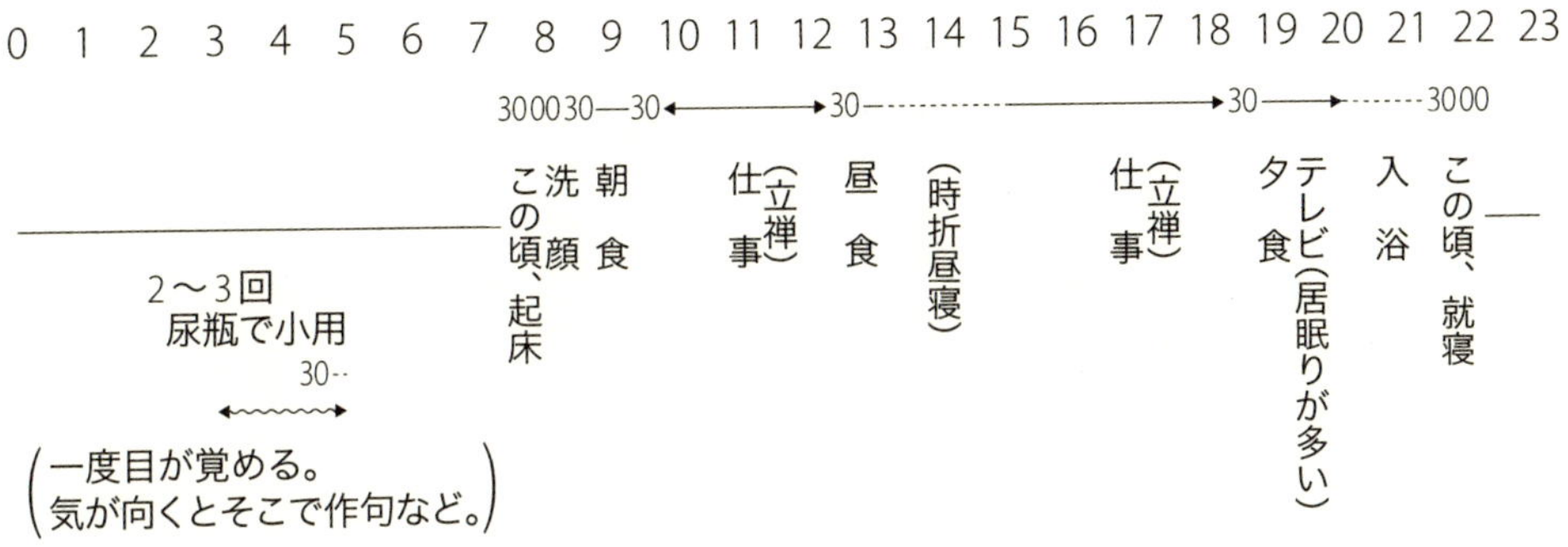

〈外出の場合（朝日選句）の日の例〉

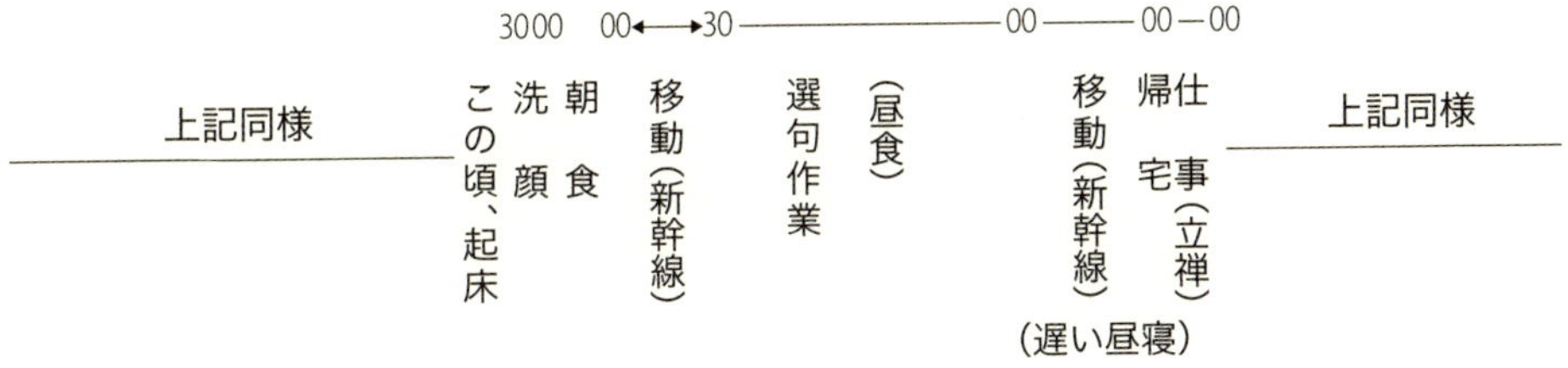

あとがき——感謝のことば

ありがたい一冊をまとめて頂きました。

藤原良雄社長と黒田杏子さんに心から感謝申し上げます。お二人の友情はすばらしい。編著者である黒田杏子さんとは長い間のつきあいです。私は通常クロモモさんと呼んでおりますが、不思議なことに、この人と一緒に居りますと、落ち着きます。

昔は公開俳句講座を長年二人で続けてきました。近年は「対話講演」ということで、各地に出向き、二人でしゃべり尽くしております。彼女は単なる聞き手ではない。私の内に睡っているさまざまな記憶や体験、主張といったものを、ごく自然に引き出してくれる魔法使いです。十九歳私より年下だということですが、ときどき私には姉のようにも感じられます。

彼女の仲間、同人誌「件」の男女のメンバーもみな実に優秀です。彼ら彼女らは皆実にフランクで、老人の金子を大切に扱ってくれます。それぞれに立派な師に学び、門下を育てている人達ですが、みな〈存在者〉です。

このたび、私はこの本のゲラにじっくりと目を通しました。びっくりしたのです。

クロモモさんは、ここまで金子兜太を理解していてくれたのか。恐ろしいほどでした。

お礼の電話をかけたところ、「それはすべて存在者金子兜太さんの〈長寿力〉によるのです。

見事な長寿者とおつき合いさせて頂けた幸運に私は感謝しています」と。

故永六輔さん・小沢昭一さんは、私の尊敬してやまないお二人でしたが、あのお二方も、クロモモさんの大ファンでした。

電話の最後に彼女は言いました。

「白寿九十九歳の時にまた一冊まとめさせて下さい。よろしくお願いします」と。

私は不思議な力が湧いてくるのを感じました。〈長寿力〉を実感して、電話を切りました。

金子兜太

二〇一七年三月

あとがき

「すべてあんたにお任せだ。よろしくナ」殺し文句です。

兜太さんのお言葉に乗りまくって、たのしく面白い仕事でした。

編集者の大先達、故鶴見俊輔さんにこの本をお届けすることが出来ない。残念です。

ともかく金子兜太さんは現在も俳人として進化をつづけられ、人間性も深化しつづけておられます。

年をとるたびに若々しくなられる。

人間がやさしく慈愛に満ちてこられる。

いのちの耀きが増してきて広く人々に愛されるようになってこられている。

秩父音頭などをアカペラで大勢の人の集まる会場で朗々と唄うことの出来る声量がある。

ともかくめったに出会えない珍しい俳人にめぐり会えたことをいよいよありがたく思います。

又、この企画を支持され、お励まし下さった藤原作弥先生に感謝を捧げます。

兜太さんのファンは全国におられますが、産土の地、秩父皆野町の山武味噌社長・新井藤治さんほど、兜太先生を尊敬しその顕彰に尽くされる人を私は知りません。

そして俳人の富田敏子さんも、長年にわたる兜太さんのサポーターとして無私の人です。

私達三人の友情がこの本の実現をしっかりと支えてくれたのです。私はこの友情のトライアングルに心から感謝しています。

二〇一七年三月

黒田杏子

金子兜太（かねこ・とうた）

1919年、埼玉県生まれ。俳人、現代俳句協会名誉会長。朝日俳壇選者（1986～現在）。

俳人の父、金子伊昔紅の影響で早くから俳句に親しむ。27年、旧制水戸高校に入学し、19歳のとき、高校の先輩、出沢珊太郎の影響で作句を開始、竹下しづの女の「成層圏」に参加。加藤楸邨、中村草田男に私淑。加藤楸邨に師事。43年に東京帝大経済学部卒業後、日本銀行に入行するが、44年に応召し出征。海軍主計中尉、のち大尉として南太平洋トラック島に赴任、終戦を迎える。米軍捕虜になったのち46年帰国。47年、日銀復職。55年の第一句集『少年』で翌年、現代俳句協会賞受賞。62年に俳誌「海程」を創刊し、後に主宰となる。74年日銀退職。83年、現代俳句協会会長（2000年より名誉会長）。88年紫綬褒章受章。97年ＮＨＫ放送文化賞、2003年日本芸術院賞。05年チカダ賞（スウェーデン）を受賞、日本芸術院会員に。08年、文化功労者、正岡子規国際俳句賞大賞。10年、毎日芸術賞特別賞、菊池寛賞。15年度朝日賞。

著書に、句集『蜿蜿』（三青社）『皆之』『両神』（日本詩歌文学館賞。以上、立風書房）『東国抄』（蛇笏賞。花神社）『日常』（ふらんす堂）の他、『金子兜太選集』4巻（筑摩書房）がある。その他の著書に『小林一茶――句による評伝』『わが戦後俳句史』『語る　兜太――わが俳句人生』『いま、兜太は』（岩波書店）等、多数。

編著者紹介

黒田杏子（くろだ・ももこ）

1938年生まれ。俳人、エッセイスト。日経俳壇選者。東京女子大学入学と同時に俳句研究会「白塔会」に入り山口青邨の指導を受け「夏草」に入会、卒業と同時に広告代理店「博報堂」に入社。「広告」編集長などをつとめた。67年青邨に再入門。90年、師没後に俳誌「藍生」を創刊、主宰。同人誌「件」同人。『黒田杏子句集成』全四句集・別巻一（角川書店）。夏草賞、現代俳句女流賞、俳人協会賞、第1回桂信子賞、蛇笏賞を受賞。

存在者《そんざいしゃ》　金子兜太《かねことうた》

2017年4月10日　初版第1刷発行©

編著者　黒田杏子

発行者　藤原良雄

発行所　株式会社 藤原書店

〒162-0041　東京都新宿区早稲田鶴巻町523

電話　03（5272）0301

FAX　03（5272）0450

振替　00160-4-17013

info@fujiwara-shoten.co.jp

印刷・製本　中央精版印刷

落丁本・乱丁本はお取替えいたします

定価はカバーに表示してあります

Printed in Japan

ISBN978-4-86578-119-9

［CDについて］

少年1（2016/17）　金子兜太／伊東 乾

1　未少年
2　少年零
3　ピアノのためのインターリュード1
4　少年それから
5　ピアノのためのインターリュード2
6　ヴィオラのためのインターリュード
7　少年1

「少年1」ライヴエレクトロニクス・ファイル

8　未少年　［ファイル1］
9　少年それから　［ファイル2］
10　少年は……　［ファイル3］

［初演データ］

演奏：Principia Philharmonica Tokyo
声：金子兜太
ソプラノ：新藤昌子
ヴィオラ：永田 菫
オカリナ：酒井健太郎
打楽器：岩下美香
ピアノ：森下 唯
シニュソイダル分解：竹居秋範
録音：コジマ録音　小島幸雄
　ミックスダウン　川波 惇
作曲・指揮：伊東 乾
　2017年1月24日　求道会館（東京都文京区本郷）